साई की सेवा में

डॉ. सुरेश हावरे

प्रभात प्रकाशन

प्रकाशक
प्रभात प्रकाशन प्रा. लि.
4/19 आसफ अली रोड,
नई दिल्ली–110002
ई–मेल : prabhatbooks@gmail.com

ISBN 978-93-90366-71-2
साईं की सेवा में
डॉ. सुरेश हावरे

संस्करण
प्रथम, 2021

संकल्पना और संपादन
श्री भगवान दातार
ई–मेल : bhagwandatar@gmail.com

हिंदी अनुवाद
श्री संजय राय, नवी मुंबई

मुखपृष्ठ और पृष्ठ रचना
श्री विनोद मिठारी
इनोवेटिव आइडिया, पुणे
ई–मेल : innovativeideaads@gmail.com

मुखपृष्ठ छाया
श्री आदित्य दातार

मूल्य : 750/-

मुद्रक
दीप कलर स्कैन, दिल्ली

अनुक्रमणिका

प्रधानमंत्री नरेंद्र मोदी का शिरडी के साईं मंदिर में स्वागत करते हुए, इस अवसर पर तत्कालीन मुख्यमंत्री देवेंद्र फडणवीस भी उपस्थित थे

मनोगत

सर्वप्रथम मैं महाराष्ट्र के तत्कालीन लोकप्रिय मुख्यमंत्री आदरणीय देवेंद्रजी फडणवीस का ऋणी हूँ, जिन्होंने श्री साईंबाबा संस्थान ट्रस्ट शिरडी के अध्यक्ष पद के लिए मेरा चयन किया। उन्होंने मुझ पर जो विश्वास दिखाया, उसे पूरा करने के लिए मैंने जी-तोड़ मेहनत की है। इस मेहनत के बावजूद मैं अपने कार्य में कितना सफल हुआ, उसका आकलन वे ही निकाल सकते हैं या वे ही बता पाएँगे। उन्होंने सिर्फ इस पद के लिए मुझ पर विश्वास ही नहीं जताया, अपितु समय-समय पर मेरा मार्गदर्शन भी किया और मदद भी की। मैंने इस पद पर रहते हुए जो कुछ भी किया, वह उनकी वजह से ही संभव हो पाया है।

मेरे लिए यह भाग्य और खुशी की बात है कि इस कार्यकाल के दौरान ही साईंबाबा समाधि का शताब्दी वर्ष भी आया। साल 2017 के दशहरे से साल 2018 के दशहरे तक यह शताब्दी वर्ष मनाया गया। इतने बड़े आयोजन को करने का मुझे जो सौभाग्य मिला, वह मेरे लिए बहुत बड़ा आशीर्वाद है। इस शताब्दी समारोह का उद्घाटन देश के राष्ट्रपति श्री रामनाथ कोविंद ने किया, जबकि समापन समारोह में देश के प्रधानमंत्री नरेंद्र मोदीजी उपस्थित थे। शताब्दी वर्ष के दौरान हुई अंतरराष्ट्रीय साईं मंदिर परिषद् में देश के उपराष्ट्रपति वेंकैया नायडूजी उपस्थित थे। गंगागिरी महाराज के सप्ताह के लिए राष्ट्रीय स्वयंसेवक संघ के सरसंघचालक डॉ. मोहन भागवतजी आए थे। सरकार्यवाह भय्याजी जोशी, केंद्रीय मंत्रियों में माननीय नितिन गडकरी, प्रकाश जावड़ेकर, पीयूष गोयल, सुरेश प्रभु, रवि शंकर प्रसाद, गजपति राजू, केंद्रीय राज्यमंत्री डॉ. सुभाष भामरे, मध्य प्रदेश के मुख्यमंत्री शिवराज सिंह चौहान भी आए थे। महाराष्ट्र के राज्यपाल विद्यासागर राव और मुख्यमंत्री देवेंद्रजी फडणवीस कई बार यहाँ आए। आदरणीय हरिभाऊ बागडे, चंद्रकांत दादा पाटील, सुधीर भाऊ मुनगंटीवार, गिरीश महाजन, जयप्रकाश रावल, पंकजा मुंडे, सुभाष देशमुख, राम शिंदे, डॉ. रणजीत पाटील, दीपक केसरकर आदि मंत्रियों ने भी समाधि मंदिर के दर्शन किए। स्थानीय सांसद सदाशिवराव लोखंडे, शिरडी के विधायक राधाकृष्ण विखे पाटील का भी मुझे खासा सहयोग मिला। सिनेमा क्षेत्र और उद्योग क्षेत्र की अनेक हस्तियाँ वर्ष भर यहाँ आईं और अनेक कार्यक्रम हुए। एक तरह से देखा जाए तो जीवन सफल होने और धन्य होने का आनंद मुझे

हासिल हुआ। हमारे देश में करीब 30 लाख मंदिर हैं। इन सभी मंदिरों को यदि भक्ताभिमुख, सेवाभिमुख और समाजाभिमुख बना दिया जाए तो कितना बड़ा परिवर्तन हो जाएगा! शिरडी में मैंने यही करने का प्रयास किया है।

शिरडी संस्थान का सभी कामकाज ट्रस्ट स्थानीय ग्रामस्थ, कर्मचारी व भक्तों के इर्द-गिर्द ही रहता है। यहाँ के ये चार मुख्य स्तंभ हैं। सभी में तालमेल बिठाकर सभी को साथ लेकर काम किया जा सका, इस बात का आनंद है। इन सभी के सहयोग और उनके द्वारा किए गए कार्यों के लिए मैं उनका ऋणी हूँ।

मैं एक बार मुंबई विश्वविद्यालय के कलीना कैंपस में वाणिज्य विभाग के एक परिसंवाद में गया था। हजार से अधिक विद्यार्थी इस परिसंवाद में हिस्सा लेने के लिए उपस्थित थे। मैंने जैसे ही बोलना शुरू किया, वहाँ बैठे सभी विद्यार्थियों ने एक सुर में 'साईं नाथ महाराज की जय' के उद्घोष के साथ मेरा स्वागत किया। मैंने सहज भाव में उनसे पूछा, आप लोगों में से कितने लोगों ने शिरडी जाकर बाबा के दर्शन किए हैं? करीब 90 प्रतिशत विद्यार्थियों ने अपने हाथ ऊपर उठाए थे। उसके बाद मैंने जब संस्थान की एंबूलेंस सेवा, चिकित्सालय, स्कूल, महाविद्यालय, प्रसादालय, रक्तदान आदि के बारे में पूछा, तब पता चला कि इन सभी के बारे में किसी को कुछ पता नहीं है। इस कार्यक्रम के बाद मैं बहुत से कार्यक्रमों में गया और हर जगह इन्हीं सवालों को दोहराया, लेकिन हर जगह करीब वही अनुभव मिला, यानी बहुत से लोगों को साईं बाबा, साईं मंदिर, साईं दर्शन और तीर्थ प्रसाद के अलावा संस्थान द्वारा चलाई जानेवाली अन्य गतिविधियों के बारे में कुछ खास जानकारी नहीं है और इसी उद्देश्य को पूर्ण करने को समय की जरूरत समझते हुए तथा साईंबाबा संस्थान की लोगों से पहचान कराने के लिए इस पुस्तक को लिखने की योजना बनाई गई। कार्यों को दस्तावेज में संगृहीत करना भी इसके पीछे एक कारण रहा। किए गए कार्यों के बारे में बोलते समय कुछ कार्य ऐसे रह जाते हैं, जिनकी पूर्ति नहीं हो पाती, इसलिए इस बात का खयाल रखते हुए भी इस दस्तावेज को तैयार किया गया और उनमें इसका उल्लेख भी किया गया।

शिरडी ने मुझे बहुत कुछ सिखाया है। अनेक आंदोलन, मोर्चों, निषेध सभाओं और शिष्टमंडलों का सामना करने का अच्छा प्रशिक्षण और अनुभव मिला। एक बार मेरी गाड़ी की तोड़-फोड़ भी हुई। मेरी प्रतिरूप अंत्य यात्रा भी निकाली गई। 'न खाऊँगा, न खाने दूँगा' की हमारी कार्य-पद्धति की वजह से कुछ लोगों को निराशा हुई और उसकी वजह से इस प्रकार की न होनेवाली बातें हुईं, लेकिन मेरे मन में इस बातों को लेकर किसी के प्रति कोई नाराजगी या द्वेष की भावना नहीं है। सार्वजनिक जीवन का यह एक हिस्सा होता है और यही समझते हुए मैं अपना काम करता रहा। मंदिर में होनेवाली अनेक तरह की गड़बड़ियाँ को मैंने बंद करने का प्रयत्न किया। इन गड़बड़ियों को रोकने में मुझे पूरी तरह से सफलता मिल गई, ऐसा नहीं है, लेकिन बहुत कुछ सही हुआ और गड़बड़ियाँ ठीक हुईं। दोनों ही चिकित्सालयों को आधुनिक रूप देने का कार्य किया। 128 नई मशीनें खरीदी गईं तथा नए सिरे से वरिष्ठ महाविद्यालय शुरू किया गया। आकाशवाणी का शिरडी एफ.एम. केंद्र शुरू हुआ, हवाई अड्डे का उद्घाटन हुआ, इस बात की बहुत खुशी है।

इन सभी बातों का संपादन करने में ज्येष्ठ पत्रकार भगवान दातार ने अपना बहुमूल्य योगदान दिया। पुस्तक का हिंदी अनुवाद संजय रायजी ने किया। मेरे सहयोगी दीपक काटे, प्रशांत सूर्यवंशी तथा शेखर कुलकर्णी ने बहुमूल्य मदद की। इस पुस्तक की प्रस्तावना कोई शास्त्रज्ञ लिखे, ऐसी मेरी इच्छा थी और वह पद्मभूषण डॉ. विजय भटकर ने पूरी की। मैं उनका ऋणी रहूँगा।

सभी कार्यों को करने के लिए मैं तो एक निमित्त मात्र हूँ। 'वही करता है और वही कराता है' मैं इस भावना को मानकर चलता हूँ। 'जो सही हुआ, वह सभी का वजह से और जो बिगड़ गया, वह मेरे कारण हुआ' यही सही है।

इस दौर में मेरे में बड़ा बदलाव हुआ है, वह है कि मेरी सबूरी (patience) बढ़ गई। श्रद्धा तो पहले से ही थी, लेकिन अब उसमें भी वृद्धि हुई है। मन को स्थिरता और शांति मिली तथा जीवन समाधान से भरता गया। इन सभी के साथ-साथ ईश्वर पर विश्वास और प्रगाढ़ होता गया। जिस तरह से इमारत में नींव होती है, उसी तरह से मानव जीवन में अध्यात्म का स्थान है। इसका ज्ञान जितना प्रगल्भ होता है, इमारत उनती ही ऊँची बन सकती है। जो मेरे साथ मेरी हर शिरडी यात्रा में साथ रही, मेरी पत्नी नलिनी और परिवार के सभी सदस्यों का भी मैं आभार प्रकट करता हूँ।

फिर से एक बार सभी का आभार।

—डॉ. सुरेश हावरे

अध्यक्ष,

श्री साईंबाबा संस्थान विश्वस्त व्यवस्था, शिरडी

प्रस्तावना

श्री साईंबाबा भारत के अनेक महान् संतों में से एक हैं। उनकी दैवीय शक्तियों की वजह से करोड़ों भक्त उन्हें परमेश्वर का अवतार मानते हैं। साईंबाबा से जो लोग प्रत्यक्ष मिले और जो अनन्य भाव से साईंबाबा की शरण में गए, ऐसे सभी लोगों के जीवन में बाबा ने आमूलचूल परिवर्तन किया है। भक्तों द्वारा मन से की गई प्रार्थना को प्रतिसाद देना और उनको आशीर्वाद देना, यही अपने जीवन का कार्य है, यही बाबा मानते होंगे।

साईं सद्चरित्र में बाबा का वर्णन सच्चिदानंद के रूप में किया गया है। उनके अगणित भक्तों के लिए बाबा पृथ्वी पर चलते-फिरते भगवान् हैं। बाबा की मुख्य विशेषता यह है कि उन्होंने हर धर्म की सीमा लाँघ दी। वे हमेशा कहते थे 'सबका मालिक एक', इसका अर्थ यह है कि 'अंतिम सत्य एक ही है।'

श्री साईंबाबा 19वीं शताब्दी के मध्य में शिरणी आए और उसके बाद वे हमेशा के लिए यहीं रह गए। उन्होंने 1918 में शिरडी में समाधि ली। शिरडी कोई एक छोटा सा गाँव था, लेकिन बाबा की वजह से वह आज अंतरराष्ट्रीय मानचित्र पर है। दुनिया का एक अग्रणी देवस्थान बन गया है। श्रद्धालुओं की संख्या और यहाँ होनेवाले उपक्रमों में हर दिन तेजी से वृद्धि हो रही है।

संस्थान के अध्यक्ष डॉ. सुरेश हावरे के नेतृत्व में तो लगता है, मंदिर परिसर का कायापलट ही हो गया है। उनके द्वारा शुरू की गई योजनाओं की वजह से शिरडी साईं मंदिर एक अत्यंत सुनियोजित, उकृष्ट व्यवस्थाओं वाला और बहुत देखभाल होनेवाला भारत का एक प्रमुख मंदिर बन गया है। इसकी वजह से भी इस मंदिर में आनेवाले श्रद्धालुओं की संख्या में हर दिन वृद्धि हो रही है।

किसी भी अन्य देवस्थान की तरह ही शिरडी का जनजीवन भी साईंबाबा के इर्द-गिर्द ही घूमता रहता है। बाबा ने अपना जीवन इस शहर में व्यतीत किया और यहाँ के भक्तों के जीवन को एक आकार दिया। इसकी वजह से ही शिरडी में एक दैवीय शक्ति का असर शुरू हुआ। इस शक्ति के बल की वजह से देश ही नहीं, दुनिया के कोने-कोने से श्रद्धालु शिरडी खिंचे चले आते हैं।

डॉ. सुरेश हावरे ने संस्थान के अध्यक्ष के नाते अपने अथक परिश्रम के माध्यम से शिरडी में जो परिवर्तन किए हैं, उसकी कहानी आपको इस पुस्तक में पढ़ने को मिलेगी। संपर्ण विकास के लिए भगवद्गीता के ज्ञान-विज्ञान-योग विषयक अध्याय 7 में जो वर्णन किया गया है, उसी के आधार पर विज्ञान और अध्यात्म का समन्वय किया जाना चाहिए, ऐसा मुझे पिछले अनेक वर्षों से विचार आता है। डॉ. हावरे एक वैज्ञानिक हैं, लेकिन उनका विश्वास है कि विज्ञान और अध्यात्म दोनों एक-दूसरे के पूरक हैं। उनका जीवन और शिरडी में उनके द्वारा किए गए काम, उनके इसी विश्वास के प्रतीक हैं।

मुझे विश्वास है कि डॉ. हावरे की यह कहानी धर्म और विज्ञान की अनेक अड़चनों को पार कर देश के हजारों देवस्थानों के विकास के लिए प्रेरणा देगी। भारत में द्वारका से मणिपुर और कश्मीर से कन्याकुमारी, ऐसे पूर्व से लेकर पश्चिम और दक्षिणोत्तर भू-प्रदेश में असंख्य मंदिर और तीर्थस्थल हैं। करोड़ों श्रद्धालु हर साल इन मंदिरों और तीर्थस्थलों की यात्राएँ करते रहते हैं। ये तीर्थस्थल और मंदिर शरीर, मन-बुद्धि का शुद्धीकरण कर अपने और समाज में आमूलचूल परिवर्तन लाने के केंद्र हैं। महाराष्ट्र में पंढरपूर, आळंदी, देहू, शेगाँव, शिरडी इस बात के अति उत्तम उदाहरण हैं। साईंबाबा का दैवीय अवतार प्रकट होना, उनका शिरडी में मुकाम करना, इसकी वजह से, दैवीय शक्ति की वजह से शिरडी में जितना बदलाव हुआ, यह इस बात का उदाहरण है कि भारत में दैवीय शक्ति की वजह से कितना बदलाव हो

सकता है। आज के विज्ञान और तकनीक के युग में भी ऐसा होता है, इस बात पर हमें ध्यान देना चाहिए।

विज्ञान का विद्यार्थी होने की वजह से मेरा साधु या दैवीय पुरुषों पर बिल्कुल भी विश्वास नहीं था। इसकी वजह से मैं पंढरपुर, आळंदी, देहू, शेगाँव, शिरडी कभी गया ही नहीं था। साल 1972 तक आई.आई.टी. दिल्ली में जब तक मेरा पी.एच-डी. का काम पूर्ण नहीं हुआ था, तब तक मैं ऐसे किसी स्थान पर नहीं गया था। मेरे पिताजी स्वतंत्रता संग्राम सेनानी थे और महात्मा गांधी के नेतृत्व में उन्होंने आजादी की लड़ाई लड़ी थी। देश की सेवा ही ईश्वर की सेवा है, वे हमें अकसर इसी बात का स्मरण कराते रहते थे, पर एक बार एम.एस. विश्वविद्यालय का मेरा एक मित्र मुझसे मिलने आया और उसने मुझे 'साईंबाबा एक अवतारी पुरुष' नामक पुस्तक मुझे दी। अवतारी पुरुषों के चमत्कार पर मेरा विश्वास नहीं था, लेकिन एक बार में ही वह पूरी पुस्तक मैंने पढ़ डाली। इस पुस्तक ने मेरे जीवन में बड़ा बदलाव किया। जिस तरह से लोहे को चुंबक आकर्षित करती है, उसी तरह से मैं साईंबाबा की तरफ आकर्षित हो गया। उसके बाद से मैं दिल्ली के लोधी मार्ग स्थित साईंबाबा मंदिर में बार-बार जाने लगा। उत्तर भारत के अनेक स्त्री-पुरुष, बच्चे मुझे इस मंदिर में दर्शन के लिए आते दिखाई देते थे। एक सिख परिवार को इस मंदिर में साईंबाबा की मराठी में गाई जानेवाली आरती को बड़े ही सहज तरीके से गाता देख मैं आश्चर्यचकित हो उठा था। उसी दरमियान मेरी बेटी समिधा का जन्म हुआ था। उस समय यानी 1980 में, हम पहली बार शिरडी गए थे। उस समय शिरडी एक छोटा सा गाँव होता था और वहाँ किसी प्रकार की सुविधा नहीं हुआ करती थी।

1987 में मैं महा कंप्यूटर (सुपर कंप्यूटर) निर्माण के सिलसिले में पुणे स्थित सी-डैक में आया। भारत के कंप्यूटर क्षेत्र में क्रांति लानेवाले इस सुपर कंप्यूटर, यानी परम कंप्यूटर का निर्माण उसी दौरान पुणे में किया गया। कंप्यूटर ने भारत के करोड़ों लोगों के जीवन में बदलाव ला दिया। इसी कंप्यूटर का इस्तेमाल कर देव स्थानों को ज्ञान का केंद्र बनाया जा सकता है, इस प्रकार का विचार मेरे मन में उस समय बिजली की तरह कौंधा था। साईंबाबा पर मेरी भक्ति की वजह से मुझे ऐसा लगा था कि शिरडी से ही इसकी शुरुआत हो सकती है। उस समय साईंबाबा संस्थान के अध्यक्ष श्री सुकथनकर से मैंने इस संबंध में मुलाकात की थी। उसके बाद मैं बार-बार शिरडी जाने लगा था। साईंबाबा संस्थान के लिए मैंने उस समय एक प्रोजेक्ट भी बनाया था। साईं मंदिर और शिरडी के स्वरूप को बदलने की योजना मैंने उस प्रोजेक्ट में दरशाई थी, लेकिन उस समय वह क्रियान्वित नहीं हो सकी, लेकिन डॉ. हावरे की पुस्तक पढ़ने के बाद मुझे इस बात का अहसास हुआ कि उन्होंने वैसा ही कुछ किया है, जैसा मेरे मन में था या मैंने सोच रखा था। डॉ. हावरे के रूप में साईंबाबा ने मेरी प्रार्थना स्वीकार की और उनसे इस प्रकार के अमूल्य कार्य करवाए। इन कार्यों को देखकर मुझे अपना स्वप्न पूर्ण होता लगता है। यह होना था और यह हुआ। डॉ. हावरे के कुशल नेतृत्व और उनके द्वारा उठाए गए तमाम कष्टों की वजह से ये कार्य साध्य हो सके हैं।

इस मंदिर परिसर की कायापलट, दर्शन की कतारों में सुधार, भक्तों को उपलब्ध कराई जानेवाली सुविधाओं में वृद्धि, प्रसादालय, चिकित्सालय, आई.टी.आई., साईं नॉलेज पार्क, जिसे मैं अध्यात्म और विज्ञान की प्रयोगशाला कहता हूँ, आश्चर्यचकित कर देनेवाले हैं। सही में डॉ. हावरे मेरे सपने के कार्यों को आपने पूरा किया है। मेरी प्रार्थना को साईंबाबा ने मानते हुए आपके रूप में उसका प्रतिसाद दिया है। आपने अपनी इस पुस्तक की प्रस्तावना लिखने का काम मुझे सौंपा है।

इस बात का मुझे बहुत आनंद है। धार्मिक स्थलों का कायापलट करने के लिए विविध प्रकल्प या प्रयोग करनेवाले हजारों लोगों को सही में आपकी यह पुस्तक मार्गदर्शक सिद्ध होगी, इस बात का मुझे विश्वास है। हमारे मंदिर या तीर्थ क्षेत्र ज्ञान व सेवा के केंद्र बनेंगे तो देश का चित्र ही बदल जाएगा, यह मेरा पक्का विश्वास है !

—पद्मविभूषण डॉ. विजय भटकर

संस्थापक, कुलगुरु इंडिया इंटरनेशनल मल्टीवर्सिटी,
नई दिल्ली

प्रधान मंत्री

Prime Minister

MESSAGE

It is great to know that the centenary of the Mahasamadhi of Sai Baba is being observed at Shirdi under the auspices of Shri Saibaba Sansthan Trust.

The saintly life and teachings of Sai Baba continue to guide generations. His teachings encapsulate the spirit of harmony and his thoughts underline the spirit of oneness of humanity and universal love.

Best wishes for all the programmes associated with the Centenary celebrations.

(Narendra Modi)

New Delhi
06 October, 2017

Dr. Suresh Haware
Chairman
Shri Saibabasansthan Trust, Shirdi
Taluka- Rahata, District- Ahmednagar
Maharashtra- 423109

अध्यक्ष पद का पदभार ग्रहण करने के बाद मंत्रालय में मुख्यमंत्री देवेंद्र फडणवीस का सत्कार करते हुए

भूमिका

जनसेवा ही ईश्वर सेवा

किसी भी काम में भक्ति और श्रद्धा होती है तो उस काम की शक्ति सौ गुना बढ़ जाती है। मैं वैज्ञानिक हूँ, फिर भी मुझमें श्रद्धा है। इसका कारण यह है कि विज्ञान और श्रद्धा, ये दोनों बातें एक-दूसरे की परस्पर पूरक हैं, ऐसा मेरा मानना है। करोड़ों भक्तों की साईंबाबा पर प्रगाढ़ श्रद्धा है। उनके मन की इस भक्ति का यदि सेवा में रूपांतर हुआ तो गरीबों के कल्याण का लक्ष्य बहुत ही सहजता के साथ साधा जा सकेगा। मेरा मानना है कि निरपेक्ष रूप से की गई सेवा ही बाबा की पूजा है और सेवा के माध्यम से अपनी पूजा बाबा के चरणों तक पहुँचेगी, यही मेरी श्रद्धा है।

एक वैज्ञानिक होने के नाते मेरा स्वभाव और चर्चाएँ भी वैज्ञानिक पद्धति की ही हैं। बुद्धि और तर्क के निष्कर्ष से जो बातें समझ में आती हैं, उन्हें ही स्वीकारना चाहिए, ऐसा मुझे लगता है; लेकिन जीवन में बहुत सी बातें श्रद्धा और भावना से जुड़ी होती हैं। देव, देश, धर्म, ये सब श्रद्धा से जुड़ी हुई बातें हैं। इन बातों में श्रद्धा होनी ही चाहिए। श्रद्धा के बिना मनुष्य एक पशु जैसा है। आप वैज्ञानिक, व्यावसायिक, नौकरी-पेशा कुछ भी हैं, लेकिन श्रद्धा है तो आप अपने-अपने क्षेत्र में अधिक अच्छा काम कर सकते हैं, यह मैं अपने अनुभव के आधार पर कह रहा हूँ। बाबा ने श्रद्धा पर अधिक बल दिया है, लेकिन साथ-ही-साथ सबूरी को भी उतना ही महत्त्वपूर्ण बताया। आजकल हमें हर चीज तुरंत हो जानेवाली चाहिए, लेकिन कोई भी बात पूरी होने के लिए उसमें एक समय लगता ही है, इसलिए सबूरी उतनी ही महत्त्वपूर्ण है। श्रद्धा के साथ सबूरी है तो किसी भी काम में परिपूर्णता आएगी। इन दोनों में मेल रहना मानव जाति के कल्याण के लिए बहुत आवश्यक है। इन दोनों के जितना सेवा का भी महत्त्व है। साईं

संस्थान के कार्य की जिम्मेदारी को स्वीकारने के पीछे मेरा मुख्य हेतु यही था कि लोगों की साईंबाबा के प्रति भक्ति को सेवा से जोड़ा जाए और सेवा के माध्यम से जन-कल्याण के कार्य किए जाएँ।

लीला और सेवा—बाबा के जीवन के दो मुख्य भाग हैं। बाबा ने अपने जीवन में भक्तों के उद्धार के लिए अनेक लीलाएँ कीं। उन लीलाओं से सभी लोग परिचित हैं, लेकिन बाबा ने इन लीलाओं के अलावा बड़े पैमाने पर लोगों की सेवा भी की है। उन्होंने लोगों के लिए भिक्षा माँगी, खाना बनाया, अनाज पीसा, भूखों को भोजन दिया, बीमार लोगों की सेवा की, वृक्षारोपण किया, साथ ही साथ गौरक्षा भी की। उन्होंने सांस्कृतिक कला और परंपरा का भी जतन किया। वे छोटे बच्चों के साथ खेलते थे, हाथ में झाड़ उठाकर साफ-सफाई करते थे। सेवा के इस तरह के अनेक प्रसंग साईंबाबा के जीवन के हैं। बाबा ने समाज के हित के लिए जिस तरह से श्रद्धा और सबूरी का मंत्र दिया, उसी तरह से सेवा के आचार धर्म के मापदंड भी निर्धारित किए। उन्हीं सेवा कार्यों और बाबा की प्रेरणा से चलनेवाले विविध उपक्रमों की जानकारी लोगों तक पहुँचाने के लिए मैंने 'साईं अर्पण सेवा' मासिक का प्रयोग किया। बाबा का काम करना मतलब घोर गरीबों की सेवा करना, इसी सूत्र को पकड़कर मैंने इस काम की शुरुआत की। भक्तों को केंद्रबिंदु में रखकर मैंने और विश्वस्त मंडल ने सभी योजनाएँ शुरू कीं। भक्तों को बाबा का सुखमय और उनके मन को समाधान पहुँचानेवाला सही दर्शन सुलभता से मिल सके, इसके लिए अधिक-से-अधिक सुविधाएँ उपलब्ध कराने का हमारा प्रयत्न रहा।

मरीजों की सेवा का बाबा के जीवन में बहुत महत्त्वपूर्ण स्थान है। इस बात को ध्यान में रखते हुए संस्थान की तरफ से दो अत्याधुनिक सुविधाओं वाले चिकित्सालयों का निर्माण किया गया। इन दोनों ही चिकित्सालयों के कार्यों का मैं यहा विशेष रूप से उल्लेख करूँगा। साईं नाथ जनरल हॉस्पिटल में 1 जनवरी, 2017 से मरीजों का नि:शुल्क उपचार किया जा रहा है। वही साईंबाबा सुपर स्पेशियलिटी हॉस्पिटल में कम आय वर्ग के मरीजों का नि:शुल्क तथा अन्य मरीजों का बहुत ही रियायती दरों में उपचार किया जाता है। इस बात का उल्लेख विशेष रूप से कर रहा हूँ कि 'महात्मा फुले जनआरोग्य योजना' यहाँ लागू है, फिर भी पीले और केसरी रंग के राशनकार्ड वाले गरीब परिवारों के सभी प्रकार के ऑपरेशन नि:शुल्क किए जाते हैं। श्वेत राशनकार्ड वाले परिवारों का भी कम-से-कम दर में उपचार किया जाता है।

बाबा के दर्शन के लिए आनेवाले भक्तों को नि:शुल्क भोजन दिया जाता है। प्रतिदिन यह सेवा 12 घंटे चालू रहती है और इसका लाभ 70 से 80 हजार श्रद्धालु उठाते हैं। प्रसादालय में भोजन बनाने के लिए सौर ऊर्जा का इस्तेमाल किया जाता है और इसकी वजह से इसका उल्लेख 'ग्रीन किचन, मेगा किचन' के रूप में किया जाता है।

मरीजों की सेवा और अन्नदान के अलावा शिक्षा की तरफ भी संस्थान का ध्यान है। संस्थान की तरफ से दो विद्यालय, एक कनिष्ठ महाविद्यालय, एक वरिष्ठ महाविद्यालय तथा एक आई.टी.आई. संस्था चलाई जाती है। विद्यालयों में करीब 6,000 विद्यार्थी पढ़ते हैं, जबकि आई.टी.आई. में 11 विविध प्रकार के प्रशिक्षणों में 450 विद्यार्थी हैं। इन सभी विद्यार्थियों को ऑनलाइन प्रवेश दिया जाता है, इसलिए इसमें किसी प्रकार के भ्रष्टाचार या सिफारिश का प्रश्न ही खत्म हो जाता है। सबसे प्रमुख बात है कि यहाँ प्रशिक्षण हासिल करनेवाले विद्यार्थियों को रोजगार के अवसर भी उपलब्ध कराए जाते हैं, अब तक 90 प्रतिशत विद्यार्थियों को नौकरी मिली है। नौकरी के अवसर उपलब्ध करानेवाला यह एकमेव आई.टी.आई. प्रशिक्षण केंद्र होगा। संस्थान का कनिष्ठ और वरिष्ठ महाविद्यालय में भी शैक्षणिक कार्य शुरू है।

मेरे पिता माळकरी (तुलसी की माला धारण करने वाले) थे और वे नियमित रूप से पंढरपुर जाया करते थे। माताजी भी धार्मिक प्रवृत्ति की थीं और दोनों को ही सामाजिक कार्य करने की रुचि थी। कीर्तन, प्रवचन जैसे कार्यों में परिवार के सभी लोग सहभागी होते थे। घर में भक्तों और वारकरियों का आए दिन आना-जाना लगा रहता था, इसलिए धर्म और समाजसेवा का पाठ मुझे घर से ही सीखने को मिला। श्रद्धा मनुष्य में एक स्थायी भाव की तरह है। बीमार पड़ने पर उपचार के लिए हम उसी डॉक्टर के पास जाते हैं, जिस पर हमें श्रद्धा होती है। शास्त्रों के ऊपर श्रद्धा रखनी ही पड़ती है अन्यथा हमारा ज्ञान अधूरा रहता है, विसंगतियों व अंतर्विरोधों का निर्माण होता है। भक्ति को सेवा में रूपांतरित करना है, ऐसा बोलते समय हमें काम और सेवा के बीच के फर्क को समझना होगा। पानी और तीर्थ, इसका अंतर हमें मंदिर में जाने पर ही पता

चलता है। विज्ञान की दृष्टि से ये दोनों पानी ही हैं। एच 20 के रूप में उसे अलग-अलग किया जा सकता है, लेकिन प्रत्यक्ष में इन दोनों पानी का महत्त्व अलग-अलग है। पानी एक पानी ही है और तीर्थ की पवित्रता उसे नहीं दी जा सकती। अन्न व प्रसाद, गाना तथा आरती में फर्क क्या है? पानी में भक्ति का मिश्रण होने पर तीर्थ बनता है। अन्न में भक्ति मिलाने से प्रसाद तथा गाने में भक्ति मिलाने से आरती बनती है। इसी तरह से काम और सेवा में भी फर्क है। काम में भक्ति मिलाई तो सेवा बनती। तीर्थ बहुत थोड़ा सा होता, लेकिन मन के शुद्धिकरण के लिए उतना ही काफी है। मुझे एक गिलास भर कर तीर्थ दो, ऐसा कोई बोलता नहीं है। काम और सेवा का भी ऐसा ही है। कण भर सेवा जो असर दिखाती है, वह मण भर काम नहीं कर सकता। किसी भी काम में भक्ति का मिश्रण कर दिया जाए तो उसकी ताकत सौ गुना बढ़ जाती है। इसी सेवा के आधार पर शिरडी का चेहरा और अधिक सेवाभिमुख और समाजभिमुख करने का मेरा उद्देश्य था।

'रक्तदान योजना', 'साईं सेवक योजना', 'अगरबत्ती और स्वच्छ शिरडी', ये मेरी महत्त्वाकांक्षी योजनाएँ हैं। आनेवाले भक्तों को रक्तदान करने का आह्वान संस्थान ने किया। इस दान को करनेवाले भक्तों को प्रमाण-पत्र और सीधे दर्शन देने का प्रावधान किया गया। इसकी वजह से 'तिरुपति में केशदान—शिरडी में रक्तदान' की प्रथा ही शुरू हो गई। वर्तमान में इस योजना से रोजाना करीब 150 यूनिट रक्त उपलब्ध होता है। जल्दी ही यह 500 यूनिट तक पहुँच जाएगा, ऐसा मुझे विश्वास है। मंदिर के अलावा प्रसादालय और भक्त निवासों के यहाँ भी रक्तदान की सुविधा की जा रही है। अनेक स्वयंसेवी और सरकारी रक्त बैंकों को इस काम से जोड़ा जा चुका है। इस उपक्रम में जो रक्त एकत्र किया जाता है, वह जरूरतमंद लोगों को नि:शुल्क उपलब्ध कराया जाता है।

'साईं सेवक योजना' भी इसी तरह से सेवाभावी भक्तों के सहयोग से चलाई जानेवाली योजना है। इस सेवा में भक्तों को मंदिर की व्यवस्था में सात दिन की सेवा देने का आह्वान किया जाता है। उनके समय के अनुरूप से उनका पंजीयन किया जाता है। 21 जनों का एक समूह इस तरह से 10 समूह प्रत्येक सप्ताह शिरडी में रहते हैं और मंदिर परिसर, चिकित्सालय, प्रसादालय में अपनी सेवाएँ देते हैं। उनके निवास और भोजन की व्यवस्था संस्थान की तरफ से नि:शुल्क की जाती है। इस आह्वान के बाद पहले

> **"करोड़ों भक्तों की साईंबाबा पर प्रगाढ़ श्रद्धा है। उनके मन की इस भक्ति का यदि सेवा में रूपांतर हुआ तो गर गरीबों के कल्याण का लक्ष्य बहुत ही सहजता के साथ साधा जा सकेगा। निरपेक्ष रूप से की गई सेवा ही बाबा की पूजा है। भक्ति को सेवा के साथ जोड़ दिया जाए और सेवा के माध्यम से काम किए जाएँ, इस कारण से मैंने साईं संस्थान के कार्य की जवाबदारी स्वीकारी।"**

ही दिन 11 हजार साईं भक्तों ने अपने नाम का पंजीयन कराया। इन सेवकों को मंदिर की तरफ से गणवेष दिया जाता है। उन्हें एक छोटा सा प्रशिक्षण तथा शपथ दिलाई जाती है और सप्ताह के अंत में प्रमाण-पत्र भी दिया जाता है। शेगाँव के गजानन महाराज संस्थान में इस तरह की योजना चलाई जाती है, उसी को आधार बनाकर शिरडी में इसे चलाया जा रहा है।

भक्तों द्वारा बाबा की समाधि पर चढ़ाए जानेवाले फूलों का भी एक बड़ा प्रश्न खड़ा हो रहा था कि इनका क्या किया जाए? बाबा की समाधि पर प्रतिदिन 2 से 3 टन फूल चढ़ाए जाते हैं। इन फूलों से भक्तों की भावना जुड़ी होती है, इसलिए उनका फेंकना उचित नहीं लग रहा था। एक विचार ऐसा था कि फूल चढ़ाने पर पाबंदी लगा दी जाए। शिरडी क्षेत्र पंचकोशी परिसर में फूलों की खेती करनेवाले सैकड़ों किसान हैं तथा इन फूलों से हार और गुच्छे बनाकर बेचने के कार्य में हजारों परिवार लगे हुए हैं। ऐसे में फूल पर बंदी लगाना गैर-व्यावहारिक लग रहा था और इससे हजारों लोगों के उदर-निर्वाह पर भी असर पड़नेवाला था। लिहाजा हमने इन फूलों से अगरबत्ती बनाने का एक सफल प्रयोग शुरू किया। आज इस अगरबत्ती बनाने के उपक्रम में 200 महिलाओं को रोजगार मिला है तथा भक्ति की सुगंध अगरबत्ती के माध्यम से पूरी दुनिया में फैल रही है।

मेरा चौथा महत्त्वाकांक्षी प्रयोग था शिरडी को स्वच्छ करने का। राष्ट्रपति महोदय व माननीय प्रधानमंत्री महोदय ने भेंट के दौरान इस बात का आग्रह भी किया था

संस्थान के चिकित्सालय में मरीजों के परिजनों के साथ चर्चा करते हुए

कि शिरडी को स्वच्छ बनाइए और इसलिए यह मेरी पहली प्राथमिकता का विषय बन गया। शिरडी नगर पंचायत के माध्यम से तथा संस्थान की तरफ से आर्थिक प्रावधान करके हमने इसका हल ढूँढ़ा और आज दिन में दो बार पूरे शिरडी क्षेत्र में साफ-सफाई का काम होता है। घन कचरा व्यवस्थापन का केंद्र भी बनाया जा रहा है। इससे खाद और गैस का निर्माण भी होगा। मैं इस विषय में इतना रम गया कि कचरा व्यवस्थापन मेरे अध्ययन का एक विषय ही बन गया। एक आदर्श मॉडल का प्लांट बनाकर मुझे शिरडी में सिद्ध करके दिखाना है। यह बताना है कि कचरा समस्या नहीं, संपत्ति है और सबको उसके बारे में अपने नजरिए को बदलने की जरूरत है। आज चारों और कचरा फैला हुआ है और उस पर सरकार और प्रशासन दोनों ही मार्गों से उपाय ढूँढ़ें जा रहे हैं, लेकिन जो सही जरूरत है, वह है इसका हल विज्ञान और तकनीकी के माध्यम से ढूँढ़ा जाए।

दुनिया भर के साईं परिवार को एक साथ लाने का एक और स्वप्न मेरी नजरों के सामने है। दुनिया के 43 देशों में 450 से भी अधिक साईं मंदिर हैं, जबकि हमारे देश में 8,000 स्थानों पर बाबा के मंदिर हैं। साईं परिवार के इस विस्तार को देखें तो साईं भक्त आंदोलन को वेटिकन जैसा स्वरूप मिल सकता है। इन सभी को एक सूत्र में पिरोकर, उनको एक समान कार्यक्रम देना तथा साल में एक बार एक महासम्मलेन का आयोजन करने की इच्छा है। इस योजना के तहत पिछले दो सालों से दिसंबर महीने में 'अंतरराष्ट्रीय साईं मंदिर परिषद्' आयोजित की गई। इन परिषदों में 22 देशों के विविध मंदिरों के 4,000 प्रतिनिधियों ने हिस्सा लिया। एक परिषद् में तो देश के उपराष्ट्रपति श्री वेंकैया नायडू भी उपस्थित रहे।

इसके अतिरिक्त प्रतियोगी परीक्षाओं में भाग लेनेवाले गरीब विद्यार्थियों को निवास, भोजन व मार्गदर्शन उपलब्ध कराने की भी संस्थान की योजना है। सेवानिवृत्त आई.ए.एस. अधिकारी व महाराष्ट्र लोकसेवा आयोग के पूर्व अध्यक्ष सुधीर ठाकरे के मार्गदर्शन में इस संदर्भ में प्रयास किए जा रहे हैं। देश के विविध मंदिरों में प्रशिक्षित पुजारियों की बड़े पैमाने पर जरूरत है। इस बात को ध्यान में रख पुजारी प्रशिक्षण कार्यक्रम शुरू करने की भी योजना है। इन सभी पहलुओं को देखते हुए मैंने अपने अध्ययन के लिए मंदिर व्यवस्थापन का एक अलग विषय ही ढूँढ़ लिया है।

मनुष्य के मन में श्रद्धा, आँखों में स्वप्न, मिले हुए काम को प्रामाणिकता से पूरा करने की इच्छा और इनके सबके अलावा निरपेक्ष भाव से समाज सेवा करने की ऊर्जा हो तो आप कोई भी चमत्कार कर सकते हैं। समस्याओं को जानने के लिए मैं लोगों से सीधे बात करता हूँ। चिकित्सालय में जाकर मैं सीधे मरीज और उनके परिजनों से बात करता हूँ। मेरे साथ जिन मरीजों या उनके परिजनों ने चर्चा की है, उसमें से करीब 90 फीसदी लोगों ने उपचार को संतोषजनक बताया है।

सेवा के साथ यदि करुणा की भावना हो तो वह सीधे सामने वाले के दिल में घर कर लेती है। समाज सेवक बाबा आमटे कहते थे, 'जो बात वेद नहीं बताते, वह बात वेदना बताती है, लेकिन यह वेदना समझने के लिए हमारी संवेदना तो जाग्रत् होनी चाहिए।' पिछले अनेक सालों में राज्य में किसान आत्महत्या कर रहे हैं। इन आत्महत्याओं को रोकने के लिए संस्थान को भी कुछ पहल करनी चाहिए। यह बात मेरे मन में बहुत अरसे से आ रही थी, इसके लिए दीनदयाल बहूद्देशीय स्वयंसेवी संस्था के माध्यम से आत्महत्याओं से सर्वाधिक प्रभावित यवतमाळ जिले की स्थिति का जायजा लिया गया। जिले के 600 पीड़ित परिवारों के व्यक्तियों को रोजगार मिले,

इसके लिए उन्हें आर्थिक मदद देकर काम-धंधा शुरू कराने की योजना शुरू की गई। अनेक परिवारों को इस योजना के तहत मदद पहुँचाई गई, जिससे इन लोगों ने बकरी पालन, कुक्कुट पालन, आटा चक्की, साइकिल की दुकान, सब्जी की दुकान, साड़ी केंद्र, कपड़े की दुकान जैसे काम शुरू किए। मेरे मन में एक और इच्छा है वह है—कैंसर के मरीजों के लिए 100 शय्याओं (बेड्स) का चिकित्सालय बनाया जाए। भक्ति को सेवा से जोड़कर शिरडी का चेहरा बदलने का मेरा प्रयास रहेगा। संस्थान का प्रतिवर्ष करीब 12 करोड़ रुपए का बिजली का बिल आता है। इस बिल को कम करने तथा बिजली के मामले में मंदिर को आत्मनिर्भर बनाने के लिए हमने सौर ऊर्जा का 10 मेगावॉट का पावर प्लांट बनाने का निर्णय किया है। इस दिशा में कार्य प्रगति पथ पर है। मंदिर के भोजनालय में थाली में करीब पाँच टन खाद्यान्न जूठन

> **"देश के हजारों मंदिरों में प्रशिक्षित पुजारियों की बड़े पैमाने पर जरूरत है। इस बात को ध्यान में रख पुजारी प्रशिक्षण कार्यक्रम शुरू करने की भी जरूरत है, यही नहीं संपूर्ण मंदिर प्रबंधन पर अभ्यास किया जाना चाहिए।"**

के रूप में व्यर्थ जाता था। इस बारे में भी हम लोगों ने अनेक उपाय ढूँढ़े हैं। इन उपायों की वजह से आज यह व्यर्थ जूठन पौन टन तक आ गई है, यानी आज प्रति थाली के हिसाब से देखें तो 19 ग्राम जूठन ही जा रही है। इस जूठन को हम गैस संयंत्र में डाल देते हैं, जिससे गैस और खाद का निर्माण हो रहा है। यही नहीं, शिरडी की अन्य होटल्स की जूठन भी एकत्र कर इस प्लांट में डाली जा रही है और उससे भी गैस और खाद बनाई जा रही है।

यही नहीं, शिरडी में आनेवाले भक्तों के मनोरंजन के लिए भी हमने योजना बनाई है। इसके तहत यहाँ पर साईं सृष्टि, वैक्स म्यूजियम, तारांगण, आकाश दर्शन, होलोग्राफिक शो जैसी परियोजनाओं पर कार्य शुरू है। माइक्रो से मैक्रो मैनेजमेंट (सूक्ष्म से बड़े पैमाने) तथा विज्ञान प्रबंधन के माध्यम से काम किए गए। विज्ञान और तकनीक की सहायता से भक्ताभिमुख परियोजनाएँ शुरू की गईं।

बहुत सी परियोजनाएँ पूर्ण हो गईं, बहुत पर काम चल रहा है। इन कार्यों को लेकर मन में संतोष है, लेकिन कुछ काम बाकी रह गए हैं, इस बात का दिल में कही-न-कही एक दु:ख है। इन सभी कार्यों का उल्लेख मैंने इस पुस्तक के माध्यम से करने का प्रयास किया है। एक बात का उल्लेख शेष रहा, वह है संस्थान में करीब अढ़ाई हजार ठेका कर्मचारी हैं। उन्हें 5 से 6 हजार रुपए प्रतिमाह वेतन मिलता था। यह सुनकर मुझे बहुत अचरज हुआ। ये लोग 15-16 सालों से नौकरी कर रहे थे। सबके अपने परिवार भी बढ़े, लेकिन इतने कम वेतन में उन्हें अपने परिवार का भरण-पोषण करने में काफी परेशानी का सामना करना पड़ रहा था। हमने उनका वेतन 40 प्रतिशत बढ़ा दिया, उनको जीवन बीमा की सुविधा दी तथा उनके बच्चों की फीस का भुगतान भी शुरू किया। सभी के लिए नि:शुल्क उपचार सेवा शुरू की। सबको साप्ताहिक अवकाश तथा ग्रैच्युटी की सुविधा भी दी, अब उन्हें नौकरी पर स्थायी करने का निर्णय भी किया गया है। जो पिछले पंद्रह सालों में नहीं हुआ, वह हमने करके दिखा दिया। यही नहीं, स्थायी कर्मचारियों के लिए सातवाँ वेतन आयोग भी लागू किया गया है। बाबा के समाधि शताब्दी वर्ष में सभी कर्मचारियों ने जमकर मेहनत की और सभी को बाबा का प्रसाद भी मिला।

'यह मैंने किया, वह मैंने किया' ऐसा हम कितना ही बोल लें, लेकिन वह सत्य नहीं है। हम मात्र कर्ता हैं और वह कराता है। बाबा हम लोगों से सभी काम कराकर लेते हैं, यही सच है। उनकी कृपा से जो भी संभव हो सका, वह हमने करने का प्रयत्न किया। पिछले तीन सालों के कामों का एक संक्षिप्त लेखा-जोखा आपके सामने पेश करने तथा मंदिर की पहचान कराना इस पुस्तक का दोहरा मकसद है। इसमें जो लिखा गया है, वह दो प्रकार का है। सभी मैंने या हमने किया है, ऐसा हमारा दावा नहीं है। इनमें से जो अच्छा है, वह बाबा ने हमारे माध्यम से करा लिया है और जो शेष रह गया है, उसकी जवाबदारी हमारी है। इस दौरान भक्तों, ग्रामवासियों, विश्वस्तों, अधिकारियों व कर्मचारियों सभी का हमें भरपूर प्रेम मिला, उसके लिए मैं उनका बहुत ऋणी हूँ।

■

1 संस्कारों की परंपरा

श्री साईं का दर्शन, समाधान का सर्वोच्च क्षण

1

संस्कारों की परंपरा

देश-विदेश के करोड़ों भक्तों की श्रद्धा स्थली शिरडी संस्थान से मेरा संबंध है, शायद यह विधि लिखित ही रहा होगा या मेरे सादा-सरल मेहनतकश किसान माता-पिता के पुण्यों का यह फल होगा। हमारे परिवार की परंपरा भी ऐसी सादा-सरल, मानवता के संस्कार को निभानेवाली है।

मैं विज्ञान का विद्यार्थी, लेकिन मेरा शिरडी संस्थान से जुड़ाव होने की इस घटना को मैं किसी दैवीय योग ही कह सकता हूँ या पूजनीय बाबा की ऐसी इच्छा रही हो कि मैं शिरडी आकर उनकी सेवा कर सकूँ। जो कुछ भी रहा हो, मिलने वाली जिम्मेदारी को स्वीकार कर पूर्ण जवाबदारी के साथ उसमें अपने आपको लगा देना तथा अत्यंत प्रामाणिक तरीके से जी-जान लगाकर काम करना यह मेरा स्वभाव रहा है और यही मेरे संस्कार हैं, जैसी भी परिस्थिति हो, उसे स्वीकारना है और अपने अथक परिश्रम से उन परिस्थितियों को अपने अनुकूल ढाल लेना है, ऐसा कार्य करने का मेरा तरीका है। शिरडी की यह जवाबदारी भी मुझे यों ही अचानक से मिली और इस कार्य को न्याय देने के लिए मैंने अपनी हर कोशिश की।

देश-विदेश के करोड़ों भक्तों की श्रद्धा स्थली शिरडी संस्थान से मेरा संबंध हो, शायद यह विधि लिखित ही रहा होगा या मेरे सादा-सरल मेहनतकश किसान माता-पिता के पुण्यों का यह फल होगा। हमारे परिवार की परंपरा भी ऐसी सादा-सरल, मानवता के संस्कार को निभानेवाली है।

विदर्भ के अमरावती जिले के पथ्रोट नामक एक छोटे से गाँव में हम लोग रहते थे। पिता किसान थे और घर परिवार सब खेती पर ही आश्रित था। परिस्थितियाँ प्रतिकूल ही रहती थीं, लेकिन गरीबी से हम हताश नहीं थे। परिस्थितियों ने इसके विपरीत हमें किसी भी संकट का सामना करना और भविष्य की तरफ सकारात्मक नजरिए से देखने का आत्मविश्वास जगाया था।

हमारे अंदर अनंत शक्ति, असीम उत्साह, अपार साहस और धीर होना चाहिए, तभी हमसे कोई महान् कार्य हो सकेगा। लगता था स्वामी विवेकानंद का यह पाठ हमें परिस्थितियाँ पढ़ा रही थी।

मेरे पिताजी जमीन से जुड़े हुए एक कर्मठ सामाजिक व राजनीतिक कार्यकर्ता थे। अमरावती जिले से उन्हें बहुत प्यार था। मुंबई आए, लेकिन दिन भर उनकी बातचीत में अमरावती और खेती का ही जिक्र रहता था। पिताजी, जिन्हें हम दादा कहते थे। दादा ने हमें बचपन से ही सामाजिक संस्कार दिए और उन्हीं संस्कारों का फल आज हावरे परिवार को मिल रहा है।

मुझे याद आता है, जब 1974 में कपास सत्याग्रह हुआ। उस समय मैं अकोला कॉलेज में बी.एससी. के अंतिम वर्ष में पढ़ाई कर रहा था। उस सत्याग्रह में हंगामा हुआ और गोलीबारी हो गई। अगले दिन समाचार-पत्रों में खबर छपी थी 'बहिरम में सत्याग्रहियों पर गोलीबारी, दादा हावरे की मृत्यु'। यह खबर पढ़कर मुझे बहुत बड़ा झटका लगा। उस समय संचार माध्यमों की कोई खास सुविधा नहीं थी। आज के दौर की तरह न तो मोबाइल फोन थे और न ही इंटरनेट, जिससे उस खबर के बारे में पुष्टि हो सके। खबर पता चलते ही मेरे ऊपर दुःख का पहाड़ टूट पड़ा। मन में विचार आने लगे 'अब हमारी सभी योजनाएँ खत्म हो जाएँगी, पढ़ाई के बारे में जो सोचा था, वैसा नहीं होगा और वह यहीं थम जाएगी।' मन में इन्हीं सब विचारों के साथ मैं गाँव जाने के लिए चल पड़ा। रास्ते में अलग-अलग तरह की खबरें पता चल रही थीं। मैं जब अकोट तक पहुँचा, तब पता चला कि 'दादा हावरे की मृत्यु नहीं हुई। उनके साथ वाले व्यक्ति विट्ठलराव दुतोंडे को गोली लगी है। कुछ दूर और पहुँचने पर पता चला कि दादा हावरे की भगवा रंग की टोपी को निशाना बनाकर गोली चलाई गई थी, लेकिन वह उन्हें नहीं लगी और विट्ठलराव दुतोंडे को लगी, जिससे वे शहीद हो गए। मैं बहिरम पहुँचा तो दादा से मुलाकात हुई और मेरी जान में जान आई। संकटों का सामना करने की प्रवृत्ति उनके खून में है।

हमारे अंदर अनंत शक्ति, असीम उत्साह, अपार साहस और धैर्य होना चाहिए, तभी हमसे कोई महान् कार्य होगा, जैसे स्वामी विवेकानंद के इस वाक्य की तरह ही परिस्थितियाँ हमें सिखा रही थीं।

1975 में जब देश में आपातकाल लगाया गया तो दादा की गिरफ्तारी हुई। उस समय भी वे निडरता के साथ उन परिस्थितियों से लड़े। दादा की निष्ठा के अनेक उदाहरण हैं।

“बाबा के दर्शन के लिए दूर-दूर से आनेवाले भक्तों की सुख-सुविधा को प्रधानता दी जाए, ऐसा मुझे अकसर लगता था। इसके लिए मैंने अनेक नई-नई योजनाएँ भी शुरू कीं। दर्शन की लाइनों में सुधार को मैंने सबसे ज्यादा प्राथमिकता दी और इन सुधारों मुझे का परिणाम श्रद्धालुओं के चेहरे पर स्पष्ट रूप से दिखाई भी देने लगा।”

Request to Sai Devotees
All Sai Devotees are requested not to eat any kind of PRASAD given by Strangers.
For Enquiry and Information

संस्थान के चिकित्सालय में नए निर्माण कार्य का भूमि पूजन करते हुए

आपातकाल चालू था, पैरोल पर उन्हें जेल से छोड़ा गया और बाहर निकलते ही उन्होंने फिर से अपनी भगवा टोपी पहन ली। वे उसी तरह से सब जगह घूम रहे थे। दादा के हम लोगों को जो संस्कार मिले हैं, वह निस्स्वार्थ भाव से कार्य करते रहने के हैं। दादा मुझे जहाँ-जहाँ लेकर गए, वहाँ-वहाँ उन्हें मुझे लोगों से जोड़ा, उनसे परिचय कराया। अब उनमें से बहुत से नाम याद नहीं रहे, लेकिन अधिकांश लोगों से, जिनसे उन्होंने मुझे मिलाया था, उनसे आज भी रिश्ता कायम है।

दादा के संस्कारों का एक और प्रेरणादायी उदाहरण है, जो आज भी मुझे अच्छी तरह से याद है। मिट्टी की दीवारों और उसके ऊपर केल्हू के छप्पर से बना हमारा घर था। एक बार बारिश के मौसम में उसकी एक दीवार गिर गई। घर एकदम से उजाड़ दिखने लगा था। उस समय मैं छोटा था। दादा ने जयसिंह विद्यालय नाम से एक विद्यालय शुरू किया था। अलग-अलग जाति के लोगों को मिलाकर एक ट्रस्ट बनाया था। इस ट्रस्ट के माध्यम से विद्यालय की इमारत के कंक्रीट का काम चल रहा था। मैं रोज देखता था कि हमारे घर की दीवार गिरी हुई है और विद्यालय की कंक्रीट की इमारत बन रही है, लेकिन दादा ने विद्यालय की एक भी ईंट घर पर नहीं लगाई। एक साल बाद हमारे घर की दीवार फिर से मिट्टी की ही बनाई गई। वह दीवार हम सबने मिलकर बनाई और हमारा घर एक बार फिर ठीक-ठाक हुआ। दादा का यह हम लोगों पर एक बिना बताया हुआ संस्कार था। सार्वजनिक स्थानों का जो पैसा होता है, उसे सार्वजनिक कार्यों के लिए ही खर्च किया जाना चाहिए, वह व्यक्तिगत उपयोग के लिए नहीं होता, यह बात उन्होंने हमें अपने आचरण के माध्यम से सिखाई थी।

मैंने शिरडी संस्थान की जिस दिन जवाबदारी ली थी, उस दिन पत्रकार परिषद् में इस बात को विशेष रूप से कहा था कि 'यहाँ के एक भी पैसे की चोरी मैं होने नहीं दूँगा तथा भविष्य में लोगों का मार्गदर्शक बने, ऐसा पारदर्शी कामकाज करूँगा।'

मेरी यह बात जब समाचार-पत्रों में छपी उसके चार दिन बाद ही ज्येष्ठ समाजसेवक अण्णा हजारे का पत्र आया।

गुडी पाडवा उत्सव के अवसर पर गुडी बाँधते समय एक अलग ही उत्साह अनुभव हुआ

उस दिन मेरे साथ जो घटना हुई, वह आगे किसी भी साईं भक्त के साथ घटे नहीं, इसके लिए मैं पहले काम करूँगा। साईंबाबा के दर्शन के लिए आनेवाले भक्तों को श्रद्धा और सेवा अनुभव मिले, ऐसे काम मैं करूँगा और पहला ही काम मैंने क्या किया होगा! वह था भक्तों की दर्शन व्यवस्था को सुधारने का।

उन्होंने पत्र में लिखा था—'इस तरह के वाक्य बोलनेवाला इस मंदिर प्रतिष्ठान को पहला अध्यक्ष मिला, इस बात का मुझे आनंद है। मैं आपका मनपूर्वक अभिनंदन करता हूँ।'

मैं शिरडी संस्थान का अध्यक्ष कैसे बना, इस बात की मुझे जानकारी नहीं है। कुछ साल पहले मैं परिवार के साथ शिरडी साईंबाबा के दर्शन करने गया था। उस समय मुझे एक विचित्र अनुभव हुआ था। हम लोग लाईन लगाकर ही साईंबाबा के दर्शन के लिए जा रहे थे। इससे पहले भी अनेक बार गए थे, लेकिन इस बार जब गया तो बाबा की समाधि स्थल तक सबकुछ ठीक था, लेकिन वहाँ पँहुचकर जिस तरह से लोग लोटपोट व धक्का-मुक्की करते हैं, उसकी वजह से हम लोग वहाँ से बाहर की तरफ धकेल दिए गए। हमें व्यवस्थित दर्शन करने को नहीं मिला। बाहर निकलकर मैंने पत्नी से कहा, 'इसके बाद मैं शिरडी नहीं आऊँगा, यह मेरा आखिरी दर्शन है।' उसके बाद मैं शिरडी गया भी नहीं।

एक दिन महाराष्ट्र के तत्कालीन मुख्यमंत्री देवेंद्रजी फडणवीस ने मुझे बुलाया और कहा कि शिरडी संस्थान के अध्यक्ष पद के लिए हम लोग आपके नाम का विचार कर रहे हैं, आपका क्या विचार है। मुझे तुरंत वह घटना याद आ गई और मैंने वह देवेंद्रजी को सुनाई। उन्होंने हँसते हुए कहा, 'देखिए, बाबा का आपको बुलावा आ गया है।' इसी बात को ध्यान में रख मैंने शिरडी की जवाबदारी स्वीकारना तय किया।

अगले दिन जब मैं शिरडी जा रहा था, रास्ते में मुझे कुछ पत्रकारों के फोन आए। उन्होंने कहा, 'आप यहाँ नहीं आए तो ठीक रहेगा, क्योंकि यहाँ रास्ता रोको आंदोलन तथा तोड़-फोड़ चालू है। आप आएँगे तो आपको भी रोकनेवाले हैं, इसलिए आप नहीं आएँ।' मैंने उन लोगों से कहा कि मैं हाथ में लिया कोई कार्य अधूरा छोड़ता नहीं हूँ, जो होना है, वह देख लेंगे, ऐसा मेरा स्वभाव है। उस समय मेरे मुँह से सहज निकला कि साईंबाबा की इच्छा होगी तो मैं चार्ज लूँगा, नहीं तो मैं चार्ज नहीं लूँगा, लौट जाऊँगा। मैं शिरडी पहुँचा तो सब तरफ सन्नाटा पसरा हुआ था। मैं मंदिर में गया, बाबा के दर्शन किए और उसके बाद प्रभार सँभाला।

मित्रो! उस समय मुझे फिर से वह वाक्य याद आया, 'बाबा सबकुछ करते हैं।' यह वाक्य जिस किसी ने भी बोला है, उस पर विश्वास किया जाए या नहीं ? तो इसका जवाब है, इस वाक्य पर पूरा विश्वास रखा जाना चाहिए। बाबा सबकुछ करते हैं और आपके माध्यम से कराकर भी लेते हैं, लेकिन असलियत में होता यह है कि मनुष्य का अहंकार बहुत बड़ा है और वह हमें शांत बैठने नहीं देता। मुझे किसी ने सवाल पूछा था कि 'आप विज्ञान के विद्यार्थी हैं, यहाँ अध्यात्म में आकर क्या करेंगे ?'

मैंने इसका जवाब दिया था कि 'उस दिन मेरे साथ जो घटना घटी थी, वह किसी और साईं भक्त के साथ नहीं घटे, इस बात के लिए मैं प्राथमिकता से कार्य करूँगा। साईंबाबा के दर्शन के लिए आनेवाले भक्तों को श्रद्धा और सेवा का अनुभव मिले, इस प्रकार के काम मैं करता रहूँगा और मैंने पहला काम जो किया, वह है भक्तों के दर्शन की व्यवस्था को सुधारने का। प्रभार सँभालने के बाद जब मैं शिरडी गया, उस समय भक्तों के साथ लाइन में खड़ा रहा और उनकी परेशानियों को जानने का प्रयास किया। सेवा के साथ करुणा जुड़ी होती है, तभी वह अंतर्मन को अहसास पहुँचाती है। हमारी सामाजिक समझ इसी तरह की करुणा पर आधारित होनी चाहिए, ऐसा मुझे लगता है। सेवा का यह अखंड उद्‌देश्य ही मेरी शक्ति है। इन सभी के पीछे बाबा के ऊपर श्रद्धा और उनके द्वारा दी जानेवाली ऊर्जा ही मुख्य कारण है। भक्ति को सेवा से जोड़कर शिरडी का कायाकल्प करने का मैंने निर्णय किया और उसके लिए मैंने प्राथमिकता दी—दर्शन के लिए आनेवाले श्रद्धालुओं की सुविधा।

■

2 ध्यास दर्शन का

2

दर्शन की सुविधा

बाबा के दर्शन के लिए करोड़ों श्रद्धालु शिरडी आते हैं। दर्शन के उद्देश्य से आए इन श्रद्धालुओं को अधिक-से-अधिक सुविधाएँ प्रदान की जाएँ, ऐसा मुझे लगता है। भक्तों को सही और समाधानी दर्शन मिलें, यही मेरा मुख्य कार्य है। बाबा के दर्शन के बाद भक्तों के चेहरों पर खुशी झलके, यही तो मेरा उद्देश्य था।

अध्यक्ष पद का कार्यभार सँभालने के बाद मैं शिरडी आया। गाँव में पाँव रखते ही वही अनियंत्रित और बिना अनुशासन वाली भीड़ से सामना हुआ। मंदिर में गया और सीधे दर्शन की कतार में खड़ा हो गया। भीड़, लोट-पोट, आगे जाने के लिए सिफारिशें, वे सभी बातें वैसी ही थीं, जैसा मैंने पहले अनुभव किया था। जो कर्मचारी मुझे पहचान गए थे या मेरे बारे में जानते थे, उन्हें मुझे लाइन में खड़ा देख अचरज हो रहा था। वे एकटक मुझे देख रहे थे, क्योंकि लाइन में खड़े होकर बाबा का दर्शन लेनेवाला अध्यक्ष उन्होंने इससे पहले नहीं देखा था। लाइन में आगे सरकते हुए मैं आसपास की परिस्थितियों का भी निरीक्षण करता चल रहा था। बाबा के दर्शन के लिए सैकड़ों मील का सफर तय कर आनेवाले भोले-भाले श्रद्धालुओं की यह स्थिति मुझसे देखी नहीं जा रही थी। भारी भीड़, उमस, पीने के पानी का अभाव, बच्चों की असहाय स्थिति तथा वृद्धों के बुरे हाल की कोई सीमा नहीं थी। वी.आई.पी. कार्ड का दुरुपयोग और कालाबाजारी करनेवाले बदमाश एजेंट भोले-भाले श्रद्धालुओं को लूट रहे थे। ये सारी बातें मेरे मन को कचोट रही थीं।

इन सभी दृश्यों को देख मैं व्यथित हो गया था। जब मैं लाइन में आगे की तरफ सरक रहा था, उसी समय मेरी नजर एक कोने पर पड़ी। लाइन के बीच में ही एक बैठक जैसी जगह को ढूँढ़ एक महिला वहाँ अपना सिर झुकाए अपने बच्चों को स्तनपान करा रही थी। इतने लोगों की भीड़ में उसका सिर शर्म से झुका हुआ था। छोटे शिशु की भूख शांत करने के अलावा उसके पास कोई उपाय नहीं था। दर्शन की लाइन में लगा नंबर भी वह छोड़ नहीं सकती थी। उस माता की वह विकट स्थिति देखकर मैं बेचैन हो गया था।

यह व्यवस्था जितनी जल्दी हो, इसे बदलना चाहिए, ऐसा मैंने मन-ही-मन निश्चय कर लिया। मेरी वैज्ञानिक वृत्ति ने मेरे मष्तिष्क में विचारों का प्रवाह शुरू कर दिया। विचार आने लगे कि आधुनिक तकनीक का इस्तेमाल कर क्या इस व्यवस्था में सुधार किया जा सकता है।

साईंबाबा संस्थान के अध्यक्ष के रूप में मेरा पहला सबसे ज्यादा महत्त्वपूर्ण काम क्या होना चाहिए? जब मैं विचार करने लगा तो मुझे यही बात बार-बार ध्यान में आई कि सभी श्रद्धालुओं को बाबा के दर्शन आनंद और सहज तरीके से मिलने चाहिए और इसी कार्य पूर्ण करना मैंने अपना मुख्य कर्तव्य माना। भोजन या निवास की सुविधा तो एक वैकल्पिक सुविधा है। सबसे पहले बाबा का सुखद दर्शन प्रमुखता का विषय बना।

लेकिन साथ-ही-साथ कुछ मूलभूत और दीर्घकालीन सुविधाएँ जुटानी भी आवश्यक थीं। जिन माताओं के गोद में छोटे शिशु हैं, उनके लिए कतार के पास दुग्धपान कक्ष बनाए गए। ऐसी महिलाओं को लाइन में खड़े रहने से छूट दी गई और सीधे दर्शन की सुविधा उपलब्ध कराई गई। इसी प्रकार की सीधे दर्शन की सुविधा 60 साल से अधिक उम्र के वृद्ध श्रद्धालु स्त्री-पुरुषों, दिव्यांग व मरीज भक्तों के लिए भी की गई।

किसी तरह से दर्शन कर जब मैं कार्यालय में पहुँचा तो अध्यक्ष के रूप में पहला निर्णय दर्शन के लिए लगनेवाली कतारों के बारे में लिया। इन दर्शन लाइनों के यहाँ हवा चलती रहनी चाहिए, इसलिए वहाँ लगाए गए पंखों की संख्या दुगनी कर दी। यहाँ पर उजाला और प्रकाश व्यवस्था सही हो, इसलिए पुरानी खिड़कियाँ बदलकर काँच की खिड़कियाँ लगवाईं। सभी विश्वस्तों से चर्चा कर हमने दर्शन लाइनों में सुधार के लिए योजना बनाई। 'दर्शन क्यू' इस परियोजना को नाम दिया गया। इसके बारे में मैं आगे आप लोगों को बताऊँगा।

श्रद्धालुओं को लाइनों में चाय, कॉफी, दूध, बिस्कुट आदि मुफ्त में देने की सुविधा शुरू की। मंदिर परिसर के स्वच्छता गृह बहुत गंदे रहते थे, उनकी नियमित साफ-सफाई की व्यवस्था की। वहाँ की टाइल्स बदलकर उनका स्वरूप सुधारा गया। हर रोज दर्शन के लिए बड़ी संख्या में श्रद्धालु आते हैं, लिहाजा उन्हें बहुत लंबे समय तक लाइनों में खड़ा रहना पड़ता है। श्रद्धालुओं का यह समय अच्छे और सत्कार्य में व्यतीत हो, इसलिए लाइनों में 250 से भी

अनेक मंदिरों के दर्शन की लाइनों की व्यवस्था का मैंने निरीक्षण किया। आधुनिक तकनीक के बारे में जानकारी ली। इसी के आधार पर बायो मैट्रिक टाइम तकनीक शुरू हुई। इसकी वजह से दर्शन का समय कब आएगा, भक्तों को इस बात का पता चलने लगा।

आधुनिक सुविधाओं वाले दर्शन लाइनों के लिए प्रस्तावित संकुल का मॉडल

शिरडी मंदिर को ISO प्रमाण-पत्र

उत्कृष्ट व्यवस्थापन के लिए शिरडी संस्थान को सरकार की तरफ से ISO प्रमाण-पत्र मिला है। इसकी वजह से मंदिर की पूजा और अन्य विधियों का प्रमाणीकरण (ऑथेंटिकेशन) हो गया है।

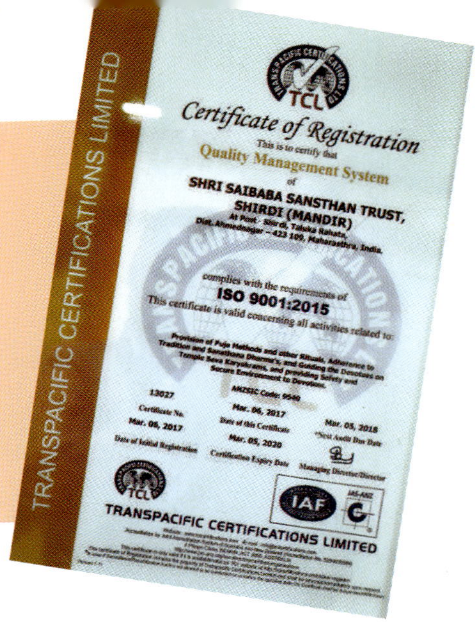
TRANSPACIFIC CERTIFICATIONS LIMITED
Certificate of Registration
This is to certify that
Quality Management System
of
SHRI SAIBABA SANSTHAN TRUST, SHIRDI (MANDIR)
complies with the requirements of
ISO 9001:2015
TRANSPACIFIC CERTIFICATIONS LIMITED

अधिक स्थानों पर एल.ई.डी. कोज सर्किट टी.वी. लगाने का निर्णय किया गया। इन पर बाबा की मूर्ति, पूजा, आरती, कीर्तन और प्रवचन का सीधा प्रसारण शुरू किया गया।

इस प्रयोग से भक्त बाबा के दर्शन में लीन रहने लगे और उनका लाइन में लगनेवाला समय भी आसानी से कटने लगा। यहाँ इस संबंध में एक अनुभव बताना चाहता हूँ। एक बार नेत्रहीनों का एक समूह बाबा के दर्शन के लिए आया। उन्हें सीधे दर्शन की सुविधा मिली थी। इस सुविधा के लिए उन्होंने खुशी जताई। मेरे मन में एक प्रश्न बार-बार आ रहा था, मैंने वह प्रश्न उनके सामने रखा। मैंने उनसे पूछा, 'आप लोग बाबा को देख नहीं सकते, फिर उनके दर्शन के लिए यहाँ तक आने की क्या जरूरत थी?' उनमें से एक व्यक्ति ने जो उत्तर दिया, उसने मेरी आँखें खोल दीं। उसने कहा, 'यह ठीक है, हम बाबा को नहीं देख सकते, लेकिन बाबा तो हमको देख सकते हैं न? उनकी नजर हमारे ऊपर पड़ी, यही हमारे लिए काफी है।'

टाइम स्लॉट दर्शन व्यवस्था

दर्शन की लाइनों को आसान बनाने और भक्तों का समय बचाने के लिए कुछ मूलभूत सुविधाएँ बनानी जरूरी थीं। इसके लिए मैंने अनेक बड़े देवस्थानों का दर्शन तथा वहाँ की लाइन की व्यवस्था देखी। आधुनिक तकनीक की जानकारी हासिल की और उसी सब को आधार बनाकर बायोमैट्रिक टाइम प्रक्रिया शुरू की। इसमें भक्तों का पंजीयन होता है, उनकी फोटो निकाली जाती है, अँगूठा लिया जाता है और उसके बाद दर्शन का पास दिया जाता है। दर्शन के लिए शिरडी आते ही भक्तों को इस प्रक्रिया के तहत अपना नाम दर्ज कराकर पास ले लेना चाहिए। इससे आपको एक निश्चित टाइम स्लॉट मिल जाता है। वे अपने दूसरे कार्यों से निवृत्त हो, दिए गए समय के अनुसार दर्शन लाइनों में प्रवेश करें। वहाँ उनके पास की स्कैनिंग होती है। यह स्कैनिंग निदोष्ट हो जाने के बाद भी होती है। इससे इस बात का अंदाजा लगता है कि दर्शन करने में कितना समय लग रहा है। इस नई व्यवस्था के अनुसार सामान्यतः 25 से 45 मिनट के अंदर दर्शन हो जाते हैं। इस नई सुविधा के बाद अब आपको 6 से 7 घंटे के लंबे समय तक दर्शन की लाइनों में खड़े रहने की जरूरत नहीं पड़ती है। एक घंटे में करीब 6,000 श्रद्धालुओं के व्यवस्थित दर्शन हो सकते हैं, इसी को आधार बनाकर इस टाइम स्लॉट प्रक्रिया को संचालित किया जाता है। इस व्यवस्था का एक और फायदा हुआ कि श्रद्धालुओं की सही संख्या का पता चलने लगा। इससे पता चलने लगा कि प्रतिदिन कितने श्रद्धालु आ रहे हैं, पहले इस संख्या का एक अंदाज ही लगाया जाता था।

यह एक क्रांतिकारी बदलाव हुआ है, अब तो दर्शन के लिए आनेवाले श्रद्धालुओं के लिए ऑनलाइन बुकिंग की सुविधा भी शुरू कर दी गई है। इस योजना के लिए मंदिर परिसर में 40 स्थानों पर कंप्यूटर लगाए गए हैं। त्रिलोक एजेंसी ने यह सुविधा निःशुल्क बनाकर दी है।

वी.आई.पी. दर्शन सबके लिए

स्वच्छ और पारदर्शी व्यवस्था तथा कामकाज का निश्चय करके मैंने शिरडी का कार्यभार सँभाला था। शिरडी पहुँचकर एक बात जो सबसे ज्यादा मुझे खटकी, वह थी

लाइन में श्रद्धालुओं को चाय-बिस्कुट का नि:शुल्क वितरण

श्रद्धालुओं की भक्ति अनेक लोगों के लिए कमाई का जरिया बन गई थी। लाइन में खड़े रहनेवाले श्रद्धालुओं को किसी भी भाव में पानी बेचा जाता था। मैंने इन श्रद्धालुओं को नि:शुल्क शुद्ध पानी देने का निर्णय किया और मंदिर परिसर में RO जल शुद्धीकरण संयंत्र लगाया गया और सबको नि:शुल्क पेयजल की सुविधा दी गई।

कि भोले-भाले श्रद्धालुओं को ठगने या लूटने का काम। चंदा देकर दर्शन कराने के नाम का कारोबार मंदिर परिसर में जमकर चल रहा था। 200 रुपए का चंदा देकर वी.आई.पी. पास से तत्काल दर्शन का एक खेल चलता था। इस वी.आई.पी. पास के लिए जनप्रतिनिधियों या स्थानीय नेताओं का सिफारिशी पत्र लगता था। ये सिफारिश-पत्र दिलाने के लिए एजेंटों की एक फौज सी इस परिसर में सक्रिय थी और वह रुपए लेकर यह काम करती थी। ये एजेंट भोले-भाले श्रद्धालुओं को पकड़ते थे और 200 रुपयों की बजाय उन्हें 1,000 रुपए तक में ये पास बेच देते हैं। इस सारे कामकाज के पीछे एक बड़ा रैकेट काम कर रहा था। तत्काल दर्शन का यह खेल मैंने तुरंत प्रभाव से रोकने का निर्णय किया। इस प्रकार के निर्णय का बड़ा विरोध होगा, ऐसा कुछ लोगों ने मुझे पहले ही बताया था, कुछ अधिकारियों ने भी इस बात से मुझे डराने की कोशिश की, लेकिन मैंने उनकी एक भी नहीं सुनी। भक्तों के साथ होनेवाली यह लूट बंद होनी चाहिए, ऐसा मुझे लगता था और मैं अपने निर्णय पर दृढ़ था। मैंने यह निर्णय किया, इसके लिए विश्वस्तों को भी भरोसे में लिया और भक्तों के साथ हो रही लूट को बंद किया। मैंने निर्णय में वी.आई.पी. दर्शन पास के लिए लगनेवाले सिफारिश पत्र को ही बंद कर दिया और सभी श्रद्धालुओं के लिए यह सुविधा खुले रूप से उपलब्ध करा दी। जो माँगे, उसे पास दिए जाने का आदेश दिया, साथ-ही-साथ यह पास ऑनलाइन भी उपलब्ध करा दिया। इसका परिणाम ऐसा हुआ, जिन श्रद्धालुओं के पास समय का अभाव रहा करता है, उन्हें एक बड़ी सुविधा मिल गई। जनसंपर्क कार्यालय से दलालों की भीड़ खत्म हो गई। मुझे इस बात का अंदेशा था कि कुछ लोग तो विरोध करने आएँगे, लेकिन कोई नहीं आया। कुछ लोग यह आदेश आने से पहले इस बात की आशंका व्यक्त करते थे कि इससे संस्थान की आय पर असर पड़ेगा, लेकिन वास्तविकता यह रही कि इस निर्णय के पहले मंदिर में दर्शन के पास से जो आय 18 करोड़ रुपए सालाना हुआ करती थी, वह निर्णय के बाद वाले साल में बढ़कर 43 करोड़ और उसके बाद वाले साल में 61 करोड़ हो गई, यानी यह राशि किसी-न-किसी रूप में मंदिर के बाहर सक्रिय नेटवर्क के पास जाती रही थी, अब उस पर रोक लग गई। भक्तों की लूट और दर्शन के नाम पर चल रहा भ्रष्ट कारोबार थम गया, इसमें मुझे सफलता हासिल हुई। इसका मतलब यह हुआ कि जब यह पास सभी के लिए खुला कर दिया गया तो पहले ही साल में 21 लाख 50

बायो मैट्रिक दर्शन पास की व्यवस्था की वजह से श्रद्धालुओं के समय में बचत

शिरडी में रेलवे से आनेवाले यात्रियों को रेलवे टिकट के साथ दर्शन पास के आरक्षण की सुविधा भी मिले, इसकी अपील मैंने रेलमंत्री पीयूष गोयल से की थी। श्री गोयल ने मेरी यह माँग तुरंत मान ली। उनकी त्वरित कारवाई की वजह से 26 जनवरी, 2018 से श्रद्धालुओं लिए सुविधा शुरू हो गई है। शिरडी रेलवे स्थानक पर हर सप्ताह 60 गाड़ियाँ आती हैं और इन सबके यात्रियों को पास सुविधा उपलब्ध है।

हजार तथा दूसरे साल में 30 लाख 50 हजार भक्तों ने उसका लाभ उठाया। इस योजना से भक्तों को 15 से 20 मिनट में दर्शन हो जाते हैं। कहीं से भी आप शिरडी का रेलवे टिकट निकाल रहे हैं तो उस टिकट के साथ दर्शन की भी बुकिंग की जा सकती है। यह सुविधा हमने रेलवे से चर्चा करके शुरू करवाई है। हजारों यात्री वर्तमान में इस सुविधा का लाभ उठा रहे हैं।

अत्याधुनिक दर्शन क्यू कॉम्प्लेक्स

भक्तों की सुविधा के लिए मंदिर परिसर में एक अत्याधुनिक कॉम्प्लेक्स बनाया जा रहा है। 110 करोड़ की लागत से इस प्रोजेक्ट पर काम चल रहा है। तल और उसके ऊपर तीन मंजिल का यह कॉम्प्लेक्स है। इस कॉम्प्लेक्स में 12 हॉल बनाए जा रहे हैं। सभी हॉल वातानुकूलित हैं। तल मंजिल पर भक्तों को लॉकर में सामान रखने की सुविधा रहेगी। वहीं पर टाइम स्लॉट काउंटर्स भी बनाए जाएँगे, जहाँ भक्तों को दर्शन का निर्धारित समय पता चल सकेगा, प्रसाद और साईं साहित्य काउंटर्स भी रहेगा। हॉल में भक्तों के लिए चाय, कॉफी, बिस्कुट, दूध की सुविधा रहेगी। छोटे बच्चों के लिए बेबी सिटिंग या पालनाघर की सविधा भी है। इन तीनों मंजिलों पर आने-जाने के लिए लिफ्ट भी है। यह कॉम्प्लेक्स एक स्काइ वॉक के माध्यम से मंदिर से जोड़ा गया है।

मुख दर्शन की सुविधा

बाबा के दर्शन की चाह तो सभी भक्तों को रहती है। बहुतों को दर्शन तो करना होता है, लेकिन समय की कमी भी रहती है। ऐसे भक्त किसी-न-किसी रैकेट का शिकार हो जाते हैं। इस समस्या का भी हल ढूँढ़ना था। इस पर विचार करते समय 'मुख दर्शन' की कल्पना यकायक सामने आई। जिन भक्तों के पास समय का अभाव रहता है, उन्हें बाबा के मुख दर्शन से भी संतोष हो जाता है। इसके लिए मैंने मंदिर के सामने इस विशेष सुविधा के लिए स्थान निर्धारित किया। भक्तों को होनेवाली असुविधाओं को खत्म करने के लिए स्थायी व्यवस्था की जानी चाहिए, इस बात का विचार मेरे मन में बार-बार आता रहता है। यह सब करते हुए मुझे भक्तों को भी उसमें समाहित करने का विचार आया। शेगाँव के गजानन महाराज मंदिर की व्यवस्था मैंने अपने आँखों से देखी थी। उसी के आधार पर साईं सेवा का अनोखा आविष्कार करनेवाली 'साईं सेवक' योजना का उदय हुआ। ■

3 साईं सेवक योजना

3

साईं सेवक : भक्ति का अनोखा आविष्कार

मुझे ऐसा लगा कि बाबा के दर्शन के लिए आनेवाले भक्त ही यदि दूसरे भक्तों की व्यवस्था की देख-रेख करें तो यह जन सहभागिता का बहुत बड़ा उदाहरण सिद्ध हो सकेगा। इस विचार के बाद मैंने भक्तों से आह्वान किया कि जैसे पंढरी की वारी (यात्रा) करके आनेवाले व्यक्ति में हम विट्ठल देखते हैं, उसी तरह श्रद्धालुओं में साईं को देखकर उनकी सेवा करनी चाहिए।

मैंने कार्यभार सँभाला, लेकिन दर्शन की लाइन में मुझे जो अनुभव हुआ, वह भुलाए नहीं भूलता है। मुझे अपमानित होकर दर्शन नहीं किए बगैर वापस आना पड़ा था। इस कटु अनुभव वाली याद को मन में रखकर ही मैंने काम की शुरुआत की। रोज हजारों की संख्या में आनेवाले भक्तों की परेशानियों को दूर करने का मैंने मन-ही-मन निर्णय कर लिया था। मेरे मन को यह लगता था कि मात्र यह कार्य भी मैंने पूरा कर दिया तो मेरी सेवा सार्थक हो जाएगी।

भक्त में भगवान् देखने की हमारी परंपरा है। पंढरपुर में विट्ठल के दर्शन करके आनेवाले वारकरी (तीर्थयात्री) को नमस्कार कर हम संतोष व्यक्त करते हैं कि हमने विट्ठल को नमस्कार कर लिया। गाडगे महाराज पंढरपुर में अनेक बार गए थे। उन्होंने वहाँ भक्तों के लिए धर्मशाला, घाट आदि का निर्माण किया था, लेकिन वे मंदिर में कभी नहीं गए। भक्तों में ही वे भगवान् को देखते थे, वे कहते थे, भक्तों की सेवा ही भगवान् की पूजा है। शिरडी में साईं दर्शन के लिए आनेवाले हजारों भक्तों के लिए व्यवस्था अच्छी हो और वे सुलभता से बाबा का दर्शन कर सकें, इसके लिए 'साईं सेवक' नाम से यह अनोखी पहल शुरू की गई।

वर्तमान में देश में जहाँ विज्ञान और तकनीक का तेजी से विकास हो रहा है, वहीं दूसरी ओर ईश्वर पर लोगों की श्रद्धा भी तेजी से बढ़ रही है। इसकी वजह से अनेक देवस्थानों में विविध उत्सवों और रोजमर्रा में भक्तों की भीड़ नए विक्रम निर्माण कर रही है। वैष्णो देवी, तिरुपति, पद्मनाभ मंदिर, रामेश्वरम्, मदुराई, सिद्धिविनायक गणपति मंदिर, शनि शिंगणापुर, जैसे अनेक मंदिरों में श्रद्धालुओं की यह भीड़ देखी जा सकती है। भारत ही नहीं दुनिया के मानचित्र पर उभरकर आए शिरडी के साईंबाबा के मंदिर में तो भीड़ हर दिन बढ़ रही है। शिरडी मंदिर में प्रतिदिन औसतन करीब 70 हजार श्रद्धालु दर्शन के लिए आते हैं। महीने में अनेक बार यह संख्या लाख तक पहुँचती है। रामनवमी, गुरु पूर्णिमा या दशहरा जैसे उत्सवों पर तो यह संख्या तीन लाख तक पहुँच जाती है। सभी भक्तों को अपने आराध्य देव का दर्शन सुलभता से हो तथा दूर से आनेवाले भक्तों को रहने और खाने की सहज सुविधा हो इसके लिए शिरडी संस्थान की विश्वस्त समिति हमेशा ही प्रयत्नशील रहती है। इस भारी भीड़ को सँभालना, लोगों को परेशानी नहीं हो, इस बात के इंतजाम करना और सभी को सुव्यवस्था का लाभ मिले, इसके लिए संस्थान ने 'साईं सेवक' नाम से एक अभिनव योजना बनाई। थोड़े ही समय में यह 'साईं सेवक' योजना संस्थान की एक विशेषता बन गई।

मेरी मूल प्रवृत्ति एक वैज्ञानिक की है, इसकी वजह से कोई भी बात हो वह अनुशासनात्मक तरीके से और कसौटी पर खरी होनी चाहिए, ऐसा हमेशा मेरा प्रयास रहता है। दर्शन के लिए आनेवाले श्रद्धालुओं की भीड़ को नियंत्रित करने के लिए तथा उन्हें सभी प्रकार की सुविधाए व्यवस्थित तरीके से उपलब्ध कराने के लिए बाहर से किसी से कराने की बजाय मैं जनसहभागिता से इस कार्य को कराने की सोचता था।

शेगाँव स्थित गजानन महाराज मंदिर परिसर में सेवकों द्वारा एक अच्छा प्रयोग व आदर्श योजना चलाई जाती है, इस बात की मुझे जानकारी थी। इस योजना की विस्तृत जानकारी लेने के लिए मैं शेगाँव गया। गजानन महाराज मंदिर संस्थान के अध्यक्ष शिवशंकर भाऊ पाटील से इस बारे में चर्चा की तथा पूरी योजना समझी। शिरडी में यह योजना कितनी सफल होगी, इसको लेकर भाऊ थोड़े आशंकित थे, लेकिन मेरा और अन्य विश्वस्तों का निश्चय पूरा पक्का था। हमने इस योजना को शुरू करना तय किया और भक्तों का जबरदस्त समर्थन मिला।

संख्या के हिसाब से सबसे ज्यादा 'साईं सेवक' भक्त आंध्र प्रदेश के हैं। यहाँ से 250 समूहों में 5,300 सेवकों ने अपनी सेवाएँ प्रदान कीं। महाराष्ट्र के 188 समूहों के 3,619 सेवकों ने अपनी सेवाएँ दीं।

शेगाँव के मंदिर के मुकाबले शिरडी में आनेवाले भक्तों की संख्या कई गुना ज्यादा है। दुनिया के 47 देशों से भक्त शिरडी में आते हैं और यह संख्या दिन प्रतिदिन बढ़ती ही जा रही है। भारत के विभिन्न प्रांतों के विभिन्न

साईं सेवक योजना में सेवा देने के लिए शामिल होनेवाले श्रद्धालु

'साईं सेवक' योजना का मैंने उद्घाटन किया, उस समय हिवरे बाजार सरपंच श्पोपटराव पवार भी उपस्थित थे

भाषा बोलनेवाले लाखों श्रद्धालु शिरडी आते हैं। इन सभी लोगों की भीड़ को सँभालना, किसी प्रकार की कोई गड़बड़ी या भगदड़ नहीं होने देना, भक्तों को सुविधाएँ उपलब्ध कराना यह एक बड़ा चुनौतीपूर्ण कार्य था, लेकिन साईं संस्थान के आह्वान पर 'साईं सेवक' इस कार्य को काफी सेवा और श्रद्धाभाव से कर रहे हैं।

29 जुलाई गुरु पूर्णिमा के दिन यह योजना शुरू की गई थी और आज भी यह योजना उसी उत्साह और जिम्मेदारीपूर्वक चलाई जा रही है। मंदिर में दर्शन की लाइन, साईं प्रसादालय, प्रसाद के रूप में दिए जानेवाले लड्डू बिक्री विभाग, सुरक्षा विभाग, उपहार गृह, भक्त निवास, रुग्णालय, इन स्थानों पर ये सेवादार भक्तों की सुविधाओं के लिए कार्यरत रहते हैं। इन्हें 'साईं सेवक' संबोधित किया जाता है।

इस योजना के तहत विविध पालखी मंडल के सदस्यों को प्राथमिकता दी जाती है। ऐसे सदस्यों को 21 भक्तों का एक समूह बनाकर अपना पंजीयन कराना होता है, अब तक 570 पालखी मंडल के समूहों ने अपना पंजीयन कराया है और सभी समूहों ने नि:शुल्क सेवाभाव से अपना कार्य किया है।

साल भर यह योजना बिना किसी अड़चन के चलती रहे, इसके लिए इस योजना को बनाते समय कई कठोर पैमाने निर्धारित किए गए। प्रत्येक सप्ताह के लिए 21 व्यक्तियों का एक समूह, इस तरह से कम-से-कम 10 समूह चुने जाते हैं, यानी 210 साईं सेवक एक सप्ताह तक अपनी सेवाएँ देते हैं। इन समूहों की सेवा का सप्ताह हर मंगलवार से शुरू होकर अगले सोमवार तक होता है। यह काम सुबह 6 बजे से शुरू होकर दोपहर 2 बजे तक चलता है। उसके बाद 2 बजे से लेकर रात 10 बजे तक निरंतर चलता रहता है। 'ॐ साईं राम' मंत्र का उद्घोष करते हुए ये सेवादार बहुत ही आनंद के साथ अपनी जवाबदारी निभाते हैं। जिन पालखी मंडल को अपने एक से अधिक समूह पंजीकृत कराने की या अपनी सेवा की अवधि बढ़ाने की इच्छा होती है, उन्हें अनुमति दी जाती है।

हर विभाग में काम करनेवाले सेवादारों को उनके कार्य बाँट दिए गए हैं। इसके तहत भक्तों को तिलक लगाना, प्रसाद वितरण, भोजन व्यवस्था, विविध स्टाल्स की जानकारी देना, दर्शन लाइनों की व्यवस्था देखना, पेयजल वितरण, मरीजों की मदद ऐसे अनेक कार्य हैं, जिन्हें साईं सेवक बहुत आनंद के साथ करते हैं।

ये साईं सेवक अपना काम व्यवस्थित तरीके से करें, इसके लिए संस्थान की तरफ से उन्हें कुछ सुविधाएँ भी उपलब्ध कराई जाती हैं। साईं सेवकों को संस्थान की तरफ से पहचान-पत्र दिया जाता है। सेवा अवधि के लिए उन्हें गणवेश दिया जाता है, उनके आवास तथा भोजन की

मैं शपथ लेता हूँ...

साईं सेवक का काम करते समय कुछ नैतिक बंधन होना जरूरी है। इसे ध्यान में रखकर हमने एक शपथ तैयार की है। साईं सेवक का काम शुरू करने से पहले सभी को वह शपथ लेनी पड़ती है। यह शपथ इस प्रकार है।

मैं (साईं सेवक) श्री साईंबाबा का स्मरण करते हुए शपथ लेता हूँ कि

- **मैं हमेश स्वच्छता का पालन करूँगा।**
- **मैं सदैव निर्व्यसनी रहूँगा।**
- **मैं किसी से गलत व्यवहार नहीं करूँगा।**
- **मैं अंधश्रद्धा निर्मूलन के लिए सदैव प्रयत्नशील रहूँगा।**
- **मैं साईंबाबा के श्रद्धा सबूरी के मंत्र का पालन करूँगा।**
- **मैं प्रत्येक व्यक्ति की भक्ति भाव से सेवा करूँगा।**
- **मैं सभी से नम्रता और सहयोग की दृष्टि से व्यवहार करूँगा।**
- **मैं साईं सेवक पद का काया, वाचा, मनसा सदैव सम्मान करूँगा।**

ॐ साईं राम!

दुर्घटना बीमा योजना

साईं सेवकों के लिए संस्थान की तरफ से दुर्घटना बीमा की अभिनव योजना भी शुरू की गई है। एक सप्ताह की सेवा करनेवाले इन साईं सेवकों के लिए संस्थान की तरफ से एक लाख रुपए का दुर्घटना बीमा कराया जाता है। इसके अलावा इनका सेवा सप्ताह पूर्ण होने पर इन्हें बीमा पॉलिसी का प्रमाण-पत्र भी दिया जाता है। 17 जुलाई, 2018 से यह योजना शुरू की गई है और अब तक 916 साईं सेवकों को ये प्रमाण-पत्र दिए जा चुके हैं।

सेवा प्रमाण-पत्र

साईं सेवक योजना के तहत संस्थान ने अनेक नई-नई बातों का प्रयोग किया है। इसके तहत सेवा के लिए आनेवाले साईं सेवकों का स्वागत समारोह तथा सेवा समाप्त कर जानेवाले सेवकों का विदाई समारोह एक साथ मनाया जाता है। इस अवसर पर सेवा देकर जानेवाले साईं सेवक अपने अनुभवों को नए आनेवाले सेवकों से साझा करते हैं, जबकि नए आनेवाले सेवकों को संस्थान के ज्येष्ठ कर्मचारी मार्गदर्शन देते हैं। जानेवाले सेवकों को उनकी सेवा का प्रमाण-पत्र दिया जाता है तथा आनेवाले सेवकों को शपथ दिलाई जाती है।

काम में भक्ति मिलाई तो सेवा हो जाती है

साईं सेवक योजना का उद्‌घाटन करते समय मैंने योजना की पृष्ठभूमि भी स्पष्ट की। मैंने कहा—मित्रो! हमको जो पद मिला, वह बिल्कुल अनोखा है। किसी भी प्रकार की स्पर्धा से यह नहीं मिला है। हमारा चयन कराकर बाबा ने हमें बड़ा अवसर दिया है, यह भाव सभी के मन में होना चाहिए। बाबा का आप पर प्रेम है और इसी वजह से आपका चयन हुआ, यह बात सही है। यह सात दिन आपकी सेवा की शुरुआत है। एक मायने में यह सेवा का बंधन आपने अब स्वेच्छा से बाँधा है और विनम्रता से आपको इसे उम्र भर सँभालना है। 'साईं सेवक' संकल्पना में एक विशेष अर्थ है। संस्थान में काम करनेवाले कर्मचारी अनेक हैं, लेकिन आप सेवक हैं। काम करना और सेवा करना इसमें फर्क है, जैसा की पानी और तीर्थ या भोजन और प्रसाद में है। पानी और तीर्थ दोनों का विश्लेषण विज्ञान की भाषा के अनुसार H_2O ही है, लेकिन दोनों में फर्क होता है। यह फर्क है, जब हम पानी में भक्ति मिलाते हैं तो वह तीर्थ बन जाता है, वैसा ही है। हमने अन्न में भक्ति मिला दी तो वह प्रसाद हो जाता है। इसी तरह से काम में भक्ति मिला दी तो वह सेवा हो जाता है। सेवा छोटी हुई तो भी भरपूर होती है। उसी तरह से तीर्थ एक चम्मच जितना ही लिया जाता। कोई ऐसा नहीं कहता कि मुझे एक गिलास भरकर तीर्थ दो, इसलिए मण भर काम की अपेक्षा कण भर सेवा अ%छी है। इसी भावना से हमें अपनी सेवा निभानी चाहिए।

व्यवस्था की जाती है। सेवा काल में यदि कोई साईं सेवक बीमार पड़ जाता है तो संस्थान के चिकित्सालय में उसका नि:शुल्क उपचार भी किया जाता है।

साईं सेवकों के लिए संस्थान ने कुछ नियम भी बनाए हैं। इन नियमों को तोड़नेवाले तथा गलत व्यवहार करनेवाले साईं सेवक को तुरंत प्रभाव से हटा दिया जाता है। जिस साईं सेवक को जो सेवा दी जाती है, उसे वही करना होता है, किसी को उसकी माँग के आधार पर सेवा वितरित नहीं की जाती। सेवा सप्ताह समाप्त हो जाने के बाद साईं सेवकों को गणवेश, पहचान-पत्र और सेवा कार्ड संबंधित विभाग में जमा कराना होता है। सेवाकाल के दौरान साईं सेवकों द्वारा श्रद्धालुओं को फँसाने, उन्हें अंधश्रद्धा या टोना टोटका सिखाने का प्रयास करने वाले के खिलाफ पुलिस में शिकायत की जाएगी इस प्रकार का नियम बनाया गया है और सभी को उसका निर्वहन करना होगा।

साईं सेवक पंजीयन कराने के लिए पहले पुलिस से अनुज्ञा-पत्र लाने की शर्त भी रखी गई थी, लेकिन अब उसे अनिवार्य नहीं रखा गया है, लेकिन पालखी या समूह प्रमुख या मंडल के अध्यक्ष का प्रतिज्ञा-पत्र अनिवार्य किया गया है।

सभी भक्तों के मन में साईंबाबा के प्रति अपार श्रद्धा होने की वजह से इस योजना को खूब सहयोग मिल रहा है। यह अपने आप में एक रिकॉर्ड है। इन साईं सेवकों को भोजन व रहने की सुविधा के अलावा और किसी प्रकार का भुगतान नहीं दिया जाता है, यही इस योजना की एक विशेष खासियत है। पूजनीय साईंबाबा पर आस्था रखनेवाले भक्त देश के अनेक प्रांतों से आते हैं और इस सेवा के लिए अपना नाम दर्ज कराते हैं। आंध्र प्रदेश से आनेवाले 'साईं सेवक' पहले क्रमांक पर हैं। यहाँ से 250 समूहों में 5,300 साईं सेवकों ने अब तक अपनी सेवा दी है। इसके बाद महाराष्ट्र के 188 समूहों में 3,699 साईं सेवकों ने अपनी सेवा दी। पश्चिम बंगाल केरल तमिलनाडु, उत्तराखंड जैसे दूरदराज के राज्यों से भी साईं सेवकों के समूह सेवा के लिए आए हैं। कुछ समूह तो विदेशों से भी आ रहे हैं। दूर से आनेवाले साईं भक्तों की सुविधा के लिए भी प्रसादालय में उतना ही महत्त्व है और इसके बाद मैं अपना ध्यान केंद्रित कर रहा हूँ प्रसादालय की तरफ।

■

4 प्रसादालय

4

प्रसादालय, साईं कृपा का अंग

रोजाना 70 हजार से एक लाख लोगों का खाना बनाना कोई आसान काम नहीं है, लेकिन शिरडी के साईं प्रसादालय में यह कार्य बड़ी सहजता के साथ वर्षों से हो रहा है। इस प्रसादालय में आनेवाला एक भी श्रद्धालु भूखा नहीं जाता, यही साईं कृपा का एक अनोखा रूप है। 1 जनवरी, 2017 से यहाँ भोजन प्रसाद पूरी तरह से निःशुल्क कर दिया गया है। यहा 25 हजार रोटियाँ एक घंटे में बनाकर तैयार करनेवाली मशीन लगाई गई है। यह रसोईघर सौर ऊर्जा द्वारा संचालित होता है। इस अनूठे प्रयोग की एक संक्षिप्त पहचान यहाँ कराने जा रहा हूँ।

साईं प्रसादालय में आकर जब मैंने यहाँ का काम-काज देखा तो आश्चर्यचकित हो गया। प्रतिदिन 50 से 70 हजार प्रसाद, यानी इतने श्रद्धालुओं का भोजन इस प्रसादालय में बनाया जाता है। उत्सव के दौरान तो यह संख्या लाख को पार कर देती है। इतना बड़ा काम होने की वजह से यहाँ पर गलतियाँ होना और अन्न का अपव्यय होने की संभावना भी उतनी ही ज्यादा थी। खाना बनाना और उसके वितरण करने का कार्य यह सब परंपरागत तरीके से हो रहा था, इसमें आधुनिक तकनीक या मशीनों का इस्तेमाल कर इसे ज्यादा सहज बनाया जा सकता है क्या ? प्रसादालय देखने के बाद यह खयाल मन में बार-बार आ रहा था। रोटियाँ बनाना, सब्जियों को काटना, थाली और कटोरियों को धोना, इन सबके लिए आधुनिक मशीनें लगाने का निर्णय किया गया।

अगर हमारा दृष्टिकोण प्रगतिशील होता है तो उसके परिणाम भी सकारात्मक आते हैं। प्रसादालय में बड़े पैमाने पर अन्न का अपव्यय होता होगा, यह देखने के लिए जब मैंने वहाँ का बारीकी से निरीक्षण किया तो मुझे यह अनुमान आया कि प्रतिदिन करीब 5 टन अनाज यहाँ बरबाद होता है। इस अपव्यय को रोकने के लिए मैंने बहुत ही बारीकी से अध्ययन किया और उपाय निकाले। प्रसादालय में खाना परोसने वाले बार-बार चक्कर नहीं लगाना पड़े, इसके लिए एक साथ ही बहुत सा खाना परोसते होंगे। भोजन को लाने-ले जानेवाली उनकी ट्रॉली के पहिए भी खराब हो सकते होंगे, जिसकी वजह से वे ट्रॉली को एक स्थान पर खड़ा कर पंगत को वही से खाना परोसते होंगे। इसकी वहज से बहुत सा खाना गिरता भी होगा। प्रसादालय का फर्श भी टूटा होने की वजह से खाने की ट्रॉली के पहिए अटकते थे और उसे लाने ले जाने में दिक्कतें आती थीं। ये सब बातें ध्यान में आते ही मैंने ट्रॉली के पहियों की मरम्मत, फर्श के पत्थर बदलकर वहाँ ग्रेनाइट लगवा दिए गए, जिसकी वजह से खाने की ट्रॉली आसानी से लाई जाने लगी। खाना परोसने वाले के जो बरतन थे, उनका आकार छोटा करने का निर्णय भी मैंने लिया। सब्जी और अन्य तरल भोजन के लिए दिए जानेवाले कटोरी का आकर भी छोटा किया। भोजन का तीखापन भी कम किया, क्योंकि बहुत से लोग वह तीखा खाना नहीं खाते थे और वह जूठन में डालना पड़ता था। इसके लिए तीखा खानेवालों को हरी मिर्च भी उपलब्ध कराई जाने लगी। इसके अलावा यह प्रसाद है, इसे जूठा नहीं छोड़ें, इस प्रकार के संदेश लिखकर जगह-जगह पर लगाए गए। साईं सेवक भोजन करनेवाले लोगों की लाइनों में निरीक्षण करने लगे। वे श्रद्धालुओं से अपील करने लगे कि प्रसाद को बरबाद नहीं होने दें। इन सारे उपायों की वजह से अन्न के अपव्यय का प्रमाण बहुत तेजी से कम हुआ और यह अब पौने टन के आसपास आ गया, यानी प्रति थाली 19 ग्राम के आसपास। इस अपव्यय को पूरी तरह से रोकने के उपायों के बारे में भी सोचा जा रहा है तथा प्रसादालय में कार्य करने वाले कर्मचारी भी इस बात को लेकर प्रयास कर रहे हैं। अन्न के इस अपव्यय रुकने की वजह से बड़े पैमाने पर बचत हो रही है।

साईंबाबा संस्थान के विश्वस्त व्यवस्था समिति ने श्रद्धालुओं के लिए अन्नदान की एक योजना भी जाहिर की है। इस योजना के तहत श्रद्धालु साल में एक दिन यानी अपने या अपने किसी करीबी व्यक्ति के जन्मदिन के अवसर पर अन्नदान करे। एक दिन के अन्नदान का खर्च साढ़े पाँच लाख रुपए आता है। इतनी रकम यदि किसी भक्त ने दी तो उस दिन का अन्नदान उसकी तरफ से किया जा रहा है, इसकी घोषणा की जाती है तथा सी.सी. टीवी पर वह दिखाया भी जाता है। इस योजना को भी भक्तों का भरपूर समर्थन मिल रहा है। साल के 365 दिनों में से 250 दिनों के लिए भक्तों ने चंदा दे दिया है। भक्तों की संख्या बढ़ती जा रही है और साईं मंदिर में प्रसादालय को अत्याधुनिक उपकरणों से सुसज्जित कर विश्वस्त संस्था अपनी जवाबदारी को पूरा करती जा रही है। एक घंटे में 25 हजार रोटियाँ बनानेवाली मशीन यहाँ लगा दी गई है। पूरा खाना सौर ऊर्जा से बने, इसकी सुविधा पहले से ही

साईं मंदिर प्रसादालय एशिया का सबसे बड़ा प्रसादालय है। शिरडी की रसोई रोजाना सुबहमें 2 बजे शुरू हेती है और रात 11 बजे जाकर कही विराम दिया जाता है और वह भी केवल साफ-सफाई के लिए।

शिरडी का भव्य प्रसादालय—नई सुविधा में श्रद्धालु बहुत ही संतुष्ट है

Meal is the Prasad of " BABA". So Please don't
waste the food. Take only necessary food.

प्रसादालय में दी जानेवाली परिपूर्ण थाली

कर दी गई थी। इस व्यवस्था की समय-समय पर मरम्मत भी की जाती है। इस प्रयोग की वजह से भक्ति को विज्ञान का साथ भी मिल रहा है। 'पेट भरना नहीं यज्ञ कर्म' बोलते हुए प्रसाद ग्रहण करनेवाले भक्त भी संतुष्ट हैं। रोजाना 70 हजार से एक लाख लोगों का खाना बनाना यह कोई आसान काम नहीं है, लेकिन शिरडी के साईं प्रसादालय में यह कार्य बड़ी सहजता के साथ साईं कृपा की वजह से हो रहा है। भूखे व्यक्ति को अन्नदान साईंबाबा का वैशिष्ट्य था। आज भी इस प्रसादालय में आनेवाला एक भी श्रद्धालु भूखा नहीं जाता। साईं मंदिर का यह प्रसादालय एशिया का सबसे बड़ा प्रसादालय है। शिरडी में इस रसोईघर में रोज सुबह 2 बजे से काम शुरू होता है और वह रात 11 बजे तक चलता है और यह अवकाश भी रसोईघर की साफ-सफाई के लिए किया जाता है, यानी करीब-करीब 24 घंटे इस रसोईघर में भोजन प्रसाद बनाने का कार्य चलता रहता है।

इस प्रसादालय में हर दिन 50 हजार से ज्यादा श्रद्धालु प्रसाद लाभ ग्रहण करते हैं। साईं समाधि शताब्दी वर्ष 1 जनवरी, 2017 से प्रसादालय में श्रद्धालुओं को नि:शुल्क भोजन दिया जाता है। 'मेगा किचन' नामक कार्यक्रम के तहत अंतरराष्ट्रीय स्तर के नेशनल जिओग्राफी चैनल पर शिरडी मंदिर की इस रसोई को अनेक बार दिखाया गया है। प्रसादालय का यह कठिन काम सरलता से करने के लिए अत्याधुनिक तकनीक के इस्तेमाल के लिए मंदिर संस्थान के विश्वस्त मंडल ने शुरू से ही प्राथमिकता दी है।

प्रसादालय में दुनिया का सबसे बड़ा और ऊर्जा पर आधारित स्टीम कुकिंग प्रोजेक्ट बनाया गया है। बहुत साल पहले इस प्रोजेक्ट को बनाया गया था। इसमें रोज 2000 किलो, यानी 2 टन अनाज पकाया जाता है। 1 करोड़ 33 लाख रुपए खर्च कर बनाए गए इस प्रोजेक्ट से बड़े पैमाने पर रसोई गैस की बचत होती है। इस प्रोजेक्ट के लिए केंद्रीय अपारंपरिक ऊर्जा मंत्रालय की तरफ से अनुदान भी मिला है। इसके अलावा रोज प्रयोग में आनेवाली गैस के लिए 10 मीट्रिक टन क्षमता की दो टंकिया भी बनाई गई हैं। रोटी बनाने के लिए प्रामा कीचन इक्विपमेंट कंपनी ने मशीन लगाई है। आटा गूँथने के लिए 3 मशीनें लगाई गई हैं। एक मशीन से 10 मिनट में 40 किलो आटा गूँथा जाता है। इसके आगे आटा पीसने की चक्की है। इससे पहले अनाज में से कचरा और कंकड़ छाँटने के लिए मशीन लगाई गई है, यानी इस मशीन के एक सिरे से गेहूँ डालना है और मशीन के दूसरे सिरे पर आपको घी लगी हुई गरमागरम रोटियाँ मिलेंगी।

सब्जी धोने, सब्जी काटने, कटोरी-थाली धोने के लिए विदेशी मशीनों का प्रयोग किया जा रहा है। जर्मनी की हॉबर्ट कंपनी की मशीन प्लेट धोने के लिए लगाई गई है। इस मशीन की क्षमता एक घंटे में 1600 थालियाँ धोने की है। प्रसादालय में अत्याधुनिक अग्निशमन सुरक्षा प्रणाली लगाई गई है। अनाज की किस्म और स्वच्छता पर

TRANSPACIFIC CERTIFICATIONS LIMITED

TCL

Certificate of Registration

This is to certify that

Food Safety Management System

of

SHREE SAI PRASADALAYA SHREE SAI BABA SANSTHAN TRUST, SHIRDI

At- Nimgaon- Korhale (Shirdi) Taluka- Rahata, Dist. Ahmednagar, Maharashtra – 423 109, India.

complies with the requirements of

ISO 22000:2005

This certificate is valid concerning all activities related to:

Making and Distribution of Prasad like Cooked Rice, Chapathi, Vegetable Curries, Laddu and Sweets.

Category/Sub-Category: E

F0549	Dec. 20, 2016	Dec. 19, 2017
Certificate No.	Date of this Certificate	*Next Audit Due Date
Dec. 20, 2016	Dec. 19, 2019	
Date of Initial Registration	Certification Expiry Date	Managing Director/Director

JAS-ANZ

TCL

TRANSPACIFIC CERTIFICATIONS LIMITED

ISO प्रमाण-पत्र देकर प्रसादालय को गौरवान्वित किया गया है

एक घंटे में 25 हजार रोटियाँ बनानेवाली मशीन

बहुत कड़ाई के साथ ध्यान दिया जाता है। वर्तमान में इतनी अत्याधुनिक सुविधाओं के बाद भी इस रसोईघर में ८०० कर्मचारी काम करते हैं। केवल भारत ही नहीं, दुनिया भर के देशों से साईं भक्त शिरडी आते हैं, इसकी वजह से शिरडी गाँव दुनिया के मानचित्र पर है। शिरडी मंदिर करोड़ों श्रद्धालुओं का आस्था स्थान है, इसकी वजह से लाखों भक्त यहाँ दर्शन के लिए आते हैं। भक्तों की इस भीड़ को लेकर शिरडी में रोज नए कीर्तिमान स्थापित हो रहे हैं।

आनेवाले भक्तों को सुलभता के साथ दर्शन मिलें, इस बात को विश्वस्त संस्थान हमेशा से ही प्राथमिकता देती रही है। इसी के साथ साथ श्रद्धालुओं को सुविधा मिले और उनकी यात्रा संतोषजनक हो, इसके लिए प्रशासन भी हमेशा आगे रहता है। देश के कोने-कोने से श्रद्धालु शिरडी आते हैं। अधिकांश भक्त बहुत गरीब होते हैं, इसलिए उनके भोजन और रहने की सुविधा को लेकर विश्वस्त समिति ने सकारात्मक और नियोजन बनाकर ध्यान रखा है। भक्तों की संख्या कितनी भी बढ़ जाए, लेकिन उनके भोजन व रहने की व्यवस्था की कमी कभी भी संस्थान महसूस होने नहीं देता। इसमें प्रसादालय की बात करें तो वह किसी अद्‌भुत चमत्कार जैसा ही है, यानी साईंबाबा का कृपा प्रसाद तो सबको मिलता ही मिलता है। साईंबाबा की ऐसी शक्ति है कि किसी बात की कमी पड़ती ही नहीं है। स्वयं साईंबाबा ही यहाँ भूखे व्यक्ति का ध्यान रखते हैं। दूसरों को खाना देना उनका स्वभाव है। केवल मानव ही नहीं कुत्ते-बिल्ली को खाना दिए बगैर वे कुछ खाते नहीं थे। अन्नदान उनके जीवन का एक महत्त्वपूर्ण भाग था और इसीलिए आज भी शिरडी में अन्नदान एक मंत्र बना हुआ है। बाबा की प्रेरणा और कृपा से चलनेवाले प्रसादालय से प्रसाद ग्रहण करने के बाद तृप्त होकर भक्त अपने गाँव वापस जाता है।

सामान्यत: भारत के हर बड़े मंदिर में दर्शन के लिए आनेवाले भक्तों को नि:शुल्क भोजन कराया जाता है। महाराष्ट्र में शेगाँव और अक्कलकोट में भी नि:शुल्क भोजन की योजना अच्छी तरह से चलाई जाती है। शिरडी में चूँकि बहुत बड़ी संख्या में श्रद्धालु आते हैं, लिहाजा यहाँ पर इस प्रकार की सुविधा शुरू करना एक बहुत बड़ी चुनौती थी, लेकिन मरीजों की सेवा और अन्नदान बाबा की सेवा के मुख्य हिस्से थे, लिहाजा विश्वस्त व्यवस्था समिति ने स्वाभाविक रूप से इन दो बातों को प्राथमिकता दी। यही नहीं नियमित रूप से इन सेवाओं को सुधारने के प्रयास भी किए और उसके लिए नई-नई तकनीक का इस्तेमाल भी किया। संस्थान ने प्रसादालय बनाकर श्रद्धालुओं को प्रसाद भोजन की सुविधा कराई। मंदिर और आवासीय परिसरों में कई स्थानों पर यह सुविधा दी जा रही है। इसके अलावा कुछ वृद्धाश्रमों व दिव्यांग

प्रसादालय में अन्न पकाने के लिए सौर ऊर्जा का प्रयोग किया जाता है

विद्यार्थियों के लिए बनाए गए स्थानीय विद्यालयों में भी प्रसादालय की तरफ से भोजन उपलब्ध कराया जाता है।

संस्थान द्वारा 22 करोड़ 93 लाख रुपए की लागत से बनाए गए प्रसादालय का उद्घाटन 8 जनवरी, 2009 को हुआ। इस सुसज्ज तथा अत्याधुनिक मशीनों से युक्त प्रसादालय में सौर ऊर्जा के प्रयोग पर भी बल दिया गया। इस प्रसादालय के माध्यम से मुख्य प्रसादालय, साईंबाबा भक्त निवास, द्वारावती भक्ति निवास और साईं आश्रम भक्त निवास में श्रद्धालुओं के लिए भोजन के लिए विशेष कक्ष बनाए गए हैं। मुख्य प्रसादालय व इस भोजन कक्षों में सुबह 10 बजे से रात 10 बजे तक भोजन मिलता है। चपाती या पूरी, भात, उसल, वरण या सांबर, सब्जी ऐसा पूर्ण भोजन श्रद्धालुओं को दिया जाता है। इस पूर्ण खाने के साथ यह प्रसादालय सुबह 7 से 11 बजे तक खुला रहता है। प्रसादालय में औसतन प्रतिदिन 30 क्विंटल चावल और 40 क्विंटल गेहूँ का इस्तेमाल होता है। इसके अलावा दाल, चना, मटर आदि के साथ-साथ सब्जियों का इस्तेमाल होता है। यहाँ आनेवाले किसी भी भक्त को भोजन नहीं मिले, ऐसा कभी होता नहीं।

कार्य क्षमता और गुणवत्ता के आधार पर प्रसादालय को आई.एस.ओ. प्रमाण-पत्र मिला है। एशिया का यह पहला प्रसादालय है, जिसको आई.एस.ओ. प्रमाण-पत्र मिला है। इसके अलावा सौर ऊर्जा का सबसे बड़ा प्रोजेक्ट होने की वजह से इस प्रसादालय को केंद्रीय अपारंपरिक ऊर्जा मंत्रालय की तरफ से 2013 में इसे विशेष पुरस्कार दिया गया। उसी तरह से ऊर्जा संवर्धन और ऊर्जा बचत के लिए साल 2013 में राज्य सरकार की तरफ से भी प्रसादालय को पुरस्कार दिया गया। भक्तों के चेहरे का संतोष भाव ही प्रसादालय की कार्यक्षमता का सही प्रमाण है।

संस्थान इसके अलावा भी सेवा के अनेक बड़े-बड़े काम कर रहा है, लेकिन कुछ कारणों से भक्तों को, समाज को इस बारे में सही और उचित जानकारी नहीं है। इसकी वजह से इन सेवाओं का सही या भरपूर उपयोग नहीं हो पा रहा, संस्थान के दो पूर्ण सुविधाओं युक्त चिकित्सालय है। संस्थान की तरफ से मरीजों को दी जानेवाली यह सेवा आश्चर्यचकित कर देनेवाली है। मैंने जब इन चिकित्सालयों का दौरा किया तो मन में इनको अत्याधुनिक बनाने का एजेंडा तैयार हो गया। सभी सुधार करके इन चिकित्सालयों को आसपास के क्षेत्र का सबसे अच्छा चिकित्सालय बनाने का निर्णय किया गया और स्वप्न को साकार करने के लिए योजनाबद्ध तरीके से कदम बढ़ाने की शुरुआत की।

5 मरीजों की सेवा

श्री साईबाबा संस्थान विश्वस्तव्यवस्था, शिर्डी
धर्मादाय
श्री साईबाबा हॉस्पिटल
SHRI SAI BABA SANSTHAN TRUST, SHIRDI
Charitable
SHRI SAIBABA HOSPITAL

5

दवा और दुआ मिलने का एकमात्र केंद्र

मरीजों की सेवा का साईंबाबा के जीवन में बहुत महत्त्वपूर्ण स्थान था। अनेक के रोग उन्होंने ठीक किए थे और अनेक को व्याधियों से मुक्ति दिलाई थी। उनकी ही प्रेरणा से शिरडी में अत्याधुनिक सुविधाओं वाले दो चिकित्सालय अनेक वर्षों से चलाए जा रहे हैं, लेकिन यहाँ पर दवाइयों की हमेशा ही कमी हुआ करती थी। 66 करोड़ रुपए की औषधि खरीदकर इस कमी को खत्म किया। बहुत सी मशीनें 15 साल से ज्यादा पुरानी थीं। कैथलैब, सी.टी. स्कैन, एम.आर.आई. सहित 128 नई मशीनें करीब 35 करोड़ रुपए खर्च कर खरीदीं। अनेक स्वास्थ्य शिविर लगाए। चिकित्सालय को अत्याधुनिक करने का प्रयास किया। 1 जनवरी, 2017 से साईंनाथ चिकित्सालय में सभी उपचार नि:शुल्क कर दिए। इन नए प्रयासों के साथ-साथ पुराने कार्यों की भी लोगों को जानकारी मिले, इसलिए यह विस्तृत परिचय दिया गया।

अन्नदान और मरीजों की सेवा, ये दोनों बातें बाबा के दिल के बहुत करीब थीं। सेवा उनके जीवन का सार थी। श्रद्धा और सबूरी के मंत्र से बाबा ने सेवा का तंत्र विकसित किया। इसमें भी उन्होंने मरीजों की सेवा पर अतिरिक्त भार दिया था। वे माँ की ममता की तरह मरीजों की सेवा करते थे। आज भी साईंबाबा की मूर्तियों व चित्रों में उनकी आँखों में सर्वाधिक जो बात दिखती है, वह है स्नेहशील करुणा, वात्सल्य और भक्तों की सारी वेदना।

बाबा को मरीजों की कितनी फिक्र होती थी, इसके अनेक उदाहरण साईं चरित्र में पढ़ने को मिलते हैं। बाबा की प्रेरणा से शिरडी संस्थान के दो चिकित्सालय कार्यरत हैं। साईं भक्तों व समाज के लिए यह एक बड़ी सेवा है।

शिरडी जैसे एक छोटे से शहर में अत्याधुनिक सुविधाओं से युक्त स्वास्थ्य सेवा मिल रही है, यह किसी स्वप्न से कम नहीं है, लेकिन शिरडी साईं संस्थान ने इस सत्य को साकार करके दिखाया है। शिरडी में साईं भक्तों का समंदर उमड़ता रहता है। इन भक्तों तथा यहाँ आस-पास के इलाकों के लोगों को स्वास्थ्य सेवा उपलब्ध कराने के लिए संस्थान ने अत्याधुनिक सुविधाओं वाले इन दोनों चिकित्सालयों का संचालन कर रखा है। सस्ता उपचार, तत्पर सेवा और मरीजों का आत्मीयता से ध्यान देना—इन चिकित्सालयों की विशेषता है।

इन चिकित्सालयों का मैंने दौरा किया और पाया कि यहाँ उत्तम सेवा देने की सुविधा है, लेकिन इसका प्रचार नहीं किया गया। मुझे इस बात का अनुभव हुआ कि इस बात की जानकारी ज्यादा-से-ज्यादा लोगों को होने की जरूरत है और यह जानकारी ज्यादा-से-ज्यादा फैलाने की जरूरत है, साथ-ही-साथ चिकित्सालयों को भी और अधिक अत्याधुनिक सुविधाओं से युक्त करने की जरूरत है। इस पर ज्यादा-से-ज्यादा ध्यान देने का मैंने निश्चय किया। संभव हो, उन सभी उपायों से मशीनें खरीदने की योजना तैयार की। इसके साथ ही इन चिकित्सालयों के बारे में अधिक-से-अधिक लोगों को पता चले, इसके लिए अलग-अलग उपचार शिविर भी आयोजित करने की योजना बनाई। विविध प्रचार माध्यमों की सेवाओं की मदद लेकर इन शिविरों की सूचना ज्यादा-से-ज्यादा लोगों तक पहुँचाने का प्रयास किया। साईं समाधि शताब्दी वर्ष में होनेवाले विविध कार्यक्रमों का इसके लिए उपयोग करने का भी मैंने तय किया। इस एक साल में अनेक स्वास्थ्य शिविरों का आयोजन किया और रिकॉर्ड संख्या में मरीजों ने इसका लाभ उठाया। यही नहीं, विशेष रूप से 1 जनवरी, 2017 से साईंनाथ चिकित्सालय में नि:शुल्क उपचार सेवा शुरू की। लाखों मरीजों ने इस सेवा का लाभ उठाया। विश्व में मरीजों को नि:शुल्क उपचार देनेवाला यह अनोखा चिकित्सालय है। साईं संस्थान की तरफ से चलाए जा रहे, ये दोनों चिकित्सालय न सिर्फ आसपास के इलाकों में अपितु राज्य भर में और राज्य के बाहर भी अपनी सेवा की पताका फहरा रहे हैं। देश के विभिन्न हिस्सों से मरीज आकर यहाँ स्वास्थ्य सेवा ले रहे हैं। संस्थान की तरफ से चलाए जा रहे साईंबाबा सुपर स्पेशियलिटी चिकित्सालय और श्री साईंनाथ चिकित्सालय में साल भर में करीब साढ़े पाँच लाख मरीज उपचार का लाभ ले चुके हैं। आश्चर्य की बात यह है कि अनेक नामी चिकित्सालय जिन मरीजों का इलाज करने में अपनी असमर्थता दिखाकर उन्हें छोड़ देते हैं, वे यहाँ से उपचार हासिल कर स्वस्थ हो रहे हैं। डॉक्टर्स की दवा और बाबा की दुआओं की वजह से मरीजों के स्वस्थ होने का प्रमाण खूब तेजी से बढ़ रहा है।

श्री साईंनाथ चिकित्सालय

1964 में एक सादा डिस्पेंसरी के रूप में शुरू हुआ श्री साईंनाथ चिकित्सालय आज 300 शय्या (बेड्स) वाला सभी सुविधाओं से युक्त चिकित्सालय बन गया है। जनरल सर्जरी, मेडिसिन, बाल रोग, स्त्री रोग, आर्थोपेडिक, नाक, कान, गला, नेत्र चिकित्सा, दंत चिकित्सा, फिजियोथैरेपी, प्रसूति जैसे सभी उपचार यहाँ किए जा रहे हैं। एलोपैथी के साथ-साथ होमियोपैथी और आयुर्वेदिक पद्धति से भी यहाँ उपचार किया जाता है। अंग्रेजी में जिसे 'हीलिंग टच' कहते हैं, उस ममतामयी स्पर्श से यहाँ उपचार किया जाता है। यह

इस चिकित्सालय के लिए 5 करोड़ रुपए की लागत से अत्याधुनिक कैथलैब मशीन खरीदी गई है। जापान की शिमाडजू कंपनी ने यह मशीन बनाई है। करीब 250 परीक्षणों के बाद उस मशीन को यहाँ लगाया गया है।

Pednekar

असो कित्येक दर्शनें पुष्ट,
कित्येक झाले दुष्टांचे सुष्ट।
कित्येकांचे गेले कुष्ट,
पावले अभीष्ट किती एक॥
न घालिता अंजन पाला रस,
कितीक अंध झाले डोळस।
आले पाय कितीक पंगूंस,
केवळ पायांस लागतां॥
महिमा तयांचा अनिवार,
कोणा न लागे तयांचा पार।
यात्रा येऊं लागली अपार,
अपरंपार चौंबाजूं॥
डोईस सफेत पागोटें खासें,
स्वच्छ धेतर लावीत कासे।
अंगांत सदरा की पैरण असे,
पेहरावा ऐसा आरंभी॥
आरंभी गावी वैद्यकी करीत,
पाहूनि पाहूनि दवा देत।
हातालाही यश बहुत,
हकीम विख्यात जाहले॥

('श्री साईंसच्चरित' मराठी ग्रंथ से)

मरीजों के लिए अत्याधुनिक सुविधाओं वाली 3 Tesla एम.आर.आई. मशीन ली गई

भी इस चिकित्सालय की एक विशेषता है। इसके अलावा भी यहाँ के डॉक्टर्स की कल्पनाओं ने अनेक तरह के उपचार के तरीके शुरू किए हैं। इन सभी उपक्रमों से हजारों मरीजों को फायदा मिल रहा है। विशेष बात यह है कि राष्ट्रीय और अंतरराष्ट्रीय स्तर के अनेक नामी चिकित्सक इन उपक्रमों का हिस्सा बन रहे हैं।

'मोबाइल क्लीनिक' या साईं मंदिर परिसर स्थित 'प्रथमोपचार केंद्र' ये भले ही सादे दिखाई देते हैं, लेकिन मरीजों के उपचार में इनकी अत्यंत महत्त्वपूर्ण भूमिका साबित हुई है। मोबाइल क्लीनिक उपक्रम के तहत एक सभी सुविधाओं युक्त एंबुलेंस शिरडी से बाहर किसी भी मार्ग पर पाँच से सात किलोमीटर की परिधि में स्थित गाँवों में जाती है। इस एंबुलेंस में एक चिकित्सक, एक फार्मासिस्ट, एक स्टाफ नर्स और एक सहायक होते हैं। हर गाँव में ये एक विशिष्ट स्थान पर जाकर रुकते हैं। गाँव के मरीज वहाँ एकत्र होते हैं। ये लोग उनके स्वास्थ्य की जाँच करते हैं तथा मौके पर ही उनको दवाइयाँ भी नि:शुल्क वितरित कर देते हैं। छोटी-छोटी बीमारियों के प्रति लापरवाही बरतने वाले ग्रामीणों तथा काम में व्यस्तता की वजह से समय नहीं निकाल पानेवाली महिलाओं को इस सेवा का बहुत फायदा हो रहा है। यह एंबुलेंस सप्ताह में चार दिन आसपास के क्षेत्रों के 5 से 7 गाँवों का दौरा करती है।

ऐसा ही एक सादा, लेकिन उपयोगी साबित हो रहा उपक्रम है मंदिर परिसर में स्थित 'प्रथमोपचार केंद्र'। मंदिर परिसर में 2 स्थानों पर प्रथमोपचार केंद्र के माध्यम से सुबह 6 बजे से रात 11 बजे तक सेवा दी जाती है, लेकिन जिन दिनों में श्रद्धालुओं की भीड़ ज्यादा रहती है या उत्सव के दिनों में यह सेवा 6 स्थानों पर दी जाती है। बाबा के दर्शन के लिए आनेवाले श्रद्धालुओं को अचानक कुछ हो जाए तो इन उपचार केंद्रों में इलाज किया जाता है। जरूरत पड़ने पर चिकित्सालय के अधिकारी कितनी तत्परता से कार्य करते हैं और उपचार के हिसाब से कैसी योजना बनाते हैं, वह भी पता चलता है।

चिकित्सालय के जनरल सर्जरी विभाग ने ऐसा ही एक नाम रोशन करनेवाला कार्य किया है। डॉ. राम नाईक जैसे कुशल डॉक्टर इस विभाग में हैं। डॉ. नाईक सुबह 8 से रात 10 बजे तक बिना थके हुए अविरत कार्य करते रहते हैं। पैंक्रियाज जैसी कठिन शल्य क्रिया की सर्जरी उन्होंने बहुत सफलतापूर्वक की। आयुर्वेदिक विभाग में डॉ. रामदास आह्वाड बिना कोई आर्थिक सहयोग लिये पिछले 18 सालों से अपनी सेवाएँ दे रहे हैं। नेत्र विभाग में नवीन 'फेको' पद्धति का प्रयोग कर प्रतिदिन 20 से 25 मोतियाबिंद के ऑपरेशन किए जाते हैं।

चिकित्सालय में 8 शय्या (बेड्स) का अति दक्षता विभाग (ICU) है। 1 जनवरी, 2017 से चिकित्सालय में सभी प्रकार के उपचार नि:शुल्क किए जा रहे हैं। मरीज को मात्र 10 रुपए भरकर केवल अपनी परची बनवानी पड़ती है। एक तरह से नि:शुल्क उपचार का यह एक ऐतिहासिक

निर्णय है। शिरडी क्षेत्र, नाशिक, नगर, धुळे, जळगाँव इनके अलावा मराठवाड़ा और विदर्भ क्षेत्र के अनेक मरीज इन चिकित्सालय में उपचार के लिए आते हैं। मरीजों तथा उनके साथ रहनेवाले संबंधियों को प्रसादालय से नि:शुल्क भोजन दिया जाता है। उनके लिए रहने की सुविधा भी नि:शुल्क दी जाती है। मरीजों के रिश्तेदारों को चिकित्सालय से शिरडी स्थित निवास स्थान तक आने-जाने के लिए संस्थान की तरफ से नि:शुल्क बस सेवा उपलब्ध कराई जाती है।

क्षय और एड्स जैसे रोगों पर उपचार के लिए चिकित्सालय में सरकार की सहायता से एक केंद्र चलाया जाता है। इस केंद्र के लिए संस्थान ने जगह उपलब्ध कराई है। गरीब व जरूरतमंद मरीजों को संस्थान की तरफ से विशिष्ट नियमावली के अनुसार 25 हजार रुपए का अनुदान दिया जाता है। मरीजों पर अतिरिक्त उपचार के लिए यह मदद संबंधित चिकित्सालयों को सीधे भेजी जाती है। संस्थान की तरफ से 1964 से यह योजना चलाई जा रही है। इसमें सुधार कर अब इस अनुदान राशि को बढ़ाकर 50 हजार रुपए कर दिया गया है।

वर्तमान में चिकित्सालय में 64 चिकित्सक हैं तथा 8 विजिटिंग डॉक्टर्स हैं। विशेष मामलों में सेवा देने के लिए आनेवाले डॉक्टर्स को भी गिनें तो यह संख्या 100 तक पहुँचती है।

देश के कोने-कोने से

कुशल चिकित्सक, नि:शुल्क सुविधा और कर्मचारियों द्वारा आस्था के साथ रखे जानेवाले ध्यान की वजह से महाराष्ट्र के कोने-कोने से ही नहीं, अपितु देश के अन्य भागों से भी मरीज बड़ी संख्या में अपना इलाज कराने शिरडी में आ रहे हैं। इन मरीजों में बाबा के प्रति श्रद्धा भी एक महत्त्वपूर्ण भाग होता है। चिखली का चौथी कक्षा में पढ़नेवाला पवन आंबिलवाले, सिलाई का काम करनेवाला जलगाँव जिले के चोकण का योगेश पाटील, नांदेड़ की मुक्ता बोदले, स्तन कैंसर से पीड़ित सातारा की शालिनी टिले, सिल्लोड तालुका के भोकरदन के 65 वर्षीय ओंकार बारकुबा मतलबे, स्टोव भभकने से चेहरा झुलसने वाली 9वीं कक्षा की छात्रा प्रियंका खड़के ऐसे अनेक मरीज हैं, जिनकी बाबा पर अगाध श्रद्धा थी और डॉक्टर्स पर विश्वास था, अपना उपचार कराने के लिए यहाँ आए। तिरुपति में चाय की दुकान पर काम करनेवाला प्रसाद गुजुल, जिसका करंट लगने से हाथ करीब-करीब पूरा खराब हो गया था, शिरडी के चिकित्सालय की जानकारी मिलने पर उपचार के लिए यहाँ आया। डॉ. चिल्वार ने उसके हाथ की शल्य क्रिया की। इलाज के बाद उसने टूटी-फूटी हिंदी भाषा में कहा, 'अनेक डॉक्टर्स देखे, लेकिन डॉ. चिल्वार जैसा नहीं।' लोणार के रामदास तनपुरे ने कहा कि बाबा की श्रद्धा के कारण मैं यहाँ आया, मुझे विश्वास था कि बाबा सब कुछ ठीक करेंगे।

गौरव कन्या का:

चिकित्सालय का एक और उपक्रम है, जिसका उल्लेख किया जाना चाहिए। चिकित्सालय में महीने में कम-से-कम पचास महिलाओं की प्रसूति होती है। शिरडी के 'शीलधी प्रतिष्ठान' के अध्यक्ष राजेंद्र कोते और उपाध्यक्ष तुषार शेलके ने 'बेटी बचाओ' मुहिम को प्रोत्साहित करने के लिए एक अभिनव उपक्रम शुरू किया है। शताब्दी वर्ष में चिकित्सालय में जन्म लेनेवाली 'बेटी' को संस्था की तरफ से उसके गौरव के रूप में चाँदी का सिक्का दिया जाता है। बालिका को जन्म देनेवाली माता सत्कार डॉक्टर्स और नर्सों की उपस्थिति में किया जाता है। चिकित्सालय के कर्मचारी व 'शीलघी प्रतिष्ठान' द्वारा चलाया गया सामाजिक संबंधों और स्त्रियों का गौरव करने का यह उपक्रम हृदयस्पर्शी है।

प्लास्टिक सर्जरी शिविर के लिए आए ताइवान, सिंगापुर, फिलीपींस, पेरू, अमरीका आदि देशों के विशेषज्ञ चिकित्सक

सात विशेष स्वास्थ्य शिविर

साईंबाबा शताब्दी वर्ष के अवसर पर इस चिकित्सालय ने विविध बीमारियों की जाँच के संबंध में स्वास्थ्य शिविरों का आयोजन कर एक नई योजना शुरू की। चिकित्सालय ने इस दौरान 7 विशेष स्वास्थ्य शिविर आयोजित किए, जिसमें बड़ी संख्या में लोग शामिल हुए।

पहला शिविर आँखों की जाँच का हुआ। इसमें 1000 लोगों की आँखों की जाँच की गई तथा उन्हें नि:शुल्क चश्मे वितरित किए गए। जिन लोगों के हिसाब से चश्मे शिविर के दौरान उपलब्ध नहीं थे, उन्हें शिविर के बाद पहुँचाए गए। प्रकाश गंगवाणी नामक श्रद्धालु ने इस शिविर में विशेष सहायता की।

मोतियाबिंद के लिए आयोजित शिविर में 'विजन आई फाउंडेशन' के चेयरमैन डॉ. सौमिल कोठारी उपस्थित थे। उन्होंने तथा उनके सहयोगियों ने दो दिन में मोतियाबिंद और भेंगेपन के 107 ऑपरेशन किए। रक्तदान शिविर में एक ही दिन में 1060 बोतल रक्त जमा किया गया। इस शिविर में अनेक रक्त बैंक शामिल हुए। जनवरी महीने में किडनी स्टोन को लेकर शिविर लगाया गया। इसमें राष्ट्रीय स्तर पर ख्याति प्राप्त अहमदाबाद के डॉ. केतन शुक्ला का विशेष सहयोग रहा। वे साल में 4–5 बार यहाँ अपनी स्वयं की सभी सुविधाओं से युक्त गाड़ी लेकर चिकित्सालय में आते हैं तथा मुश्किल से मुश्किल ऑपरेशन को बड़ी सहजता और सफलता के साथ कर देते हैं।

फरवरी महीने में हुआ जयपुर फूट शिविर को तो इन सभी शिविरों में सबसे ज्यादा सफल या सफलता का कलश ही कहेंगे। भगवान् महावीर विकलांग सहायता समिति, जयपुर की मुंबई शाखा की तरफ से इस शिविर में विशेष सहायता व योगदान दिया। 6 दिन तक चले इस शिविर में 709 लोगों का उपचार किया गया। सेबी के पूर्व अध्यक्ष डॉ. डी.आर. मेहता। ये विशेष रूप से जयपुर से इस शिविर के लिए यहाँ आए थे। 85 वर्षीय डॉ. मेहता इस शिविर में आनेवाले हर मरीज से स्वयं बात करते थे। 6 दिन तक चले इस शिविर में एक भी मरीज को बिना उपचार के वापस लौटाया नहीं गया। विशेष बात यह है कि कुछ साल पहले डॉ. मेहता की दुर्घटना हुई थी। पैर में चोट लगने की वजह से वह कुछ दिनों तक चलने में असहाय थे। दुर्घटनाओं में जिन्हें पैर गँवाने पड़ते हैं, उनका जीवन कैसे चलता होगा, यह सवाल उन्हें बार–बार परेशान करता था। इसी वैचारिक मंथन ने उन्हें जयपुर फूट के आविष्कार के लिए प्रेरित किया और वे इसमें सफल भी हुए। इस शिविर से लगकर ही कृत्रिम हाथ जोड़ने का शिविर भी आयोजित किया गया। रोटरी क्लब ऑफ पुणे डाउन टाउन ने इस शिविर में विशेष सहयोग किया। इस शिविर में 74 मरीजों

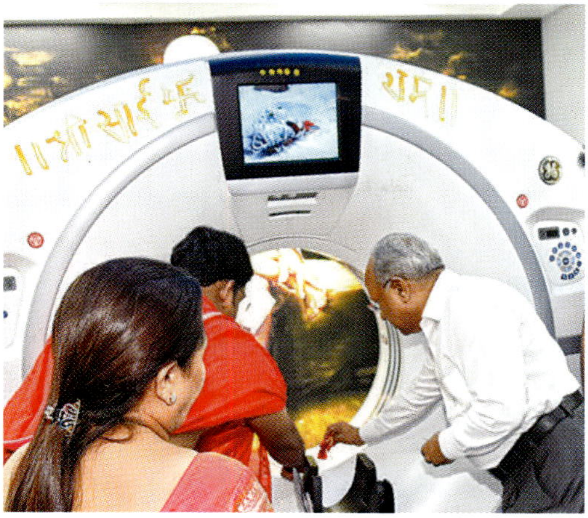

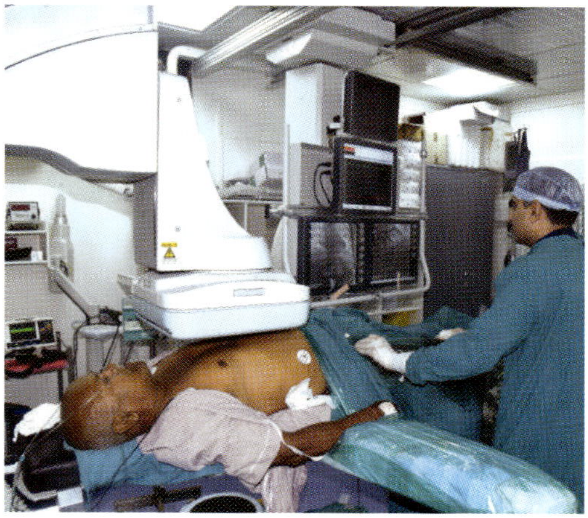

सीटी स्कैन और कैथलैब दोनों अत्याधुनिक तकनीक वाली मशीन ली गई

थेलिसीमिया का भी इलाज

थेलिसीमिया को लेकर टी.वी. पर एक बहुत ही दिल को छू लेनेवाला विज्ञापन दिखाया जाता है। थेलिसीमिया से पीड़ित एक छोटी बच्ची हर मिलनेवाले व्यक्ति को धन्यवाद देती है। कारण पूछने पर बताती है कि वह थेलिसीमिया नामक बीमारी से पीड़ित है और इसकी वजह से उसको नियमित रूप से किसी-न-किसी व्यक्ति का खून लेना पड़ता है। इस वजह से असंख्य रक्तदान करनेवाले उसे अपना खून देते रहते हैं। शायद आप भी मेरे को खून देनेवालों में से एक हों, इसलिए मैं आपको भी धन्यवाद दे रही हूँ।

यह सुनकर भावुक हो तथा थोड़ा सा सकुचाता हुआ व्यक्ति बोलता है—बेटा मैंने तो आपको कभी खून नहीं दिया है। इस पर वह छोटी बच्ची बहुत ही सहजता से कहती है—कोई बात नहीं, आप अगली बार रक्तदान करेंगे, उसके लिए यह धन्यवाद स्वीकार करें! चलिए, मुझे अभी बहुत से और लोगों को भी धन्यवाद कहना है।

यह विज्ञापन एकदम से दिल को छू लेनेवाला था, जिसे देखकर मैं बहुत विचलित हो गया। इस गंभीर बीमारी का शिरडी के चिकित्सालय में इलाज होना ही चाहिए, ऐसा मुझे मन-ही-मन में लगा। मैंने चिकित्सालय के अधिकारियों को इस बारे में बताया तो उन्होंने भी योजना बनाकर प्रयास शुरू कर दिए और उसका परिणाम यह हुआ कि एक असाध्य रोग का इलाज होना शुरू हो गया।

थेलिसीमिया, एक आनुवंशिक बीमारी है। इस बीमारी में शरीर में हीमोग्लोबिन तैयार होने की प्रक्रिया धीमी हो जाती है। इस बीमारी के लक्षण तीन महीने के अंदर दिखाई देने लगते हैं। इसकी वजह से मरीज के शरीर में खून की मात्रा कम होने लगती है, लिहाजा उसे बार-बार खून की जरूरत पड़ती है। विश्व स्वास्थ्य संगठन के अनुसार भारत में हर साल 7 से 10 हजार थेलिसीमिया से पीड़ित बच्चों का जन्म होता है। भारत में वर्तमान में 10 लाख के आसपास बचे इस बीमारी से प्रभावित है। इस बीमारी से पीड़ित बच्चों को साईंनाथ रक्त बैंक से नि:शुल्क रक्त दिया जाता है। साल 2017-18 में थेलिसीमिया के मरीजों को 5 लाख 76 हजार रुपए कीमत का 960 बोतल खून नि:शुल्क दिया गया। ■

पद्मभूषण डॉ. डी.आर. मेहता की उपस्थिति से शिविर में मरीजों को बड़ा विश्वास और भरोसा मिला

को कृत्रिम हाथ लगाए गए। प्लास्टिक सर्जरी को तो आयुर्विज्ञान क्षेत्र का एक जादू ही कहना चाहिए। 'फाय फाउंडेशन' की औरंगाबाद शाखा की तरफ से विख्यात शल्य चिकित्सक डॉ. राम चिल्गर के नेतृत्व में यह शिविर आयोजित किया गया। इस शिविर के लिए ताइवान, सिंगापुर, फिलिपींस, पेरू, अमरीका आदि देशों के 9 कुशल चिकित्सक आए थे। कुल 20 चिकित्सकों के दल ने इस शिविर में अपने शल्य कौशल का प्रदर्शन किया। ताइवान के विश्व प्रसिद्ध प्लास्टिक सर्जरी के विशेषज्ञ डॉ. हंग ची चैन इस शिविर में चिकित्सकों का नेतृत्व कर रहे थे। 70 वर्षीय डॉ. चैन ने पैर में होनेवाले हाथी पाँव रोग की सर्जरी की खोज की है। उन्होंने इस शिविर में हाथी पाँव रोग से ग्रस्त एक मरीज की शल्य क्रिया की। इसी शिविर में शीर जोड़ने का एक कठिन ऑपरेशन भी किया गया। झुलसे हुए मरीज की त्वचा का प्रत्यर्पण भी किया गया। ये सभी ऑपरेशन निःशुल्क किए गए। तीन दिन में इस शिविर में 88 मरीजों के ऑपरेशन किए गए।

मरीजों को लेकर साईंबाबा के मन मे बहुत आस्था थी। उन्हीं की प्रेरणा से शुरू हुए श्री साईंबाबा चिकित्सालय ने शुरू से ही बहुत बड़ी उड़ान भरी थी। 2007 में इस चिकित्सालय ने 1300 से हृदय शल्य चिकित्सा की थी। विशेष यह कि 24 फरवरी, 2007 से 25 फरवरी, 2007, 24 घंटों में 47 हृदय शल्य चिकित्सा कर विश्व रिकॉर्ड बनाया गया था। डॉ. अनिरुद्ध धर्माधिकारी के नेतृत्व में ये ऑपरेशन किए गए थे और रिकॉर्ड गिनीज तथा लिम्का बुक में दर्ज किए गए।

अत्याधुनिक विभाग और प्रवीण चिकित्सक

कार्डियोलॉजी, न्यूरोलॉजी, कार्डियेक सर्जरी, न्यूरो सर्जरी, आर्थोपेडिक्स, मैक्जिलोफेसियल सर्जरी, जनरल मेडिसिन, जनरल सर्जरी, एनेस्थिसियोलॉजी, स्पाइन व जॉइंट, रेडियोलॉजी, डेंटल, पिडियाट्रिक सर्जन, एंको सर्जन, यूरोलॉजी, प्लास्टिक सर्जरी, गैस्ट्रो एंट्रोलॉजिस्ट, डायटीशियन, फिजियोथैरेपी, चेस्ट फिजिशियन ऐसे कई विभाग अत्याधुनिक सुविधाओं के साथ चिकित्सालय में हैं।

साईंबाबा सुपर स्पेशियलिटी चिकित्सालय

मरीजों की सेवा ही ईश्वर की सेवा है—साईंबाबा की इस सीख को आधार बनाकर श्री साईंबाबा संस्थान ने साल 2006 में श्री साईंबाबा सुपर स्पेशिलिटी चिकित्सालय शुरू किया। श्री साईंबाबा चिकित्सालय में 244 शय्याएँ (बेड्स) हैं। महाराष्ट्र और उसके बाहर से भी बड़े पैमाने पर मरीज यहाँ आते हैं और स्वास्थ्य सेवा का लाभ लेते हैं। पिछले 12 सालों से यह चिकित्सालय बहुत अच्छी सेवाएँ दे रहा है। इस चिकित्सालय में अत्याधुनिक तकनीक लाई जाए और यह महाराष्ट्र का एक अग्रणी चिकित्सालय बने, यह खयाल मेरे मन में घर कर गया। शिरडी जाने पर इन दोनों चिकित्सालयों में नियमित रूप से जाना और वहाँ मरीजों और संबंधित लोगों से चर्चा करना मेरा प्रमुख कार्य बन गया। इन मरीजों से बड़ी आस्था के साथ बात कर उनकी परेशानियों को समझने का प्रयास किया। इन समस्याओं को सुनकर मुझे इस बात का अंदाज हो जाता था कि प्रबंधन में क्या-क्या करना होगा। चिकित्सालय की पुरानी मशीनें बदलकर नई अत्याधुनिक व अधिक क्षमता

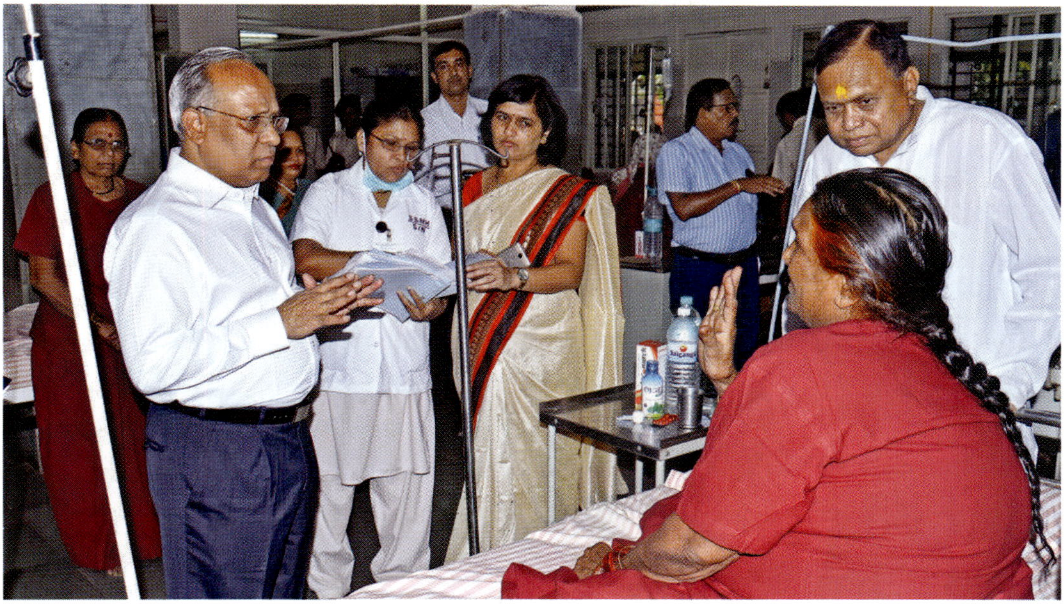

शिरडी आने पर समय निकालकर मैं चिकित्सालय मरीजों के हालचाल पूछा करता था।

वाली मशीनों को लगाने पर मैंने विशेष जोर दिया। कुछ महत्त्वपूर्ण मशीनों के लिए मैंने अनुदान मंजूर कराया। विदेश से आयातित इन मशीनों पर अग्रलिखित रूप से पैसा खर्च करना पड़ा।

CT Scan—6 करोड़ 73 लाख 60 हजार 483

MRI—15 करोड़ 60 लाख 51 हजार 597

Cath Lab—5 करोड़ 6 लाख 16 हजार 733

2 Dcho—73 लाख

श्री साईंबाबा चिकित्सालय में कुछ ही समय में हृदय रोग, मस्तिष्क रोग, किडनी विकार, जॉइंट रिप्लेसमेंट, स्लिप डिस्क जैसी बीमारियों के उपचार की सुपर स्पेशियलिटी सेवा में सिर्फ महाराष्ट्र ही नहीं देश भर में अपनी एक अलग पहचान बना ली। चिकित्सालय में बहुत से मरीज शिरडी के आसपास के क्षेत्र के आते हैं तो बहुत से इसका नाम सुनकर देश के दूसरे हिस्सों से भी आने लगे। इस चिकित्सालय में पुणे जिले की आंबेगाँव तालुका की रहनेवाली चार साल की बची काव्या हुले की हृदय शल्य क्रिया की, जो अपने आप में एक विशेष उपलब्धि रही। जळगाँव के पास मुक्ताईनगर निवासी अढ़ाई साल के रुद्रांभ पाटील की हृदय शल्य क्रिया सफलतापूर्वक की गई। इस चिकित्सालय में रोजाना 5 से 6 हृदय शल्य क्रियाएँ होती हैं।

उपचार व जाँच का दर पत्रक

श्री साईंबाबा चिकित्सालय का दर पत्रक गरीब और जरूरतमंद मरीजों को किफायती इलाज मिले, इस बात को ध्यान में रख बनाया गया है। यहाँ की दरें अन्य सुपर स्पेशिलिटी चिकित्सालयों के मुकाबले 30 से 40 प्रतिशत तक कम हैं।

जीवनदायी आरोग्य योजना

श्री साईंबाबा चिकित्सालय में 2007 से अक्तूबर 2013 तक महाराष्ट्र सरकार द्वारा चलाई 'महात्मा फुले जीवनदायी आरोग्य योजना' का बहुत बड़े पैमाने पर लाभ दिया गया। चिकित्सालय में इस दौरान 19170 मरीजों के हृदय की शल्य चिकित्सा नि:शुल्क की गई।

महात्मा फुले जनआरोग्य योजना

श्री साईंबाबा चिकित्सालय में राज्य सरकार की महत्त्वाकांक्षी महात्मा फुले जनआरोग्य योजना (राजीव गांधी जीवनदायी आरोग्य योजना) लागू है। योजना की कार्यप्रणाली पुरानी जीवनदायी आरोग्य योजना की तुलना में अधिक सुलभ है। प्रस्ताव मंजूरी में ज्यादा-से-ज्यादा

संस्थान द्वारा आयोजित प्लास्टिक सर्जरी शिविर में अनेक छोटे बच्चों पर शल्य क्रिया की गई

2 से 3 घंटे लगते हैं। उपचार व शल्य क्रिया पूरी तरह से नि:शुल्क की जाती है तथा मरीज को चिकित्सालय से छुट्टी देते समय 10 दिन की दवाइयाँ तथा मरीज को उसके मूल गाँव जाने व वापस आने का किराया नकद राशि के रूप में दिया जाता है। करीब अधिकांश मरीज व उनके सगे-संबंधी उपचार को लेकर संतोष व्यक्त करते हैं। कुल-मिलाकर महात्मा फुले जनआरोग्य योजना मरीजों और उनके संबंधियों के लिए वरदान साबित हो रही है; साथ-ही-साथ प्रबंधन व उनके कामकाज के लिए भी यह अधिक सुलभ है। इस योजना की खास बात यह है कि सरकार ने शिरडी में श्री साईंबाबा चिकित्सालय का संदर्भ चिकित्सालय के रूप में पंजीयन किया है और योजना लागू करने के लिए मान्यता दी है। इस योजना के अंतर्गत मरीजों का पंजीयन होने के बाद मरीज की फाइल बनने से लेकर उसके उपचार तक हर चीज नि:शुल्क की जाती है। इस योजना के तहत अब तक 43,993 बाह्य रुग्ण (ओपीडी) की जाँच नि:शुल्क की जा चुकी है, जबकि 18,414 मरीजों को दाखिल कर उनका उपचार व ऑपरेशन नि:शुल्क किया गया है। इस योजना के तहत महाराष्ट्र सरकार द्वारा निरीक्षण में चिकित्सालय के कार्डियोलॉजी व कार्डियेक सर्जरी विभाग का महाराष्ट्र में पहला क्रमांक हासिल हुआ है। कार्डियोलॉजी के 9,646 व कार्डियेक सर्जरी के 9,879 मामले श्री साईंबाबा चिकित्सालय में किए जा चुके हैं। इस योजना के तहत अब तक 13 करोड़ रुपए की राशि प्राप्त की जा चुकी है।

नि:शुल्क डायलिसिस

श्री साईंबाबा चिकित्सालय में किडनी रोग से पीड़ित मरीजों के लिए अत्याधुनिक डायलिसिस विभाग की सुविधा शुरू की गई है। अब तक 24,628 मरीजों का डायलिसिस किया जा चुका है। यह डायलिसिस सुविधा श्री साईंबाबा चिकित्सालय में पूरी तरह से नि:शुल्क की जाती है। वर्तमान में यहाँ पर डायलिसिस की 5 मशीनें कार्यरत हैं और प्रतिदिन 15 से 20 मरीज डायलिसिस सुविधा का लाभ उठाते हैं। श्वेत पीलिया होनेवाले मरीजों के लिए अलग से डायलिसिस मशीन लगाई गई है।

कैथ लैब विभाग

श्री साईंबाबा चिकित्सालय में हृदय रोग से पीड़ित मरीजों के उपचार के लिए साल 2006 में ही कैथ लैब विभाग शुरू किया गया। अब तक कैथ लैब विभाग में 67,380 मरीजों का उपचार किया गया है। इस चिकित्सालय में 15 साल प्रयोग में ली गई कैथलैब मशीन की जगह अब अत्याधुनिक मशीन लगा दी गई है। जापान की शिमादज़ू कंपनी की यह नई मशीन है। करीब 250

शल्य क्रियाएँ कर इस मशीन की जाँच की गई। इस चिकित्सालय के लिए नई एम.आर.आई. व सी.टी. स्कैन मशीन भी ली गई। चिकित्सालय को अत्याधुनिक बनाने के लिए 128 पुरानी मशीनों को बदलकर नई अत्याधुनिक मशीनें लगाई गईं। जो मशीनें बदली गईं, वे करीब 15 साल पुरानी थीं। उनकी कीमत उनकी देख-रेख के खर्च से भी कम हो गई थी। विश्वस्त मंडल के सहयोगियों की मदद से मैंने नई मशीनें लगाने का निर्णय अमल में लाया।

प्रधानमंत्री सहायता निधि

श्री साईंबाबा चिकित्सालय में उपलब्ध स्वास्थ्य सुविधाएँ व उच्च शिक्षित कुशल व अनुभवी चिकित्सक, तकनीक, पैरा मेडिकल, नर्सिंग व प्रशासकीय कर्मचारियों, किफायती उपचार दर तथा मरीजों को बड़े पैमाने पर इलाज में दी जानेवाली छूट जैसी बातों को देखकर केंद्र सरकार के स्वास्थ्य व परिवार कल्याण मंत्रालय की सिफारिश पर श्री साईंबाबा चिकित्सालय का केंद्र सरकार की योजना के तहत पंजीयन किया गया है। इस योजना के तहत मरीजों पर होनेवाली बड़ी शल्य चिकित्साओं के अंदाजित खर्च पर 50 प्रतिशत की आर्थिक मदद मिलती है।

विशेष निःशुल्क स्वास्थ्य सेवा

प्रबंधन समिति की मंजूरी से श्री साईंबाबा संस्थान की तरफ से स्थायी कर्मचारियों को पूरी तरह से निःशुल्क तथा ठेका कर्मचारियों को उनकी सेवा के अनुसार स्वास्थ्य सुविधाएँ दी जाती हैं। संस्थान के शैक्षणिक संकुल के विद्यार्थियों व श्री द्वारका माई वृद्धाश्रम, उपासनी महाराज कन्याकुमारी आश्रम, महानुभाव आश्रम व संवत्सर को निःशुल्क स्वास्थ्य सेवा दी जाती है। श्वान दंश, सर्पदंश मरीजों को निःशुल्क इंजेक्शन तथा अहमदनगर जिले के हिमोफिलिया के मरीजों को भी निःशुल्क इंजेक्शन दिए जाते हैं। इसी तरह साईंबाबा के दर्शन के लिए आनेवाले मरीजों को भी आवश्यकता अनुसार निःशुल्क स्वास्थ्य सुविधा दी जाती है।

निःशुल्क सर्व रोग निदान शिविर

महाराष्ट्र में स्वास्थ्य सेवा से वंचित ग्रामीण भाग में निःशुल्क सर्व रोग निदान जाँच शिविर आयोजित कर उनके आगे के उपचार व शल्य क्रिया की जरूरतवाले गरीब और जरूरतमंद मरीजों को महात्मा फुले आरोग्य योजना के तहत संपूर्ण निःशुल्क तथा अन्य मरीजों को संस्थान के नियमों के हिसाब से किफायती दर व निःशुल्क उपचार दिया जाता है। इसी तरह से श्री साईंबाबा व श्री साईंनाथ चिकित्सालय में भी विविध स्वास्थ्य शिविर आयोजित किए जाते हैं।

मरीजों के बिल में रियायत

शिरडी और आसपास के क्षेत्र के गरीब व जरूरतमंद मरीजों को बॉम्बे पब्लिक ट्रस्ट ऐक्ट 1950 व माननीय उच्च न्यायालय की योजनाओं के प्रावधानों के अनुसार गरीबी रेखा से नीचे जीवनयापन करनेवाले 10 प्रतिशत मरीजों को किफायती दर पर उपचार की सुविधा दी जाती है। इस संबंध में मासिक रिपोर्ट धर्मादाय आयुक्त महाराष्ट्र राज्य, मुंबई व सहायक धर्मादाय आयुक्त, अहमदनगर के कार्यालय में नियमित तौर पर भेजी जाती है। इसके साथ-साथ विभाग की तरफ से समय-समय पर मरीजों व उनके संबंधियों का मार्गदर्शन भी किया जाता है। भक्ति और सेवा का एक अपूर्व संगम शिरडी में दिखे, यह मेरा स्वप्न था। इसके रक्तदान मुहिम की एक अभिनव कल्पना मेरे मन में आई थी। तिरुपति का दर्शन करने जानेवाले भक्त वहाँ केश दान जरूर करते हैं। शिरडी में आनेवाले भक्तों से यदि रक्तदान का आह्वान किया जाए तो रक्तदान के महायज्ञ का सपना साकार हो सकता है, ऐसा मुझे लगा। मैंने तुरंत प्रभाव से इस बारे में योजना बनाई। भक्तों का रक्तदान यह

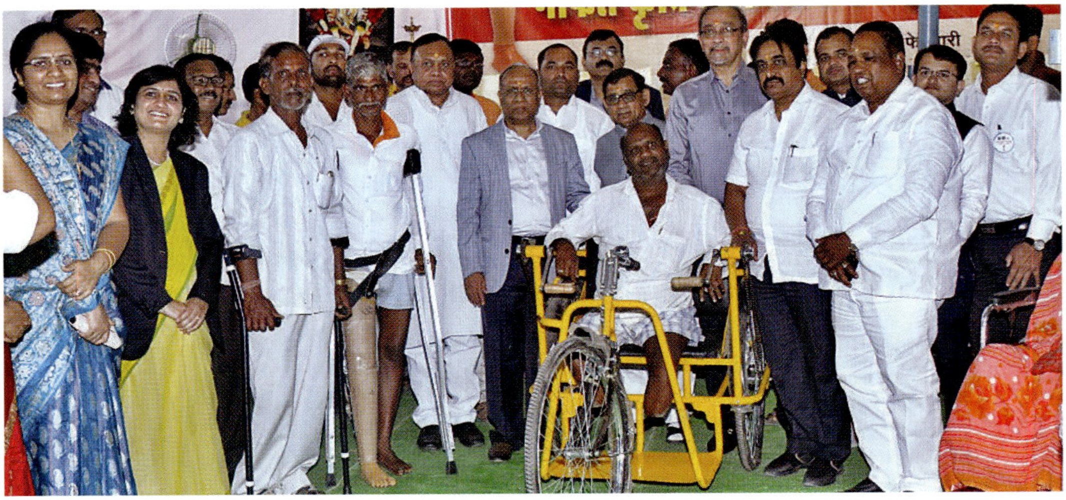

पैरों पर शस्त्रक्रिया किए जानेवाले मरीजों को व्हीलचेयर वितरण किया गया

साईंबाबा शताब्दी महोत्सव निमित्त आयोजित किए गए शिविरों की सूची			
क्रमांक	**शिविर**	**दिनांक**	**लाभार्थी**
1.	नेत्र जाँच व चश्मा वितरण	1/10/2017	1252
2.	मोतियाबिंद व भेंगापन ऑपरेशन	1/10/2017	109
3.	रक्तदान महाशिविर	30/12/2017	1060
4.	किडनी स्टोन उपचार	16/1/2018	91
5.	जयपुर फुट शिविर	15/2/2018	709
6.	कृत्रिम हाथ शिविर	20/2/2018	73
7.	दंत जाँच शिविर	6/3/2018	133
8.	प्लास्टिक सर्जरी	18/3/2018	88
9.	नाक, कान, गला ऑपरेशन व श्रवण यंत्र वितरण शिविर	8/6/2018	5 46
10.	किडनी स्टोन उपचार	3/9/2018	119
11.	एकदिवसीय सर्व रोग निदान शिविर	13/9/2018	1476
		कुल मरीजों की संख्या	**5457**

शताब्दी समारोह में एक बड़ा सकारात्मक कार्य होगा, ऐसा मुझे लगता था। इस अभियान को जैसे बाबा का प्रत्यक्ष आशीर्वाद मिला हो, इसके लिए शुरू होते ही भक्तों के समर्थन से यह योजना सफल रही। इस रक्तदान अभियान की सविस्तार कहानी अनेक संस्थाओं के लिए प्रेरणादायी साबित होगी।

■

6 रक्तदान महायज्ञ

6

तिरुपति में केशदान-शिरडी में रक्तदान

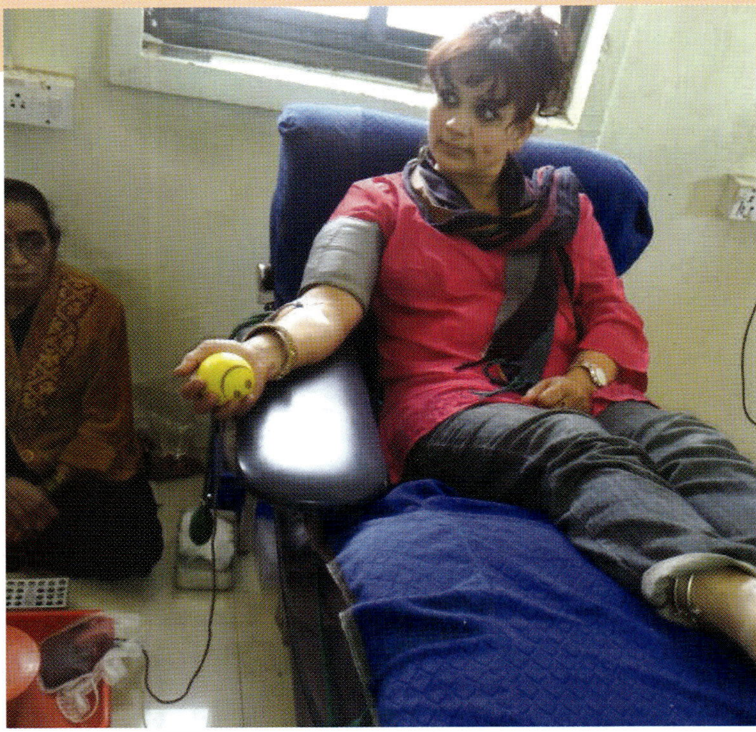

ऐसा कहा जाता है कि भक्ति को सेवा से जोड़ दिया जाए तो भक्ति परमेश्वर के चरणों में अर्पित होती है। इसी बात से ही साईं मंदिर में दर्शन करने आनेवाले श्रद्धालुओं से रक्तदान की कल्पना मेरे मन में आई। देखते-देखते ही इस मुहिम ने एक महायज्ञ का रूप ले लिया।

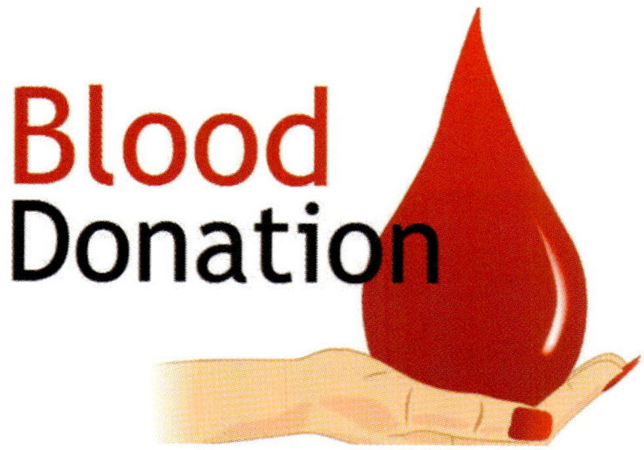

Open your heart, open it wide
– some one is standing outside

शिरडी का मंदिर आज दुनिया के नक्शे पर उभरकर आया है। दुनिया के कोने में रहनेवाले साईंभक्त यहाँ श्रद्धा के साथ बाबा के दर्शन लेने आते हैं। भारत के हर प्रांत से साईं भक्तों का रेला शिरडी की तरफ बहकर आता रहता है। 'शेगाँव का भक्ति भाव और तिरुपति का वैभव और समृद्धि शिरडी में आकर एकाकार हो गए हैं' ऐसा लोग कहने लगे हैं। तीर्थस्थल और मंदिर अधिकाधिक समाजोभिमुख व सेवाभिमुख बनाए जाएँ, इस प्रकार के विचार मेरे मन में हमेशा आते रहते हैं। मन की भक्ति को सेवा का रूप देने के लिए शिरडी में रक्तदान का एक राज्यव्यापी अभियान शुरू करने का स्वप्न मैंने देखा और सभी के सहयोग से उसे प्रत्यक्ष रूप से साकार भी किया।

पूजनीय साईंबाबा ने जिस प्रकार से भक्तों को श्रद्धा और सबूरी का मंत्र दिया, उसी प्रकार से समाज-सेवा का मंत्र भी दिया था। इसी संकल्पना के आधार पर मैंने अतिशय सरल रक्तदान द्वारा समाज-सेवा की योजना तैयार की। आनेवाले भक्तों को रक्तदान का महत्त्व समझाया और रक्तदान करने की सुविधा उपलब्ध कराई। साईं की भक्ति से भरे हुए भक्त बाबा को अपनी सबसे करीबी चीज अर्पण करने के भाव से रक्तदान करेंगे, इस बात का मुझे पूरा विश्वास था और इन्हीं सब बातों के आधार पर संस्थान ने 'तिरुपति में केशदान और शिरडी में रक्तदान' की एक अनूठी मुहिम शुरू की। तिरुपति में जानेवाले श्रद्धालु वहाँ अभिमान और समर्पण भाव से केशदान करते हैं। शिरडी आनेवाले श्रद्धालु भी इसी भाव से रक्तदान करें, ऐसा आह्वान संस्थान ने भक्तों से किया।

शिरडी में हर रोज औसतन 50 हजार भक्त दर्शन करने आते हैं। उनको रक्तदान का महत्त्व समझा दिया और अगर उनमें से एक प्रतिशत लोगों ने भी रक्तदान कर दिया तो हर दिन 500 से 600 यूनिट रक्त यहाँ जमा हो सकता है।

संस्थान ने मंदिर परिसर में रक्तदान करने के बोर्ड लगाए और इसके साथ ही एक महायज्ञ की शुरुआत हो गई। शुरुआत में कम मात्रा में होनेवाला रक्तदान बढ़ने लगा। अब तो स्थिति यह हो गई है कि इस रक्त को संग्रहण करने की क्षमता ही खत्म होने लगी है। हम सभी विश्वस्तों ने इस संबंध में बैठक कर एक उपाय ढूँढ़ा। इस रक्तदान मुहिम से अन्य सेवाभावी संस्थाओं और सरकारी रक्त बैंकों को जोड़ने का तय किया गया। प्रारंभ में कुछ चुने हुए रक्त बैंकों को ही शिरडी में आकर रक्त संकलन करने का आह्वान किया गया, लेकिन आज 25 रक्त बैंक इस महायज्ञ से जुड़ गए हैं। वर्तमान में प्रतिदिन 150 लोग औसतन रक्तदान करते हैं, लेकिन यह संख्या एक प्रतिशत के आसपास नहीं है, लिहाजा इसमें और वृद्धि करने का निर्णय लिया। यदि यह लक्ष्य एक प्रतिशत तक पहुँच जाएगा तो 500 से 600 यूनिट रक्त प्रतिदिन संकलित हो सकेगा। पहले सप्ताह में दो दिन रक्तदान होता था, लेकिन अब रोजाना रक्तदान संकलित किया जाता है। शिरडी में जाकर जैसे हम बाबा का दर्शन करते हैं, वैसे ही हमें रक्तदान भी करना चाहिए, ऐसा विचार लोगों के मन में बसना चाहिए, यह बात हमने ध्यान में रखी।

श्रद्धालुओं ने इस रक्तदान महायज्ञ को भरपूर समर्थन दिया। प्रतिदिन करीब 150 भक्त यहा रक्तदान करते हैं। राष्ट्रीय स्वयंसेवक संघ के सर संघचालक मोहनजी भागवत ने भी इस रक्त बैंक का भेंट देकर इस मुहिम को सराहा।

आज देश भर में साईंबाबा के 8,000 से अधिक मंदिर हैं। विदेशों में भी बाबा के 450 मंदिर हैं। इन सभी

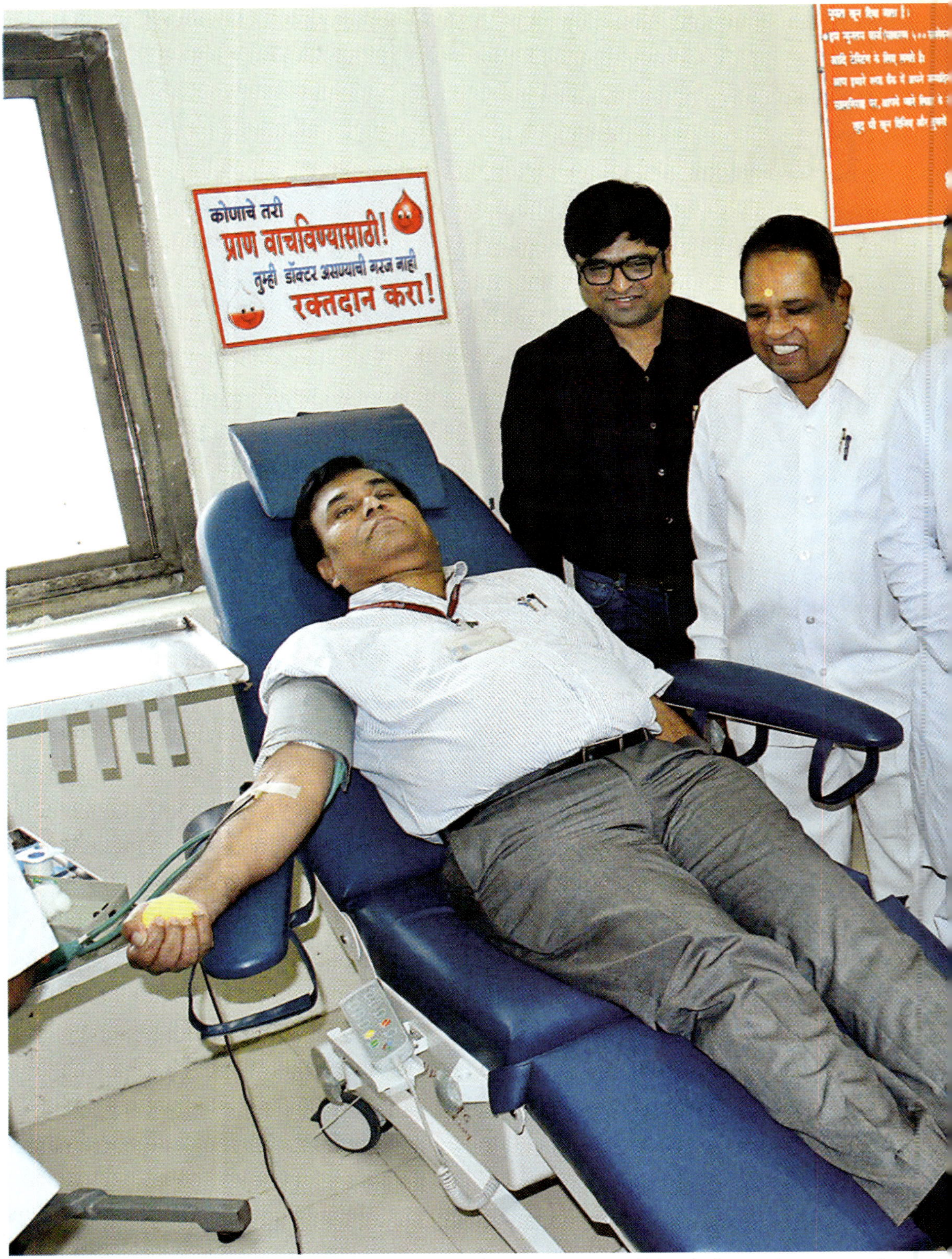

साईं संस्थान के रक्तदान शिविर में युवाओं संख्या में रक्तदान किया। मैंने स्वयं इन रक्तदाताओं से उनके विचार और हालचाल पूछे

It is a joy

राष्ट्रीय स्वयंसेवक संघ के सर संघचालक मोहनजी भागवत ने भी इस रक्त बैंक का भेंट देकर इस मुहिम को सराहा

मंदिरों में रक्तदान का अभियान शुरू होना चाहिए, ऐसा संकल्प हमने किया है। गुरुवार बाबा का वार है और इस दिन भक्त रक्तदान करें, ऐसी मेरी सभी से विनती है।

रक्तदान अभियान को बढ़ावा देने के लिए शिरडी में रक्तदान करनेवाले भक्तों को बाबा के दर्शन कराने में प्राथमिकता दी जाती है, उन्हें बाबा के सीधे दर्शन कराए जाते हैं। इस प्राथमिकता की वजह से रक्तदान करने वाले श्रद्धालुओं का उत्साह और बढ़ा है।

शिरडी में साल 2000 में 'रक्त बैंक' की स्थापना हुई थी। भक्त रक्त बैंक जाने की बजाय रक्त बैंक ही भक्तों के पास जाए, इस उद्देश्य से मंदिर परिसर में ही रक्तदान करने की सुविधा की गई। रक्त संकलन करने के लिए 2004 में एक अत्याधुनिक केंद्र शुरू किया गया। उस समय के मुख्यमंत्री विलासराव देशमुख के हाथों इस अभियान का उद्घाटन हुआ। अब सप्ताह के हर दिन रक्त संकलन किया जाता है।

भक्तों से संकलित किया गया रक्त साईंनाथ चिकित्सालय में मरीजों को नि:शुल्क दिया जाता है। साईंबाबा चिकित्सालय में 'महात्मा फुले जनआरोग्य योजना' के तहत आनेवाले मरीजों को भी यह रक्त नि:शुल्क दिया जाता है।

शताब्दी महोत्सव के अवसर पर संस्थान ने महारक्तदान शिविर का आयोजन किया था। 30 अक्तूबर, 2017 को हुए इस रक्तदान शिविर में एक हजार से भी अधिक यूनिट रक्त जमा हुआ। वर्तमान में 22 रक्त बैंक इस अभियान के साथ जुड़े हुए हैं।

संकलित किए गए रक्त को पृथक् करने तथा उसके घटकों (कंपोनेंट) को अलग-अलग (सेपरेशन) करने की अत्याधुनिक तकनीक संस्थान के रक्त बैंक में है। एक यूनिट रक्त तीन मरीजों के उपयोग में आता है। अपने 24 सहयोगियों की मदद से डॉ. सूर्यकांत पाटील इस विभाग के प्रशासन को सँभालते हैं। इस रक्त बैंक के माध्यम से 2017 में 16 हजार यूनिट रक्त संकलन हुआ, जबकि साल 2000 से अब तक 1 लाख 59 हजार 933 यूनिट रक्त जमा हुआ। 2013 में यहाँ 25 लाख रुपए की एक अत्याधुनिक मशीन लगाई गई। साईं संस्थान शीघ्र ही राज्य का सबसे बड़ा रक्त बैंक बनेगा, इस दिशा में प्रयास किए जा रहे हैं। Blood donor of today may be blood reciever tomorrow, यदि इस बात को हर व्यक्ति ध्यान में रखे तो कभी भी रक्त की कमी नहीं आएगी। संस्थान इस संदर्भ में अपनी सामाजिक जवाबदारी को पूरी ताकत के साथ निभाने में जुटा हुआ है।

1 अक्तूबर, 2017 से 30 सितंबर, 2018 के दौरान श्री साईंबाबा संस्थान के साईंनाथ रक्त बैंक में व बाहरी रक्त बैंक (मंदिर परिसर व भक्त निवास) में निम्न प्रकार से रक्त जमा हुआ।

अ.क्र.	रक्त बैंक का नाम	महीना व सन्	कुल रक्त संकलन
1	श्री साईं नाथ रक्त बैंक	अक्तूबर 2017	847
		नवंबर 2017	1,027
		दिसंबर 2017	1,058
		जनवरी 2018	1,017
		फरवरी 2018	836
		मार्च 2018	1,216
		अप्रैल 2018	815
		मई 2018	1,077
		जून 2018	997
		जुलाई 2018	1,048
		अगस्त 2018	966
		सितंबर 2018	977
	कुल रक्त संकलन		**11,881**
2	श्री साईं मंदिर परिसर व श्री साईं आश्रम	अक्तूबर 2017	1,217
		नवंबर 2017	1,084
		दिसंबर 2017	1,179
		जनवरी 2018	1,255
		फरवरी 2018	737
		मार्च 2018	701
		अप्रैल 2018	975
		मई 2018	938
		जून 2018	1,174
		जुलाई 2018	1,977
		अगस्त 2018	2,014
		सितंबर 2018	722
	कुल रक्त संकलन		**13,973**

रक्तदान महायज्ञ में रक्त बैंक के कर्मचारियों ने बड़ा बीड़ा उठाया है, उनके साथ होनेवाली भेंट काफी उत्साहवर्धक होती है

तिरुपति में केशदान-शिरडी में रक्तदान

'पत्रं-पुष्पं-फलं-तोयं' इस भावना के साथ अर्पण कर हम ईश्वर की पूजा करते हैं। इसी समर्पण के भाव से यदि भक्तों ने रक्तदान किया तो उनकी पूजा का स्तर कितना ऊँचा हो सकता है। मात्र यही विचार कर संस्थान ने भक्तों से रक्तदान की अपील की और भक्तों ने भी उसको बड़े पैमाने पर स्वीकार किया। साईं समाधि मंदिर व परिसर में रक्तदान की एक मुहिम शुरू हो गई। शुरुआत में छोटे-छोटे प्रयासों से रोजाना 15 से 20 लोग रक्तदान करते थे, लेकिन अब यह संख्या बढ़कर 150 से 160 हो गई है और शीघ्र ही यह आँकड़ा 500 से 600 तक पहुँच जाएगा, इसको लेकर सभी का प्रयास जारी है। इस अभियान के लिए संस्थान ने विभिन्न रक्त बैंकों की मदद ली है। विशेष यह है कि रक्तदान करनेवाले भक्तों को बाबा के सीधे दर्शन कराए जाते हैं।

साईं रुग्णवाहिका योजना

श्री साईंबाबा संस्थान विश्वस्त व्यवस्था (शिरणी) की तरफ से राज्य के ग्रामीण व दुर्गम क्षेत्रों में जरूरतमंदों मरीजों को तत्काल स्वास्थ्य सेवा मिले, इस उद्देश्य से महाराष्ट्र में स्वास्थ्य और मरीजों की सेवा में कार्यरत पंजीकृत संस्थाओं द्वारा एक-एक रुग्णवाहिका देकर 'साईं रुग्ण वाहिका योजना' शुरू करने के लिए राज्य सरकार ने 25 करोड़ रुपए मंजूर किए हैं। शीघ्र ही यह योजना शुरू होगी, ऐसी आशा है। साईं रुग्णवाहिका योजना की वजह से राज्य के ग्रामीण और दुर्गम हिस्सों में मरीजों को संस्थान के माध्यम से उपलब्ध होनेवाली रुग्णवाहिकाओं की वजह मरीजों को शीघ्र उपचार की सुविधा मिलना संभव हो सकेगा। इसके परिणामस्वरूप श्री साईंबाबा का मरीजों की सेवा का हेतु भी साधा जा सकेगा तथा उनकी सीखों का प्रचार भी होगा। इस योजना को शीघ्र ही मूर्तरूप देने के प्रयास जारी हैं।

■

7 शिक्षा सेवा

7

शिक्षा से आधुनिकता की तरफ

श्री साईंबाबा संस्थान के माध्यम से किए जानेवाले विविध उपक्रमों में शिक्षा को प्रमुखता दी गई है। संस्थान की तरफ से लड़के-लड़कियों की प्राथमिक माध्यमिक व अंग्रेजी माध्यम के विद्यालय, आई.टी.आई., जूनियर कॉलेज जैसी संस्थाएँ वर्षों से चलाई जा रही हैं। कला-वाणिज्य और विज्ञान वर्ग का महाविद्यालय इसी समय में शुरू किया गया है। 218 करोड़ की लागत से अत्याधुनिक शैक्षणिक संकुल के निर्माण का कार्य भी शुरू किया गया है। पाठकों को इन संस्थाओं के बारे में विस्तृत जानकारी के लिए यहाँ पर उल्लेख किया गया है।

सद्गुरु साईंबाबा ने अपने जीवन में समाज-सेवा और लोक शिक्षा का आदर्श निर्माण किया था। इसी से प्रेरणा लेकर साईं संस्थान ने शिक्षा के क्षेत्र में आदर्श कार्य कर अपनी सामाजिक जवाबदारी का कर्तव्य निभाया है। संस्थान के विद्यालय और महाविद्यालय प्रगति के पथ पर हैं। इसके साथ साथ यहाँ की आई.टी.आई. संस्था ने देश भर में अपनी एक छाप छोड़ी है।

मेरा शिक्षा को लेकर यह मानना है कि भविष्य का निर्माण करना है तो शिक्षा के अलावा दूसरा कोई विकल्प नहीं है। मैंने स्वयं ने शिक्षा के बल पर ही प्रतिकूल परिस्थितियों को मात दी है। संस्थान के माध्यम से शिरडी क्षेत्र के बच्चों को आधुनिक शिक्षा मिले, इस बात की एक ललक मेरे मन में थी। साईंबाबा की उपस्थिति से पावन हुई शिरडी नगरी में वैसे भी अन्य दूसरी सुविधाओं का कोई खास विकास नहीं हो सका है, लेकिन शिक्षा का अवसर मिला तो यहाँ के लोग शहर की कायापलट कर सकते हैं, ऐसा मेरा पूरा विश्वास था। इसकी वजह से श्रद्धालुओं को दर्शन की सुगमता और सुविधा तथा स्वास्थ्य सेवा के साथ-साथ मैंने शिक्षा की सुविधा उपलब्ध कराने के लिए भी ज्यादा-से-ज्यादा प्रयास करना तय किया।

शिक्षा को लेकर जो कार्य किए जा रहे थे, संस्थान ने उन्हें प्राथमिकता दी। वर्तमान में संस्थान पाँच शैक्षणिक संस्थाएँ चलाता है। अंग्रेजी माध्यम का स्कूल, लड़कियों के लिए पृथक् स्कूल, आई.आई.टी., जूनियर और सीनियर कॉलेजा इन विद्यालयों में वर्तमान में 6 हजार से अधिक विद्यार्थी शिक्षा ग्रहण कर रहे हैं। बहुत कम शुल्क में इन विद्यार्थियों को यहाँ पर अच्छे दर्जे की शिक्षा दी जा रही है। संस्थान के इस उपक्रम से गरीब परिवार के बच्चों का खूब फायदा हो रहा है। अभी संस्थान के महाविद्यालय धर्मशालाओं में चल रहे हैं।

सभी शैक्षणिक सुविधाओं से युक्त शिक्षण संकुल शिरडी में हो ऐसा मेरा स्वप्न था। मैंने उस दिशा में एक तय नीति के हिसाब से चलना शुरू किया। विद्यार्थियों को अच्छे माहौल में और अच्छी दर्जेदार शिक्षा मिले, एक आधुनिक सुविधाओं वाला शैक्षणिक संकुल बने, इस बात को ध्यान में रख विश्वस्त मंडल ने निर्णय किया।

स्कूल, महाविद्यालय, आई.टी.आई., वाचनालय, प्रोगशाला, छात्रावास, खेल मैदान और ऑडिटोरियम सभी एक संकुल में बनाए जाएँ, यह मेरी कल्पना थी। इस नियोजित संकुल के निर्माण पर 220 करोड़ रुपए खर्च किए जाएँगे। संकुल के लिए 13 एकड़ की जमीन भी निर्धारित कर ली गई है। इस कार्य का नक्शा बना लिया गया है तथा टेंडर भी फाइनल हो चुके हैं। कार्य आदेश भी दिया जा चुका है और प्रत्यक्ष रूप से कार्य भी शुरू हो गया है। आनेवाले डेढ़ सालों में यह कार्य पूरा भी हो जाएगा।

इस संकुल में अनेक इमारतें होंगी। लड़कियों के लिए अलग से स्कूल होगा, अच्छा समृद्ध वाचनालय होगा। आधुनिक सुविधाओं वाली प्रयोगशाला, खेल मैदान, इनडोर खेल की सुविधा, शिक्षकों के लिए कॉमन रूम, 1,200 सीटों की क्षमता वाला ऑडिटोरियम, शैक्षणिक तथा सांस्कृतिक कार्यक्रमों के लिए अलग से सभागृह होगा। शिरडी परिसर और आस पास के इलाकों में ज्ञान-विज्ञान के विस्तार के लिए इस संकुल का खूब उपयोग होगा और इसका लाभ यहाँ के विद्यार्थियों को मिलेगा। शिक्षा और खेलकूद में विद्यार्थियों की प्रगति होगी।

संस्थान का महाविद्यालय शुरू हो गया, यह शिक्षा के विकास की दिशा में उठाया गया पहला कदम था। प्रतियोगिता परीक्षाओं के लिए शिरडी में नि:शुल्क प्रशिक्षण केंद्र शुरू करने की योजना मैंने बनाई। ग्रामीण भागों के विद्यार्थियों के लिए यह केंद्र शीघ्र ही शुरू होगा।

श्री साईंबाबा संस्थान को कला, वाणिज्य व विज्ञान विभाग का महाविद्यालय शुरू करने की मान्यता सरकार की तरफ से 15 जून, 2018 को मिली है।

प्रधानमंत्री नरेंद्र मोदी जब शिरडी आए, उस समय उनके हाथों से इस नियोजित प्रकल्प का शिलान्यास किया गया। उन्होंने इस प्रकल्प की योजना को बहुत बारीकी से देखा। यह संकुल बहुत तेजी से बनाया जा रहा है। मैंने जब शिरडी का कारभार सँभाला, उस समय शिक्षा के क्षेत्र में

साईं संस्थान के विद्यालय के विद्यार्थियों की अनोखी कवायद

विद्यार्थियों के साथ संवाद करना यह हमेशा से ही मेरा पसंदीदा विषय रहा है

संस्थान ने ठीक-ठाक प्रगति कर रखी थी। शिक्षा की सभी सुविधाओं के बारे में मैंने रिपोर्ट ली।

सभी सुविधाओं से दूर शिरडी जैसे स्थान में संस्थान ने शिक्षा का पौधा लगाया था। नए-नए शुरू हुए महाविद्यालय में कला, वाणिज्य और विज्ञान से स्नातक तक की पढ़ाई कराई जाती है। इससे पहले 15 साल तक अनेक बार प्रयास किए गए, लेकिन यह महाविद्यालय शुरू नहीं हो पा रहा था, लेकिन अभी के विश्वस्त मंडल ने खासतौर पर उपाध्यक्ष चंद्रशेखर कदम ने और वरिष्ठ अधिकारियों ने अथक् प्रयास किए थे। माननीय मुख्यमंत्री देवेंद्र फडणवीस, शिक्षा मंत्री विनोद तावड़े के आदेश से यह महाविद्यालय पिछले साल से शुरू हुआ है। गुणवत्ता पर अधिक ध्यान देनेवाले इस महाविद्यालय ने आसपास के क्षेत्र में अपनी एक अलग पहचान बना ली है। शिरडी के औद्योगिक प्रशिक्षण संस्थान (आई.टी.आई.) ने तो सात बार राष्ट्रीय स्तर पर पहला क्रमांक हासिल कर एक रिकॉर्ड ही बना डाला है। यहाँ के पहले तीन प्रशिक्षणार्थियों को राष्ट्रीय स्तर पर 10 हजार रुपए तथा उसके चार प्रशिक्षणार्थियों को 50 हजार रुपए के विशेष पारितोषिक के साथ देश के सर्वोत्कृष्ट कारीगर के प्रमाण-पत्र के साथ केंद्र सरकार ने सम्मानित किया था। विद्यार्थियों की गुणवत्ता के साथ-साथ शिक्षकों की अपार मेहनत और अचूक मार्गदर्शन को भी इसका श्रेय जाता है। इन्हीं उम्मीद के बल पर संस्थान ने अब ग्रामीण भाग के विद्यार्थियों को आई.ए.एस., आई.पी.एस. की परीक्षाओं के लिए नि:शुल्क मार्गदर्शन और प्रशिक्षण देने की योजना शुरू की है।

शिरडी जैसे गाँव में साईंबाबा आए और शिरडी का स्वरूप ही बदल गया। बाबा ने समाज सेवा, लोक शिक्षण, मरीजों की सेवा का आदर्श स्थापित किया और लाखों भक्तों को इस कार्य के लिए प्रेरित किया। इसी से प्रेरणा लेकर संस्थान ने शिक्षा का कार्य शुरू किया। कुशल प्रशासक और निष्ठावान शिक्षकों के संयुक्त प्रयासों से लगाया गया शिक्षा का यह पौधा दिन-रात बढ़ता जा रहा है।

संस्थान की तरफ से आज शिरडी में श्री साईंबाबा कन्या विद्यामंदिर (पाँचवीं से दसवीं), श्री साईंबाबा इंग्लिश मीडियम स्कूल (जूनियर के.जी. से दसवीं), कनिष्ठ महाविद्यालय और औद्योगिक प्रशिक्षण संस्थान (आई.टी.आई.) व वरिष्ठ महाविद्यालय ऐसी कुल पाँच संस्थाएँ चलाई जाती हैं। 2017-18 शैक्षिणिक वर्ष में कन्या विद्यालय की सभी कक्षाओं में कुल मिलाकर 750 छात्राएँ पढ़ती थीं। शिक्षक और उनके सहायकों की संख्या

29 थी 20 सुसज्जित कमरों में यह विद्यालय चलता है। यहाँ से सरकारी नियमों के तहत निर्धारित की जानेवाली फीस विद्यार्थियों से नहीं ली जाती।

1990 में संस्थान ने इंग्लिश मीडियम विद्यालय शुरू किया था। पहली से दसवीं तक के इस विद्यालय में शैक्षणिक सत्र 2017-18 में 1701 विद्यार्थी पढ़ते थे। दो पारियों में चलनेवाले इस विद्यालय में 87 शिक्षक व उनके सहायक हैं। इस विद्यालय में 35 कमरें तथा विद्यार्थियों को लाने ले जाने के लिए 10 बसें हैं। दोनों ही विद्यालयों में विद्यार्थियों को दोपहर का पौष्टिक आहार नि:शुल्क दिया जाता है।

श्री साईंबाबा इंग्लिश मीडियम स्कूल के विद्यार्थी दिनेश देवासी ने साल 2015-16 में नागपुर में हुई राज्य स्तरीय स्पर्धा में प्रथम स्थान हासिल किया था, जबकि अनंत पटने, सिद्धांत गोंदकर, प्रदीप रावत ने शतरंज के खेल में अच्छा प्रदर्शन किया था। साल 2016-17 में आदित्य जगताप ने राज्य स्तरीय कराटे स्पर्धा में स्वर्ण पदक तथा नागरे ने कांस्य पदक जीता था। सृष्टि सोनवणे व पार्थ सोनवणे ने बीड में हुई विभागीय व राज्य स्तरीय कराटे स्पर्धा में स्वर्ण पदक जीता। राज्य स्तरीय हॉलीबाल प्रतियोगिता में साइश गोंदकर ने पहला स्थान हासिल कर पुरस्कार जीता। साल 2017-18 में पार्थ सोनवणे और सोहेल शेख (8वीं कक्षा) का राष्ट्रीय कराटे स्पर्धा के लिए चयन हुआ तथा हर्षल अभंग और साईश गोंदकर का राज्य स्तरीय हॉलीबाल स्पर्धा के लिए चयन हुआ।

कनिष्ठ महाविद्यालय में कला, विज्ञान और वाणिज्य तीनों ही शाखाएँ चलाई जाती हैं। यहाँ 2017-18 के शैक्षणिक सत्र में 11वीं में 716 तथा 12वीं में 641 कुल-मिलाकर 1357 विद्यार्थी पढ़ाई करते थे। तीनों शाखाओं के लिए 52 शिक्षक और सहायक थे। वर्तमान में यह महाविद्यालय प्रगति के नए-नए आयाम तय कर रहा है।

औद्योगिक प्रशिक्षण संस्थान

साईं संस्थान की औद्योगिक प्रशिक्षण संस्था (आई.टी.आई.) को संस्थान की शिक्षण सेवा के सम्मान का प्रतीक मानना चाहिए। प्राचार्य शिवलिंग पटणे के नेतृत्व में इस संस्था के विद्यार्थी सफलता के नए-नए रिकॉर्ड स्थापित कर रहे हैं और राष्ट्रीय स्तर पर अपनी छाप छोड़ रहे हैं।

श्री साईंबाबा औद्योगिक प्रशिक्षण संस्था की स्थापना 1 अगस्त, 1984 को हुई थी। सरकार द्वारा मान्यता प्राप्त संस्था गुणवत्ता के आधार पर निजी वर्ग में यह देश की पहले क्रमांक की संस्था मानी जाती है। इस संस्था को निजी क्षेत्र का 'अ' वर्ग दिया गया है।

जब यह संस्था शुरू हुई तब सिर्फ 4 विषय (ट्रेड) सिखाए जाते थे, लेकिन अब यहाँ मेकैनिक मोटर वेहिकल, मेकैनिक ट्रैक्टर, फीटर, वेल्डर, टर्नर, मेकैनिक आर.ए.सी., टूल एंड डाई मेकर, इन्फॉर्मेशन कम्युनिकेशन टेक्नोलॉजी सिस्टम मेंटेनेंस, कंप्यूटर ऑपरेटर, प्रोग्रामिंग असिस्टेंस एंड मशीनिस्ट ग्राइंडर, इस तरह के 13 ट्रेड सिखाए जाते हैं। इन ट्रेड के 22 वर्ग बनाए गए हैं और यह दो पारियों में चलाए जाते हैं। विद्यार्थियों के प्रैक्टिकल के लिए यहाँ दो कार्यशालाएँ हैं। संस्था की विद्यार्थी क्षमता 450 है। सभी प्रवेश सरकार द्वारा निर्धारित नियमों के अनुसार व ऑनलाइन पद्धति से दिए जाते हैं। ऑनलाइन पद्धति की वजह से सिफारिश या भ्रष्टाचार होने की कोई भी संभावना नहीं बचती है। शिरडी की संस्था भ्रष्टाचार मुक्त है, यह बात मैं गर्व के साथ कह सकता हूँ।

अन्य संस्थाओं के मुकाबले यहा की फीस बहुत कम है। सरकार के नियमों के हिसाब से 20 प्रतिशत स्थान प्रबंधन को दिए जाते हैं, लेकिन प्रबंधन ने ये आरक्षित

शिरडी में नियोजित शिक्षण संकुल की प्रतिकृति

स्थान भी सरकार को ही दे दिए हैं और वे भी निर्धारित सामान्य नियमों के हिसाब से ही भरे जाते हैं।

साल 2013-14 में सरकार ने फीस में वृद्धि की, लेकिन इस संस्था में किसी तरह की फीस वृद्धि नहीं की गई। इसकी वजह से हर साल करीब 92 लाख रुपए की मदद इस संस्था से प्रशिक्षण हासिल करनेवाले विद्यार्थियों को मिल रही है।

साल 2001 से इस संस्था को 'अ' दर्जा मिला है। 2004 में संस्था को राज्य में दूसरा क्रमांक मिला। 2005 और 2006 में इस संस्था को राज्य में प्रथम क्रमांक हासिल हुआ। उसके बाद 2006 से आज तक इस संस्था ने राष्ट्रीय स्तर पर केंद्र सरकार का सर्वोत्कृष्ट संस्था का पुरस्कार लगातार सात बार जीता है। संस्था के 21 प्रशिक्षणार्थियों को राज्य स्तर पर पहला क्रमांक हासिल हुआ है। अखिल भारतीय व्यवसाय स्तर पर संस्था के 12 विद्यार्थी पात्र साबित हुए, जिनमें से 7 को राष्ट्रीय स्तर पर पहला क्रमांक मिला। इनमें से पहले तीन प्रशिक्षणार्थियों को राष्ट्रीय स्तर पर 10 हजार रुपए तथा अंत के चार को 50 हजार रुपए का विशेष इनाम के साथ साथ देश के सर्वोत्कृष्ट कारीगर का सम्मान केंद्र सरकार द्वारा देकर उनका गौरव किया गया। शिरडी क्षेत्र ग्रामीण भले ही हो, लेकिन यहाँ पर लड़कियाँ भी पढ़ाई में कम नहीं हैं। 2012 में यहाँ की कुमारी शेख नरगिस आयमुद्दीन राज्य में पहले क्रमांक पर आई। यहाँ का परीक्षा परिणाम औसतन 80 से 90 प्रतिशत के बीच रहता है तथा 90 प्रतिशत विद्यार्थियों को नौकरी भी मिलती है।

जिला परिषद् विद्यालयों के लिए 30 करोड़

श्री साईंबाबा संस्थान विश्वस्त मंडल शिरडी ने 2 मई, 2018 को व्यवस्थापन समिति की बैठक में निर्णय क्रमांक 287 किया। इस निर्णय के मुताबिक जिला परिषद् अहमदनगर के विद्यालय को कमरे बनाने के लिए 30 करोड़ रुपए के अनुदान देने को तकनीकी रूप से मान्यता दे दी है। इसमें पहले चरण का 10 करोड़ रुपया सरकार द्वारा मान्यता मिलने के बाद प्रदान भी कर दिया गया है।

सेवा भाव ही संस्थान के कार्यों का प्रमुख आधार है और इसी भावना के आधार पर कार्यों को प्रधानता दी जाती है। शिक्षा के संबंध में एक बड़ा काम मैं कर सका, इस बात का मुझे संतोष है, लेकिन केवल शिक्षा तक रुक जाने से ही काम नहीं चलनेवाला था। जो मुख्य बात थी वह थी, साईं भक्तों को आधुनिकता की तरफ ले जाने की। इस बारे में मैं विचार कर रहा था और उसी दौरान मुझे 'साईं नॉलेज पार्क' की कल्पना मेरे मन में आई।

■

8

साईं नॉलेज पार्क

दर्शन के लिए आनेवाले भक्तों को बाबा के चरित्र और उनकी लीलाओं को सहज रूप से समझ में आनी चाहिए, लेकिन इसके साथ-साथ उन्हें आधुनिक विज्ञान और तकनीकी ज्ञान की भी जानकारी मिलनी चाहिए, इसी भूमिका के आधार पर साईं नॉलेज पार्क प्रकल्प बनाने का निर्णय मैंने किया।

करोड़ों साईं भक्तों के श्रद्धा स्थान शिरडी मंदिर को यदि दुनिया के नक्शे पर लाना है तो यहाँ अत्याधुनिक सुविधाएँ की जानी चाहिए। भक्ति के साथ-साथ ज्ञान की भी उपासना की जानी चाहिए। दर्शन के लिए आनेवाले श्रद्धालुओं को साईं चरित्र और साईंबाबा की लीलाएँ सहजता से समझ में आनी चाहिए। दिल में संतोष लेकर भक्त वापस लौटने चाहिए। इन सबके लिए आधुनिक विज्ञान की मदद लेकर शिरडी में 'साईं नॉलेज पार्क' को मूर्त रूप दिया जा रहा है।

सद्गुरु साईंबाबा के चरणों से पवित्र हुए शिरडी गाँव की यदि सही अर्थों में कायापलट करनी है तो यहाँ की भक्ति भावना को सेवा और आधुनिकता से जोड़ना चाहिए, मन में यही विचार लेकर मैंने अध्यक्ष पद का कामकाज सँभाला था। कार्यभार सँभालते ही पहले दिन से ही मैंने इस दिशा में बढ़ना शुरू कर दिया था। देश ही नहीं दुनिया के कोने-कोने से आनेवाले साईं भक्तों को विविध सुविधाएँ उपलब्ध कराने को पहली प्राथमिकता दी। रोज हजारों की संख्या में आनेवाले भक्तों की सामान्य अड़चनों को दूर करने और उनको सामान्य मूलभूत सुविधाएँ उपलब्ध कराने के लिए आधुनिक तकनीक का सहारा लिया। तकनीक की वजह से सादा-से-सादा बातें एकदम बड़े पैमाने पर होने लगी। सौर ऊर्जा का प्रयोग हो या दर्शन के लिए डिजिटल पद्धति का इस्तेमाल, इनकी वजह से खर्च और समय दोनों में बड़ी बचत हुई। मंदिर की पवित्रता और भक्तिमय वातावरण को जरा भी ठेस नहीं पँहुचाते हुए विविध वैज्ञानिक साधनों का प्रयोग कर अनेक सुविधाएँ उपलब्ध कराई गई। इनकी वजह से भक्तजन बहुत खुश हैं और उन्हें आराम भी हुआ है। श्रद्धालुओं के मनों में बहनेवाली भक्ति की गंगा को रक्तदान जैसे एक महायज्ञ से जोड़कर भक्ति और सेवा का सुंदर संगम निर्माण किया। अत्याधुनिक नए शैक्षणिक संकुल की सुविधा विकसित कर इस क्षेत्र के विद्यार्थियों के भविष्य की एक प्रकार से नींव भरी गई। शिरडी में रोज बड़ी संख्या में भक्त आते हैं, लेकिन बाबा के एक बार दर्शन हो जाने के बाद उन्हें यहाँ क्या करना है, यह सवाल बार-बार मेरे मन को सताता था। शिरडी में आए भक्त यदि यहाँ ज्यादा समय रहे तो उन्हें बाबा का सान्निध्य ज्यादा समय तक मिलेगा और इस वजह से यहाँ स्थानीय व्यापार भी विकसित होगा, जिसका फायदा यहाँ के कारोबारियों को भी होगा, ऐसा मुझे लगता था। साईं भक्तों को मनोरंजन से शिक्षण देने के बारे में मैं विचार कर रहा था। विचारों की शृंखला में एक विचार आया 'साईं नॉलेज पार्क' का। मुझे लगा यह प्रकल्प सही अर्थों में शिरडी को दुनिया के नशे पर स्थान दिलाएगा। भारत में किसी भी देवस्थान या धार्मिक संस्थान में इस तरह का कोई अत्याधुनिक प्रकल्प नहीं है। यह प्रकल्प शिरडी की प्रगति की दिशा में एक मील का पत्थर साबित होगा, ऐसा मुझे विश्वास है।

विज्ञान की जानकारी मेरे मन-स्थल में रहती है और इसी के परिणामस्वरूप मैंने साईं नॉलेज पार्क का स्वप्न देखा। करीब 200 करोड़ रुपए खर्च कर शिरडी में इस प्रकल्प को बनाने का संकल्प किया। इस प्रोजेक्ट का प्लान बन गया और सरकार से उसे स्वीकृति भी मिल गई है। इसके निर्माण के लिए शीघ्र ही निविदा मँगाई जाएगी। भक्ति के अनवरत बहते झरने के साथ-साथ ज्ञान का दीप भी शिरडी में सतत जलता रहेगा।

साईं नॉलेज पार्क के नाम से इस प्रोजेक्ट के उद्देश्यों और व्यापकता की कल्पना मन में आकार ले रही है। संस्थान के मंदिर के समीप ही 13 एकड़ जमीन इस प्रकल्प के लिए उपलब्ध हो चुकी है, जहाँ पर यह बनेगा। शिरडी में आनेवाले श्रद्धालुओं को समाधि दर्शन करने के बाद उसे यहाँ के वातावरण में कुछ और घंटे आनंद के साथ बिताने को मिले और उसे इस दौरान मनोरंजन के साथ-साथ ज्ञान भी मिले, इस उद्देश्य से यह प्रकल्प बनाया जा रहा है। करीब 13.40 एकड़ जमीन पर प्रकल्प का प्लान तैयार किया गया है और उसमें आधुनिक

'साईं नॉलेज पार्क' में वैक्स म्यूजियम में 50 राष्ट्र पुरुषों और राष्ट्र संतों के पुतले (प्रतिकृति) लगाए जाएँगी। इन राष्ट्र पुरुषों व संतों का इतिहास व जानकारी i pad के माध्यम से ऑडियो-वीडियो के रूप में सुनी व देखी जा सकेगी।

साईं नॉलेज पार्क में निर्मित होनेवाले प्लेनेटोरियम, वैक्स म्यूजियम, आकाश दर्शन गैलरी आदि की प्रतिकृति (मॉडल)

प्लेनेटोरियम में ग्रहों की जानकारी देने वाला कक्ष ऐसा होगा

विज्ञान और तकनीक पर विशेष बल दिया गया है। विज्ञान और तकनीक के माध्यम से चित्र तथा प्रतिमाओं का इस्तेमाल कर साईंबाबा की सजीव लीलाओं को फिर से जीवंत किया जाएगा। साईं सृष्टि वैक्स म्युजियम, ग्रंथालय, प्लेनेटोरियम, विज्ञान प्रदर्शनी और आकाश निरीक्षण गैलरी इस प्रकल्प में बनाए जाएँगे। इसमें एक सुंदर बाग भी बनाया जाएगा, जहाँ भक्त विश्राम के क्षण व्यतीत कर सकेंगे। उनके खाने-पीने तथा वाहनों की पार्किंग की सुविधा अल्प दर में यहाँ की जाएगी। कुल-मिलाकर इस प्रकल्प की वजह से अधिकाधिक संख्या में श्रद्धालु शिरडी की तरफ तो आएँगे ही, लेकिन संपूर्ण समाधान के साथ वे अपने घर को लौटेंगे।

अत्याधुनिक और आकर्षक

साईं नॉलेज पार्क जहाँ बनाया जाना है, वह जगह निमगाव कोहाळे और नांदुरखी गाँव के बीच में है। प्रस्तावित जगह साईंबाबा मंदिर से तीन किलोमीटर की दूरी पर है। यह जगह अलग-अलग ब्लॉक्स में विकसित की जाएगी। यहाँ अलग-अलग गुंबद बनाकर एक अलग प्रकार की विषयवस्तु तैयार की जाएगी।

मुख्य प्रवेश द्वार के साथ-साथ कर्मचारियों के लिए अलग से प्रवेश द्वार होगा। वाहनों-बस और चार पहिया गाड़ियों के आने जाने के लिए अलग से प्रवेश द्वार होगा। दर्शकों की संख्या कितनी भी बढ़े, लेकिन उसकी वजह से यातायात अवरुद्ध नहीं हो, इस बात का ध्यान रखकर यह योजना बनाई गई है।

साईं सृष्टि

33 मीटर (100 फीट) ऊँची भव्य साईं मूर्ति

साईं सृष्टि साईं नॉलेज पार्क का मुख्य प्रकल्प है। 66 मीटर व्यास के एक गुंबद के नीचे यह प्रकल्प बनाया जाएगा। इस गुंबद की त्रिज्या 34 मीटर होगी। इस गुंबद के केंद्र में 33 मीटर (100 फीट) ऊँची साईंबाबा की भव्य मूर्ति स्थापित की जाएगी। इस गुंबद के निर्माण कार्य का क्षेत्रफल 4,660 वर्गमीटर होगा। इस गुंबद का पृष्ठ भाग 7263.36 वर्गमीटर है। इस गुंबद के नीचे करीब 16

कक्ष बनाए जाएँगे। हर कक्ष का क्षेत्रफल 83.7 वर्गमीटर होगा। इन प्रत्येक कक्ष में साईंबाबा के जीवन के एक-एक प्रसंग को चित्रित किया जाएगा। इसकी वजह से साईं चरित्र की महत्त्वपूर्ण कथा दर्शकों को समझ में आएगी। इसी समय उस प्रसंग की जानकारी दर्शक i pad या हियरिंग एड के माध्यम से एक ही समय में विविध भाषाओं में सुन सकेंगे। इसकी वजह से दूसरे किसी को कोई परेशानी नहीं देते हुए साईंभक्त बाबा की कथा को अपने मनमाफिक सुन सकेंगे। दृश्य-श्रव्य माध्यम से इन प्रसंगों को जीवंत रूप दिया जाएगा।

इन गुंबद के नीचे हर एक कक्ष में साईं चरित्र के एक अध्याय की कथा होगी। साईं चरित्र के चुने हुए 16 प्रसंगों को इन कक्षों में चलचित्रों के द्वारा पेश किया जाएगा। ये प्रसंग देखनेवालों को उनकी भाषा में वर्णन के साथ सुनने को मिलेगा।

अंतरराष्ट्रीय दर्जे का प्लेनेटोरियम

साईं प्लेनेटोरियम या तारांगण इस प्रकल्प का सबसे महत्त्वाकांक्षी हिस्सा है। 43 मीटर व्यास के एक गुंबद में यह प्रकल्प बनाया जाएगा। पेनेटोरियम में आकाश का व्यास 18 मीटर होगा। इस प्लेनेटोरियम में एक बार में एक साथ 186 लोगों के बैठने की सुविधा होगी। प्लेनेटोरियम का निर्माण कार्य क्षेत्रफल 3994 वर्गमीटर रहेगा। यह प्लेनेटोरियम दो मंजिला होगा, इसके बाहर एक गैलरी होगी। इस गैलरी से दूरबीन के द्वारा आकाश देखा जा सकेगा। इस स्टार गेजिंग या तारा दर्शन गैलरी में 25 टेलिस्कोप लगाए जाएँगे। इनकी मदद से भक्तों को आकाश में तारामंडल के दर्शन कराए जाएँगे। इन दुरबीन से भक्त शनि के घुमावदार वलय, गुरु के चंद्र, चंद्र की सतह के खड्डे देख सकेंगे। इस प्लेनेटोरियम में सौर मंडल, विविध ग्रहों की स्थिति, आकाश गंगा, धूमकेतू, चंद्रमा और पृथ्वी का भ्रमण, सभी ग्रहों के चंद्र, धूमकेतू जैसी अनेक बातें दिखाई जा सकेंगी। अब तक के अंतरिक्ष अभियान, नासा का क्यासिनी या वायजर यान हो या मंगल मिशन, अंतरिक्ष के स्टेशन, भारत के अंतरिक्ष अभियान की जानकारी श्री डी तकनीक के माध्यम से दी जाएगी।

इसकी विशेषता यह रहेगी कि दुनिया के किस-किस हिस्से में उस समय आकाश जैसा दिखता है, वैसा इस प्लेनेटोरियम में देखा जा सकेगा। नासा द्वारा निकाला गया दुनिया के किसी भी हिस्से के आकाश का चित्र इस प्लेनेटोरियम में बहुत ही कम समय में डाउनलोड किया जा सकेगा। प्लेनेटोरियम से लगकर ही पुस्तकालय होगा। यहा पर संबंधित विषयों की पुस्तकें, सीडी, एनिमेटेड फिल्में, अंतरिक्ष वैज्ञानिकों और प्राचीनकाल के खोज करनेवाले वैज्ञानिकों के बारे में जानकारी सहजता से उपलब्ध होंगी। इस प्लेनेटोरियम में अमेरिकन म्यूजियम ऑफ नॅचरल हिस्ट्री, डिजिटल यूनिवर्स, फुल वीडियो, फुल डोम, ऑडियो क्लिप्स, रियल मूवीज क्लिप्स, कार्यक्रम में प्रयोग किए जानेवाले टेक्स्ट लेवल बॉक्सेस, स्टार्स एंड स्कॉय मोशन्स, सेल्फ डिफाइंड लाइंस आदि बातों को दिखाए जाने की सुविधा अनिवार्य की गई है। सौर मंडल का कौन सा ग्रह किस दिन कैसा दिखता है, यह देखने की सुविधा भी इस प्लेनेटोरियम में रहेगी। किसी भी शो के दौरान कोई भी विप एक क्लिक में डाउनलोड भी की जा सकेगी। प्लेनेटोरियम से सटे पुस्तकालय में अंतरिक्ष से संबंधित जानकारी, अंतरिक्ष वैज्ञानिकों के छायाचित्र, उनके खोज कार्य, उनके द्वारा या उनके बारे में लिखी गई पुस्तकें, अंतरिक्ष से संबंधित बातों के एनिमेटेड चित्र आदि का समावेश रहेगा।

साईं प्लेनेटोरियम व्यवस्थापक के पद पर ऐसा व्यक्ति रहेगा, जिसे इन सभी बातों, फोटो, वीडियो, ध्वनि, आर्टवर्क, एनिमेशन जैसी सभी बातों के विविध

इस नॉलेज पार्क में हर दिन करीब 3000 दर्शक आएँगे, ऐसा अंदाज है। दशहरा, गुरु पूर्णिमा और रामनवमी, इन तीन दिन में शिरडी में बड़ा उत्सव रहता है और इसी वजह से बड़ी संख्या में भक्त आते हैं। इन तीनों दिन के साथ-साथ साल भर में कुल 10 लाख 96 हजार भक्त नॉलेज पार्क देखने आएँगे। इनमें बच्चों की संख्या करीब 60 प्रतिशत होगी तथा प्रौढ़ लोग करीब 40 प्रतिशत होंगे, ऐसा अनुमान लगाया गया है। इस नॉलेज पार्क की व्यवस्थाओं का संचालन देखने के लिए करीब 300 कर्मचारियों की आवश्यकता होगी।

साईं सृष्टि में प्रकाशित साईं चरित्र के विविध प्रसंग चित्र

स्तर की जानकारी होगी। अंतरिक्ष की उस-उस समय की स्थिति और पहले लिए गए वीडियो और ग्राफिक्स की उत्तम समझ का कौशल्य उसके पास होना आवश्यक है। इंटरनेट का प्रयोग कर अपनी जानकारी अधिकाधिक आधुनिक या अद्यतन रखने का कौशल उसमें होना चाहिए। शो चालू रहते समय महत्त्वपूर्ण जानकारी देना या किसी महत्त्वपूर्ण बात पर ध्यान दिलाने का कौशल्य उसके पास होना आवश्यक होगा। एक फुल डोम शो करीब 25 मिनट का होगा और दिन में ऐसे 8 शो दिखाए जाएँगे। गुंबद के आकार के हिसाब से और उसकी क्षमता के अनुरूप डॉल्बी साउंड सिस्टम लगाया जाएगा। अबाधित बिजली के लिए यहाँ आवश्यक क्षमता का यू.पी.एस. भी इस्तेमाल किया जाएगा।

सामान्यत: प्लेनेटोरियम में दर्शकों के बैठने की जो कुरसियाँ लगाई जाती हैं, वे पीछे की तरफ काफी झुकी होती हैं। इसकी वजह से शो देखने के समय दर्शकों की गरदन में तकलीफ होती है, लेकिन यहाँ आकाश 45 डिग्री के कोण से दिखे, इस बात का ध्यान रखा गया है। इससे शो देखना आसान रहेगा।

साईं वैक्स म्यूजियम

साईं वैक्स म्यूजियम भी एक आकर्षक प्रकल्प है। इस म्यूजियम के गुंबद का व्यास भी 43 मीटर का रहेगा, जबकि इसका निर्माण क्षेत्रफल 2376 वर्गमीटर का होगा। इसकी तल मंजिल 1452 वर्गमीटर क्षेत्रफल की होगी, जबकि गैलरी 924 वर्गमीटर क्षेत्रफल की। इस म्यूजियम में 50 राष्ट्र पुरुषों तथा 50 राष्ट्रसंतों के मोम के पुतले लगाए जाएँगे। इन पुतलों के साथ-साथ इनके द्वारा किए गए कार्यों की जानकारी भी ऑडियो-विजुअल (श्रव्य-दृश्य) तकनीक के द्वारा दी जाएगी। एक तरह से यहाँ देश का राष्ट्रीय और सांस्कृतिक इतिहास एक बार फिर से जीवंत किया जाएगा। हर पुतले के साथ एक i pad व हेडफोन रहेगा।

नॉलेज पार्क में वाचनालय और योग के लिए विशेष स्थान रखे गए हैं। नॉलेज पार्क देखने आनेवाले लोगों के लिए अल्प दरों में नाश्ता और भोजन की सुविधा भी रखी जाएगी। इसके अलावा अलग-अलग प्रकार की पानी की फुहारें बनाई जाएँगी और उन्हें अलग-अलग रंग की प्रकाश किरणों से आकर्षक बनाया जाएगा। इसकी वजह से इस परिसर का सौंदर्य और अधिक निखरेगा। यहाँ पर विकसित किए जानेवाले बाग की वजह से परिसर अधिक प्राकृतिक बनेगा। इस पार्क के लिए मामूली टिकट दर रखी जाएगी और उसमें भी विद्यार्थियों को अतिरिक्त सुविधा दी जाएगी।

सुसज्जित वाहन तल

साईं नॉलेज पार्क देखने आनेवाले श्रद्धालुओं की सुविधा के लिए सुसज्जित वाहन तल भी बनाया जाएगा। इस वाहन तल पर एक साथ 44 बसें, 200 चार पहिया गाड़ियों और 164 दो पहिया गाड़ियों के खड़े होने की सुविधा रहेगी। कितनी भी भीड़ हो, लेकिन इस क्षेत्र में यातायात जाम नहीं हो, इस बात का विशेष ध्यान रखा गया है।

इस नॉलेज पार्क में एक अनुमान के अनुसार प्रतिदिन करीब 3,000 दर्शक आएँगे। दशहरा, रामनवमी और गुरु पूर्णिमा, इन तीन दिनों में शिरडी में बड़ा उत्सव रहता है। इन तीनों दिनों को मिलाकर साल भर में शिरडी में इस नॉलेज पार्क में करीब 10 लाख 96 हजार श्रद्धालु आएँगे। इसमें बच्चे 60 प्रतिशत तथा प्रौढ़ 40 प्रतिशत होने का अनुमान है। इस नॉलेज पार्क की सभी प्रशासनिक व्यवस्थाओं को देखने के लिए करीब तीन सौ कर्मचारियों की जरूरत होगी।

इस प्रकल्प की निविदा की शीघ्र घोषणा की जाएगी। चुने गए ठेकेदार को इस प्रकल्प को बनाने के लिए 18 महीने की समय सीमा दी जाएगी। 'निर्माण करो, उपयोग करो और हस्तांतरित करो' के सिद्धांत पर बनाए जानेवाले इस प्रकल्प को इसे बनानेवाले ठेकेदार को 12 साल तक चलाने के लिए दिया जाएगा। उसके बाद इस प्रोजेक्ट को संस्थान को हस्तांतरित कर दिया जाएगा।

नियोजित साईं नॉलेज पार्क शिरडी में आकर्षण का एक प्रमुख केंद्र साबित होगा। इस प्रोजेक्ट की वजह से अंतरराष्ट्रीय स्तर के पर्यटकों का ध्यान शिरडी की तरफ आकर्षित होगा। श्रद्धालुओं को साईं दर्शन बाद एक पूरा दिन यहाँ बिताने के लिए यहाँ के आनंदमयी वातावरण में मिलेगा।

किसी भी धर्म क्षेत्र में इस प्रकार का अत्याधुनिक नॉलेज पार्क नहीं है। इतनी आधुनिक तकनीक वाला प्लेनेटोरियम दुनिया के कुछ गिने-चुने शहरों में ही है। इसकी वजह से शिरडी एक खास आकर्षण का केंद्र

प्रधानमंत्री नरेंद्र मोदीजी ने साईं नॉलेज पार्क प्रोजेक्ट में विशेष रुचि दिखाई और इस बारे में सभी जानकारी मुझसे हासिल की

बनेगा। साईंबाबा के दर्शन के लिए आनेवाले श्रद्धालुओं को भक्ति की अनुभूति के साथ-साथ ज्ञान और विज्ञान का एक अनोखा आनंद यहाँ मिलेगा। इस प्रकल्प की वजह से शिरडी देश का इस प्रकार का पहला देवस्थान बनेगा। ■

(इस लेख के सभी चित्र नियोजित प्रकल्प के काल्पनिक चित्र हैं।)

सकारात्मकता का प्रत्यय

किसी संस्था का नेतृत्व यदि उत्साह से परिपूर्ण और सदैव सकारात्मक विचार करनेवाला हो तो वहाँ के वातारवरण में अपने आप अच्छे परिणाम आने लगते हैं। नेतृत्व की सकारात्मकता का यह असर शुरुआत में छोटी-छोटी बातों में दिखाई देता है। चिकित्सालय में मैंने एक अलग कल्पना का प्रयोग किया। बीमारी और वेदना की वजह से किसी भी चिकित्सालय के मरीज और उनके परिजन-संबंधी अधिकांशत: निराश रहते हैं। उनके मन को निश्चिंतता

और उम्मीद देनेवाले सुविचार जगह-जगह पर लिखने के निर्देश दिए गए। इनका काफी सकारात्मक प्रभाव पड़ा है, इस बात का आभास मुझे कई बार हुआ। ■

9 शिरडी के आधुनिक शिल्प

9

शिरडी के आधुनिक शिल्प

हवाई अड्डा | आकाशवाणी | सौर ऊर्जा | पवन ऊर्जा

किसी भी शहर को दुनिया के नक्शे पर लाना है तो वहाँ के आवागमन के साधन अत्याधुनिक होने चाहिए। शिरडी के हवाई अड्डे के लिए बहुत सालों से प्रयास चल रहे थे। शताब्दी वर्ष में विमान तल का उद्घाटन हुआ। विशेष बात यह कि आकाशवाणी के शिरडी केंद्र से मंदिर के कार्यक्रम प्रसारित होने लगे।

साईंबाबा के भक्त देश में ही नहीं विदेश में भी हैं। विदेश में भक्तों की संख्या बहुत ज्यादा है। बाबा के दर्शनों की चाह इन भक्तों के मन में हमेशा रहती है। इसी चाह की वजह से लाखों भक्त दर्शन के लिए शिरडी आते रहते हैं। मन में दर्शन की प्रेरणा होना, यह बाबा का ही बुलावा है, ऐसी श्रद्धालुओं की श्रद्धा है। इसकी वजह से मन में इच्छा का आना और बाबा के प्रत्यक्ष दर्शन इसके बीच में कम-से-कम अंतर हो, इस बात का प्रयास हर श्रद्धालु करता है। दूर देश से आनेवाले भक्तों को विमान की यात्रा की सुविधा यह संस्थान के सामने अगला प्राथमिकता का विषय था।

शिरडी भले ही एक भक्ति स्थल है, लेकिन एक मायने में यह एक अंतरराष्ट्रीय केंद्र है। इस शहर में दुनिया भर से श्रद्धालु आते हैं, इसलिए उनके लिए हवाई सेवा की सुविधा तो होनी ही चाहिए। आकाशवाणी की वजह से शिरडी देश के कोने-कोने तक पहुँच गया और सौर ऊर्जा इस्तेमाल करने वाला वह देश का दूसरे नंबर का देवस्थान है। विकास के ये शिल्प ही प्रगति के प्रतीक होते हैं। इनसे भक्ति में कोई बाधा तो नहीं आती, लेकिन भक्तों को जो सुविधा मिलती है और उससे उनको जो संतोष की अनुभूति होती है, वह उनके चेहरे पर झलकती है।

शिरडी में विमान सेवा शुरू हो इस बात के प्रयास पिछले 15-20 सालों से जारी थे। अनेक स्तरों पर इसके लिए ज्ञापन भी दिए गए थे। इस संबंध में विभिन्न स्तरों पर चर्चाएँ भी चल रही थी। अध्यक्ष पद का कारभार सँभालने के बाद मैंने भी इस विषय को आगे लाने का प्रयास जारी रखा और यह विषय धीरे-धीरे आगे बढ़ता रहा।

शताब्दी समारोह के उद्घाटन का निमंत्रण महामहिम राष्ट्रपति रामनाथ कोविंदजी को देने दिल्ली गया था। राष्ट्रपतिजी से मिलकर मैंने उनसे अनुरोध किया था कि शताब्दी कार्यक्रम का शुभारंभ उनके हाथों से हो। राष्ट्रपति ने वह विनती स्वीकार कर ली। उसके बाद हवाई सेवा शुरू करने का चक्र तेजी से घूमने लगा और कार्य ने भी गति पकड़ ली।

विशेष यह हुआ कि राष्ट्रपति महोदय विमान से ही शिरडी आए और उसी दिन 18 अक्तूबर, 2017 को राष्ट्रपति कोविंद के हाथों शताब्दी समारोह के साथ-साथ शिरडी हवाई अड्डे का भी उद्घाटन हुआ। इस हवाई अड्डे को 'साईंबाबा अंतरराष्ट्रीय विमानतल' नाम दिया गया।

राष्ट्रपति का विमान जिस समय शिरडी हवाई अड्डे पर उतरा, उसी समय मुख्यमंत्री का विमान भी शिरडी हवाई अड्डे पर उतरा और सही अर्थों में शिरडी हवाई अड्डा शुरू हो गया।

350 करोड़ रुपए के इस प्रोजेक्ट के लिए संस्थान की तरफ से 50 करोड़ रुपए की आर्थिक सहायता दी गई थी। विशेष यह है कि भले ही यहाँ से अंतरराष्ट्रीय उड़ानें होंगी, लेकिन इस हवाई अड्डे का स्वामित्व राज्य सरकार के पास ही रहेगा। किसी राज्य सरकार की मालकियत का यह देश का पहला हवाई अड्डा है।

इस हवाई अड्डे के शुरू होते ही यहाँ यात्रियों की संख्या में तेजी से वृद्धि होने लगी। आज दिल्ली, हैदराबाद, मुंबई, बंगलुरु, चेन्नई, भोपाल, जयपुर, अहमदाबाद ऐसे 10 शहरों से यहाँ की विमान सेवा जुड़ चुकी है।

इस विमानतल पर शीघ्र ही (नाइट लैंडिंग) रात में विमान उतरने की सुविधा शुरू होनेवाली है। इस सुविधा के शुरू होने की वजह से विदेश से सीधे विमान यहाँ आ सकेंगे। उसके बाद यह विमानतल सही मायने में अंतरराष्ट्रीय विमानतल बन जाएगा। विमानतल शुरू होते ही संस्था की तरफ से लड्डू प्रसाद की बिक्री की सुविधा वहाँ पर शुरू कर दी गई। इसी तरह से दर्शन की ऑनलाइन सुविधा भी वहाँ उपलब्ध कराई जा रही है, जिसकी वजह से दूसरे राज्यों से आनेवाले व विदेशों से आनेवाले श्रद्धालुओं को अच्छी सुविधा हो गई है। शताब्दी महोत्सव के दिन ही विमानतल का उद्घाटन होना भी एक अद्भुत योग ही कहा जा सकता है। मेरे अध्यक्ष पद के कार्यकाल के दौरान ये दोनों योग आए, यह मेरे लिए हमेशा याद रहनेवाली बात रहेगी।

शताब्दी महोत्सव के उद्घाटन के लिए मैंने राष्ट्रपति से विनती की और उन्होंने मान्य भी किया। उनका विमान सीधे शिरडी के हवाई अड्डे पर उतरा और उसके साथ ही शिरडी का 'साईंबाबा अंतरराष्ट्रीय हवाई अड्डा' शुरू हुआ।

शिरडी के विमान तल के उद्‍घाटन का यही ऐतिहासिक क्षण

राष्ट्रपति रामनाथ कोविंद के हाथों शिरडी विमानतल का उद्घाटन हुआ

शिरडी आकाशवाणी FM103.7

शिरडी शहर को यदि सही मायने में दुनिया के नक्शे पर लाना है तो वहाँ आकाशवाणी और विमानतल होना ही चाहिए, ऐसा मुझे लगता था। 'यह आकाशवाणी का शिरडी केंद्र है', ये शब्द सुनने के लिए मेरे कान आतुर थे, किसी भी शहर का विकास वहाँ की कम्युनिकेशन सुविधा की वजह से ही होता है।

शिरडी में आकाशवाणी केंद्र हुआ तो मंदिर के कार्यक्रम और दैनंदिन पूजा-अर्चना लाखों श्रद्धालुओं तक पहुँचाना काफी सहज हो सकता था। यही नहीं भक्तों को रोज होनेवाली साईं की आरती और साईं भजन सुनने को मिलते थे। एफ.एम. केंद्र के कार्यक्रम सुनकर दूर बैठे भक्तों को भी अपने आपके शिरडी में होने की अनुभूति होती थी। रामनवमी, गुरु पूर्णिमा और दशहरा जैसे उत्सवों में सहभागी होने का आनंद उन्हें घर बैठे मिल सकता था। इसके साथ-साथ मंदिर में साल भर होनेवाले कीर्तन-प्रवचन इस केंद्र से प्रसारित किया गया होता। यह केंद्र शीघ्र शुरू होना चाहिए, यह मेरे लिए प्राथमिकता का मुद्दा था।

इन सब बातों के अलावा क्राउड मैनेजमेंट (भीड़ प्रबंधन) या डिजास्टर मैनेजमेंट (आपदा प्रबंधन) में इस प्रकार के केंद्र महत्त्वपूर्ण भूमिका निभा सकते हैं। शिरडी में हर रोज करीब एक लाख श्रद्धालु दर्शन के लिए आते हैं। ऐसे समय में किसी भी आपातकालीन स्थिति से निपटने के लिए ऐसे केंद्र काफी मददगार साबित होते हैं।

वर्तमान युग टेलीविजन का भले ही हो, लेकिन आकाशवाणी की पहुँच बहुत दूर तक होती है। इस वजह से केंद्र बाबा की वाणी करोड़ों भक्तों तक आसानी से पहुँचा सकता है। मैं एक बार दिल्ली गया था और वहाँ मेरी मुलाकात ऑल इंडिया रेडियो के मुख्य कार्यकारी अधिकारी (CEO) सुरेशचंद्र पांडा से हुई। उनसे पहली मुलाकात में मुझे यह विश्वास हो गया कि यह काम करनेवाले अधिकारी हैं। मैंने उन्हें बताया कि शिरडी में

आकाशवाणी का 'एफएम केंद्र' शुरू हो, यह गाँव के लोगों तथा मंदिर प्रबंधन की इच्छा है। उन्होंने इस बारे में अनुकूल जवाब दिया तो मैंने भी तुरंत उन्हें इस संबंध में पत्र दे दिया। उन्होंने उस पत्र पर संबंधित अधिकारियों को तत्काल काररवाई करने के निर्देश दे दिए। अन्य स्थानों के केंद्रों में उपलब्ध साधन सामग्री का उपयोग करने के निर्देश भी उन्होंने अधिकारियों को दिए। सभी अधिकारियों ने इतनी तत्परता दिखाई की महज 21 दिन में ही यह केंद्र बनकर तैयार हो गया। इतने कम समय में बनकर तैयार होनेवाला यह देश का पहला आकाशवाणी केंद्र हो सकता है।

आकाशवाणी केंद्र शिरडी संस्थान के लिए एक महत्त्वपूर्ण उपलब्धि साबित हुआ। 1 फरवरी, 2017 को शिरडी के इस केंद्र का उद्घाटन हुआ। 103.7 मेगावॉट की फ्रीक्वेंसी पर यह केंद्र शुरू है तथा इसकी रेंज (परिधि) करीब 25 किलोमीटर है।

इस केंद्र से सुबह तड़के 4.30 से 6 तक साईं काकड आरती और भक्ति गीत प्रसारित किए जाते हैं। इसके बाद दोपहर में 12 बजे मध्याह्न आरती, शाम को धूप आरती और रात 9 बजे से 10.30 के दौरान साईं भजन प्रसारित किए जाते हैं। रात 10.30 की शयन आरती के बाद इसके कार्यक्रम को विराम दिया जाता है। इसकी वजह से शिरडी आनेवाले श्रद्धालुओं को बाबा की सुबह 4.30 की आरती अब रेडियो पर भी सुनने को मिलती है। गाड़ी से शिरडी आनेवाले श्रद्धालुओं को शिरडी के समीप पहुँचने पर उनकी गाड़ी में लगे रेडियो या कार टेप के माध्यम से साईं आरती और भजन सुन सकते हैं।

तिरुपति के बाद यह देश का दूसरा मंदिर है, जहाँ आकाशवाणी का प्रक्षेपण केंद्र है। इस केंद्र की रेंज बढ़ाने और यहाँ से विविध कार्यक्रम प्रसारित किए जाए, ऐसी हम सभी की इच्छा है। इस केंद्र की रेंज 50 किलोमीटर तक बढ़ाए जाने की हमारी माँग को मान्य भी किया जा चुका है और इस बाबत शीघ्र ही काररवाई शुरू होने की उम्मीद है। इसके लिए जगह और फंड देने में संस्थान अधिक-से-अधिक प्राथमिकता के साथ मदद करेगा, ऐसा विश्वास मैंने उन्हें दिलाया है। शताब्दी महोत्सव वर्ष में यह केंद्र शुरू हुआ, यह मेरे लिए एक बहुत बड़ी उपलब्धि और संतोषजनक बात है।

सौर ऊर्जा प्रकल्प (10 MW)

सभी विकासशील देशों में बिजली एक महत्त्वपूर्ण मुद्दा बना हुआ है। बढ़ती हुई माँग और निश्चित बिजली उत्पादन के इस चक्र में बहुत से देश उलझे हुए हैं। इस वजह से वैकल्पिक ऊर्जा की खोज हर देश कर रहा है। भारत भी बिजली के मामले में आत्मनिर्भर बन रहा है, लेकिन हमारे देश में भी माँग से %यादा बिजली का उत्पादन नहीं होता है, इसलिए वैकल्पिक ऊर्जा को लेकर सभी जगह खोज चल रही है।

शिरडी संस्थान विविध व्यवस्थाओं में अत्याधुनिक तकनीक का प्रयोग करने में हमेशा ही बल देता रहा है। इसकी वजह से मंदिर, प्रसादालय, चिकित्सालय, प्रशासनिक विभाग में लगनेवाली बिजली का स्वयं निर्माण किया जाए? यह सवाल बार-बार मन में आ रहा था। राजस्थान में माउंट आबू स्थित ब्रह्मकुमारी संस्थान में पूरी बिजली सौर ऊर्जा से मिलती है, यह उदाहरण ध्यान में था। साईं संस्थान को साल भर में 12 मेगावॉट बिजली लगती है और इसके लिए संस्थान हर साल 12 करोड़ रुपए का भुगतान करता है। बिजली निर्माण के स्रोत कम होते जा रहे हैं। तेल, गैस, कोयला खत्म होने पर दीर्घकाल के लिए अणु ऊर्जा और सौर ऊर्जा यही दो प्रभावी विकल्प रहेंगे।

अतिरिक्त 10 मेगावॉट बिजली के लिए हमने सौर ऊर्जा का विकल्प चुना। करीब 50 करोड़ रुपए खर्च कर यह सौर ऊर्जा का प्रकल्प तैयार किया जाएगा। इस प्रकल्प के लिए करीब 40 एकड़ जमीन लगेगी। सोलापुर या नंदुरबार क्षेत्र में साल में सबसे अधिक दिनों तक सूर्य

का प्रकाश उपलब्ध रहता है। इसकी वजह से इन क्षेत्रों में यह प्रकल्प लगाया जाएगा। संस्थान इस प्रकल्प से उपार्जित होनेवाली बिजली राज्य सरकार के ग्रिड में डालेगी, वहाँ से उस बिजली को शिरडी लाया जाएगा। उसको लाने में लगनेवाला खर्च संस्थान देगा, यानी ग्रिड सरकार का है और उसका उपयोग करने के लिए प्रति यूनिट एक से डेढ़ रुपए का खर्च भरकर भी संस्थान को प्रति यूनिट 4 रुपए में बिजली उपलब्ध होगी। इस प्रकार संस्थान का सालाना बिजली खर्च करीब 4 करोड़ रुपए आएगा। पहले यह 12 करोड़ रुपए का था, यानी बिजली के खर्च में 8 करोड़ रुपए की बचत होगी। यह प्रकल्प शीघ्र ही शुरू होगा और इसके साथ ही मेरा एक और स्वप्न पूरा होगा। वर्तमान में प्रसादालय में भोजन बनाने में सौर ऊर्जा का ही प्रयोग किया जाता है। धीरे-धीरे मंदिर में सभी जगह सौर ऊर्जा का इस्तेमाल किया जाएगा, ऐसा मेरा प्रयास रहेगा।

पवन ऊर्जा

संस्थान ने इससे पहले 2 मेगावॉट क्षमता का पवन ऊर्जा आधारित प्लांट बनाया है। विंड मिल हवा के झोंकों से घूमती है और उसकी वजह से बिजली निर्मित होती है। वायु की शक्ति भी कभी खत्म नहीं होनेवाली शक्ति है। यह बिजली सरकार को दी जाती है और उसके बदले में सरकार संस्थान को उसकी कीमत भुगतान करती है। उससे मिलनेवाली बिजली का संस्थान प्रयोग भी करता है।

भक्ति भले ही अध्यात्म का विषय है, लेकिन आधुनिक विज्ञान से उसको जोड़ा गया तो भक्तों की सुविधा के लिए वह बेहतर साबित होती है।

■

10

निर्माल्य से अगरबत्ती

बाबा को चढ़ाए गए फूल कचरे में जाते थे। इन फूलों से अगरबत्ती बनाई जा सकती है, यह कल्पना मेरे मन में आई। इससे पर्यावरण की समस्या भी खत्म होगी और सुगंध की वजह से भक्तों को बाबा का सान्निध्य भी लंबे समय तक मिलेगा। अगरबत्ती के इस उपक्रम से वर्तमान में करीब 200 महिलाओं को रोजगार भी मिल रहा है।

श्रद्धा भारतीयों की खास विशेषता है। अपने देवता पर श्रद्धा रखनेवाला इतना बड़ा समाज किसी भी देश में नहीं होगा। साईंबाबा तो करोड़ों लोगों के देवता हैं और उनमें से लाखों भक्तों को उनकी कृपा की अनुभूति मिली है। साईं पर श्रद्धा तो दिन-रात गुणात्मक रूप से बढ़ती जा रही है।

बाबा को फूल बहुत पसंद थे, इसकी वजह से बाबा को फूल, हार या फूलों का गुच्छ अर्पित करना भक्तों की एक परंपरा बन गई है। करीब-करीब हर भक्त की तरफ से बाबा को फूल अर्पित किए जाते हैं। गुरुवार, रविवार और उत्सव के दिन तो फूलों की यह संख्या बहुत बढ़ जाती है। यह अर्पण-भक्ति आश्चर्यचकित कर देनेवाली है, लेकिन इसकी वजह से एक समस्या खड़ी हो रही थी, वह थी निर्माल्य की।

कारभार सँभालने के बाद मैं मंदिर में इधर-उधर घूमा, लाइन में लगकर मैं बाबा की समाधि तक गया, दर्शन किए। बाबा की प्रतिमा और समाधि पर भक्त फूल-हार चढ़ा रहे थे। समाधि के ऊपर फूलों का ढेर लगा हुआ था। इन फूलों का क्या होता है, यह सवाल मेरे मन में आया। मैं कार्यालय में वापस आया, लेकिन यह सवाल मेरे मन से निकल ही नहीं रहा था।

मैंने पता किया तो जानकारी मिली कि करीब 2 टन फूल हर दिन बाबा पर चढ़ाए जाते हैं। गुरुवार, रविवार और उत्सवों के दिन तो ये 3 से 4 टन तक हो जाते हैं। इन फूलों का क्या किया जाता है, यह जानकर तो मुझे और भी धक्का लगा। ये फूल सीधे-सीधे उठाकर कचरे में डाल दिए जाते हैं। यह बात मेरे मन-मष्तिष्क को स्वीकार होनेवाली नहीं थी। इसके पीछे एक कारण यह भी है कि लोग इन फूलों को भक्ति और भावना से चढ़ाते हैं और उसके बाद इन फूलों को इस तरह से फेंक दिया जाता है, यह बात मुझे जम नहीं रही थी। इन फूलों का क्या किया जाए, यह विचार मेरा पीछा नहीं छोड़ रहा था और अचानक मेरे मन में अगरबत्ती की कल्पना आई। बाबा को चढ़ाए गए फूलों से सुगंधित अगरबत्ती बनाई जा सकती है क्या? ऐसा खयाल आया।

अगरबत्ती बनानेवाली अनेक संस्थाओं को मैंने चर्चा के लिए बुलाया। इसमें से 'इको निर्मिति फाउंडेशन' नामक संस्था का हमने चयन किया। संस्थान इस संस्था को निर्माल्य के फूल देगा और उन्हें ले जाने की जवाबदारी इस संस्था की होगी। वह संस्था इन फूलों की पँखुड़ियों को अलग-अलग कर, उन्हें सुखाकर उनका चूर्ण तैयार कर उससे अगरबत्ती बनाई जा सकेगी।

इको निर्मिति ने यह कार्य शुरू किया और उससे करीब 200 महिलाओं को रोजगार भी मिला। 30 अगरबत्तियों का एक पैकेट, इस प्रकार प्रतिदिन 5,000 पैकेट बनने लगे। यह पैकेट 30 रुपए के हिसाब से बेचे जाते हैं, यानी इससे हर दिन की करीब 1.5 लाख रुपए की आय होने लगी, यानी 'वेस्ट टू वेल्थ' जैसा एक कार्य शुरू हो गया। इसके अलावा इन अगरबत्तियों से एक भावना भी जुड़ी हुई है। इन अगरबत्तियों को लेकर श्रद्धालुओं की एक भावना बनने लग गई है कि इनमें से बाबा की भक्ति, उनके सान्निध्य की सुगंध आती है। इसके अलावा संपत्ति का निर्माण भी हो रहा है। मतलब इन अगरबत्तियों से भक्ति की सुगंध तो आती ही है, लेकिन इनसे भक्ति का आदर भी खूब बढ़ता है।

इन फूलों से इसके बाद एसेंस और गुलकंद भी तैयार किया जाएगा, फूलों के पत्तों से खाद बनाई जा सकती है। इस प्रकल्प से प्रतिदिन डेढ़ लाख रुपए, यानी साल की पाँच से छह करोड़ रुपए की आय होती है। इसका 10 प्रतिशत हिस्सा संस्थान को मिलता है, जिससे संस्थान को भी फायदा मिल रहा है। यह अगरबत्ती भक्तों तक पहुँचे, इसके लिए इको संस्था को एक दालान अगरबत्ती बिक्री के लिए दी गई है। इन अगरबत्तियों को भक्त बहुत पसंद कर रहे हैं। शिरडी में साईं मंदिर में हर रोज बड़े पैमाने पर निकलने वाले इस निर्माल्य को उपचारित करने की कोई सुविधा नहीं होने की वजह से इसे हर दिन नगर पंचायत के डंपिंग ग्राउंड में डाल दिया

बाबा को चढ़ाए गए फूल एकत्र किए जाते हैं। इन फूलों को प्रकल्प के स्थान पर अलग-अलग किया जाता है। पँखुड़ियाँ और डंठल अलग उनसे अगरबत्ती और खाद तैयार की जाती है। विशेष यह है कि ये सारा काम महिलाएँ करती हैं।

साईं द्वारका माई प्रोजेक्ट अनेक महिलाओं को रोजगार प्रदान करनेवाला साबित हुआ। यहाँ काम करनेवाली महिलाओं के चेहरे पर उनकी आत्मनिर्भरता की खुशी स्पष्ट रूप से दिखाई देती है

साईं मंदिर से लाए जानेवाले गुलाब के फूलों पर अगरबत्ती प्रकल्प में प्रक्रिया की जाती है

जाता था, लेकिन अब इसका स्थायी उपाय किया जाना तय हुआ।

इको निर्मित संस्था के माध्यम से कचरे में जानेवाले निर्माल्य से सुगंधित अगरबत्तियों के निर्माण का कार्य शुरू हुआ। मंदिर परिसर की स्वच्छता के साथ साथ श्रद्धालुओं की भावना का आदर करनेवाला, यानी कुल मिलाकर वातावरण को और अधिक भक्तिमय बनानेवाला यह लोकोपयोगी प्रकल्प है। मंदिर से निर्माल्य एकत्र करना, वहाँ से उसे प्लांट तक ले जाना, वहाँ ले जाकर फूलों का वर्गीकरण करना, गुलाब के फूलों की पत्तियाँ अलग करना, उससे उसका चूरा बनाना और उससे भीनी-भीनी खुशबू देनेवाली अगरबत्ती बनाना, यह इस प्रकल्प की प्रक्रिया है। सामान्यत: उद्योग कोई भी कर सकता है, लेकिन इस प्रकल्प में एक अलग बात है। इससे एक सामाजिक दायित्व जुड़ा हुआ है। इस उद्योग में उसने अधिक-से-अधिक महिलाओं को काम दिया है। इनमें से भी अधिकतर महिलाएँ स्वयंरोजगार समूहों की हैं। मंदिर से निर्माल्य एकत्र करने का कार्य तो केवल महिलाओं को ही दिया गया है। 30 महिला कर्मचारी अलग-अलग पारियों में सप्ताह के सातों दिन यह कार्य करती हैं। अनेक बार श्रद्धालु प्रसाद के रूप में मिले फूलों को किसी को देने को तैयार नहीं होते हैं, लेकिन इस उपक्रम के पीछे स्वच्छता बताने का काम महिला सहजता और सामंजस्यता के साथ कर सकती है, इसलिए इस काम के लिए महिलाओं का ही चयन किया जाता है। जमा हुए फूलों को ले जाने के लिए कंपनी ने दो गाड़ियाँ रखी हैं। साईं को अर्पण किए जानेवाले फूलों में गुलाब, गेंदा और सब्जा के फूल अधिक होते हैं। प्लांट में वर्गीकरण प्रक्रिया के बाद गेंदा और सब्जा के फूल खाद बनाने के लिए अलग कर दिए जाते हैं। अगरबत्ती के लिए केवल गुलाब की पत्तियों का उपयोग किया जाता है। अगरबत्ती बनाने के बाद 30-30 अगरबत्तियों के पैकेट बनाकर उन्हें 'साईं द्वारकामाई' नाम से बाजार में बिक्री के लिए लाया जाता है।

■

श्रध्दा
सबुरी
श्री साईबाबा
समाधी शताब्दी महोत्सव
२०१७-२०१८
SHRI SAIBABA SANSTHAN TRUST SHIRDI

11

श्री साईंबाबा समाधि शताब्दी-महोत्सव

शताब्दी महोत्सव के लिए साईं मंदिर परिसर में लगाया गया ध्वज-स्तंभ

साईं समाधि शताब्दी महोत्सव मेरे अध्यक्ष पद के कार्यकाल के दौरान सबसे चुनौती भरा कार्यक्रम था। करीब चार करोड़ भक्त इस अवधि में शिरडी आए। मान्यवर अतिथि भी हर दिन आते रहते थे। इस महोत्सव का प्रबंधन सभी कसौटियों पर देखने लायक था।

‘श्री साईंबाबा समाधि शताब्दी महोत्सव’ मेरे अध्यक्ष पद के कार्यकाल में आया, मेरा मानना है कि यह मेरे जीवन की सबसे बड़ी और भाग्यशाली बात है। सौ साल में एक बार आनेवाला यह उत्सव अध्यक्ष होने के नाते उसका संयोजन करने को मिला, इसे मैं बाबा की कृपा ही मानता हूँ! एक मायने में मेरे लिए भी यह एक कसौटी थी। यह उत्सव साल भर चलनेवाला था और इसके निमित्त वर्ष भर विशिष्ट अतिथी शिरडी में आनेवाले थे। इसकी वजह से यह एक कठिन और चुनौतीपूर्ण कार्य था। कठिन चुनौतियाँ स्वीकारना मुझे हमेशा से ही अच्छा लगता है, इसलिए इस शताब्दी महोत्सव को प्रभावी और चिरस्मरणीय बनाने का निश्चय मैंने किया। संस्थान के विश्वस्त मंडल के सभी सहयोगियों, मुख्य कार्यकारी अधिकारी, अन्य प्रशासकीय अधिकारी और सभी कर्मचारियों के सहयोग से इस गोवर्धन पर्वत को उठाने का मैंने निश्चय किया। सौभाग्य से सभी का अच्छा सहयोग मुझे मिला। साल भर चलनेवाले कार्यक्रमों का हमने बहुत बारीकी से नियोजन किया। उत्सव की भव्यता कायम रखी जाएगी इस बात पर विशेष ध्यान दिया गया। इस दौरान भक्तों का उत्साह तो प्रवाहित होता दिखता था।

उद्‌घाटन समारोह

किसी कार्यक्रम का उद्‌घाटन राष्ट्रपति के हाथों और समापन प्रधानमंत्री के हाथ हो, यह बहुत बड़ी बात होती है। शताब्दी समारोह वर्ष में ये दोनों मान्यवर शिरडी आए और उनके कार्यक्रम सुनियोजित तरीके से हुए।

श्री साईंबाबा संस्थान विश्वस्त व्यवस्था शिरडी की तरफ से 1 अक्तूबर, 2017 से 18 अक्तूबर, 2018 तक श्री साईंबाबा समाधि शताब्दी महोत्सव मनाया। साल भर धार्मिक, सांस्कृतिक, सामाजिक, व्याख्यान व पादका दर्शन इन पाँच सत्र को आधार बनाकर कार्यक्रम किए। इसके साथ-साथ शताब्दी वर्ष के दौरान शिरडी आनेवाले साईं भक्तों को विविध सुविधाएँ उपलब्ध कराने की दृष्टि से दीर्घकालीन जरूरतों को ध्यान में रख बहुत सी योजनाएँ व उपक्रम शुरू किए गए।

श्री साईंबाबा समाधि शताब्दी महोत्सव का शुभारंभ 1 अक्तूबर, 2017 को सुबह 11 बजे महामहिम राष्ट्रपति श्री रामनाथ कोविंद के हाथों मंदिर परिसर स्थित साईं प्रधान लेंडी बाग में मंत्रोच्चार के साथ ध्वज-स्तंभ के पूजन व ध्वजारोहण के साथ हुआ। इस अवसर पर दिए गए भाषण में मैंने विकास के पाँच सूत्रों को बताया।

शताब्दी वर्ष में विकास के पाँच सूत्र

श्री साईंबाबा समाधि शताब्दी समारोह का उद्‌घाटन महामहिम राष्ट्रपति श्री रामनाथ कोविंद के हाथों हुआ। इस अवसर पर उनकी पत्नी श्रीमती सविता कोविंद, महाराष्ट्र के राज्यपाल श्री विद्यासागरजी राव, मुख्यमंत्री श्री देवेंद्रजी फडणवीस, नागरिक उड्डयन मंत्री श्री पुसापति अशोक गणपति राजू आदि नेता उपस्थित थे। संयोग से उसी दिन राष्ट्रपति महोदय का जन्मदिन भी था। इस अवसर पर दिए गए अपने छोटे से संबोधन में मैंने जान-बूझकर इस बात का उल्लेख भी किया था।

मैंने कहा, ‘मित्रो, पूजनीय बाबा की समाधि का शताब्दी समारोह का यह क्षण हमारे जीवन में आया, यह हमारे लिए एक महत्त्वपूर्ण बात है। दूसरी, सौभाग्य की बात यह है कि इस शताब्दी वर्ष समारोह का उद्‌घाटन महामहिम राष्ट्रपति महोदय के हाथों हो रहा है और एक बात मुझे आप सभी को बतानी है, वह यह है कि आज महामहिम राष्ट्रपतिजी का जन्मदिन भी है। महामहिम राष्ट्रपतिजी हम सभी की तरफ से आपको जन्मदिन की हार्दिक शुभकामनाएँ। पूजनीय साईंबाबा की समाधि का यह शताब्दी समारोह देश और विदेश में बड़े धूम-धड़ाके के साथ संपन्न होनेवाला है। शिरडी के अलावा पूरे देश और दुनिया में साईंबाबा के 8,500 से अधिक साईं मंदिर हैं। इन सभी स्थानों पर यह समारोह मनाया जाएगा। इस शताब्दी वर्ष के लिए हमने एक पाँच सूत्रीय कार्यक्रम निर्धारित किया है। इसमें पहला सूत्र है, धार्मिक कार्यक्रमों

शताब्दी महोत्सव के निमित्त व्यवस्थाओं में प्रभावी बदलाव करने का निर्णय मैंने किया। सबसे पहले दर्शन की लाइन सुखकर होनी चाहिए, इस बात का ध्यान रखा गया। प्रसादालय की व्यवस्था में सुधार लाकर भक्तों की समस्याओं का समाधान किया।

शताब्दी महोत्सव के दौरान साईं मंदिर पर की गई आकर्षक रोशनी की व्यवस्था लंबे समय तक याद रखी जाए, ऐसी थी

का। इसके तहत विजयादशमी (दशहरा), गुरु पूर्णिमा, रामनवमी आदि धार्मिक उत्सव मनाना।

दूसरा सूत्र है सामाजिक कार्यक्रमों का। इसके तहत अन्नदान, रक्तदान, नेत्रदान, प्रत्यय दान (अंगदान), दिव्यांग सेवा, वृक्षारोपण, स्वच्छता आदि कार्यक्रमों का समावेश है। रक्तदान कार्यक्रम का मैं विशेष रूप से उल्लेख करना चाहूँगा। तिरुपति में जिस तरह से केशदान की परंपरा है, उसे तर्ज पर हमने शिरडी में रक्तदान का संकल्प किया और यह अभियान चलाया जा रहा है। इस अभियान को लोगों का अच्छा समर्थन भी मिल रहा है।

तीसरा सूत्र सांस्कृतिक कार्यक्रमों का है। इसके तहत भजन-संध्या, कीर्तन, प्रवचन, भक्ति संगीत, गीत आदि का समावेश किया गया है।

चौथा सूत्र व्याख्यानों का है। श्री शिवकृपानंद स्वामी का भव्य ध्यान शिविर, पाश्री सुभाष पाळेकर की जीरो बजट प्राकृतिक खेती शिविर, शंकर अभ्यंकर का प्रवचन, वनवासी-आदिवासी भाइयों का देशव्यापी शिविर, भव्य साईं सच्चरित्र महापरायण सप्ताह, अंतरराष्ट्रीय साईं मंदिर परिषद् आदि कार्यक्रमों का आयोजन।

पाँचवाँ और बहुत महत्त्वपूर्ण सूत्र है, विविध स्थानों पर साईं पादुका दर्शन का योजनाबद्ध तरीके से कार्यक्रम करना। इसके तहत महाराष्ट्र के प्रत्येक जिले में साईंबाबा की पादुका ले जाई जाएगी। इसी तरह से कश्मीर से कन्याकुमारी, कच्छ से कामरूप तक देश के अनेक स्थानों पर बाबा की पादुका जाएगी। यही नहीं दुनिया के अनेक देशों में भी बाबा की पादुका जाएगी।

इस शताब्दी समारोह के लिए मैं देश के सभी साईं भक्तों को शिरडी आने और सभी कार्यक्रमों में शामिल होने का आमंत्रण देता हूँ! महोदय, इस समारोह के निमित्त स्थानीय नगरपालिका के सहयोग से संपूर्ण शिरडी शहर को स्वच्छ रखने का संकल्प हमने किया है।

दिनांक 23 दिसंबर, 2017 को देश और दुनिया के साईं मंदिरों के प्रतिनिधियों की अंतरराष्ट्रीय साईं मंदिर विश्वस्त परिषद् का आयोजन किया गया। इस अंतरराष्ट्रीय साईं मंदिर परिषद् का उद्घाटन उपराष्ट्रपति वेंकैया नायडू के हाथों हुआ। इस परिषद् में देश के 24 राज्यों में स्थित 1028 साईं मंदिर व विदेशों में स्थित 19 साईं मंदिरों के करीब 2000 विश्वस्त उपस्थित हुए।

शताब्दी वर्ष के लिए प्रकल्प व योजनाएँ

नि:शुल्क भोजन-प्रसाद योजना

श्री साईंबाबा संस्थान की तरफ से श्री साईं प्रसादालय में 1 जनवरी, 2017 से साईं भक्तों को हमेशा के लिए नि:शुल्क प्रसाद भोजन दिया जा रहा है। 1 जनवरी, 2017 से 15 अक्तूबर, 2018 तक करीब 2 करोड़ 72 लाख 83 हजार 974 साईं भक्तों ने प्रसाद भोजन का लाभ लिया है, जबकि शताब्दी वर्ष अक्तूबर 2017 से 16 अक्तूबर, 2018 तक 1 करोड़ 63 लाख 37 हजार 491 साईं भक्तों ने प्रसाद भोजन का लाभ लिया।

नि:शुल्क स्वास्थ्य उपचार योजना

1 जनवरी, 2017 से श्री साईंनाथ चिकित्सालय में किए जानेवाले उपचार सभी के लिए नि:शुल्क किए गए हैं। सितंबर 2017 से सितंबर 2018 तक 3 लाख 80 हजार 430 मरीजों ने यहाँ अपना इलाज करवाया। इनमें से 17 हजार 297 मरीजों को उपचार के लिए चिकित्सालय में भरती भी किया गया, जबकि 11 हजार 916 मरीजों की शल्य क्रिया (ऑपरेशन) भी की गई।

इसी प्रकार श्री साईंबाबा चिकित्सालय में अप्रैल 2017 से मार्च 2018 तक 'महात्मा ज्योतिबा फुले जनआरोग्य योजना' के तहत 23 हजार 70 मरीजों की हृदय शल्य चिकित्सा की गई। इस योजना का प्रभावी तरह से संचालन करनेवाला श्री साईंबाबा चिकित्सालय महाराष्ट्र में नंबर एक है।

रक्तदान

'तिरुपति में केशदान तो शिरडी में रक्तदान' इस संकल्पना पर श्री साईंबाबा संस्थान के श्री साईंनाथ रक्त बैंक द्वारा श्री साईंबाबा समाधि मंदिर परिसर में हर दिन रक्तदान कार्यक्रम की शुरुआत की गई है। इस उपक्रम के तहत हजारों साईं भक्तों ने रक्तदान किया है।

कार्यक्रम के लिए फैब्रिक शेड

मंदिर परिसर के पूर्व की तरफ 16 गुंठा जमीन पर विविध धार्मिक व सांस्कृतिक कार्यक्रमों के लिए टेंसाइल फैब्रिक शेड बनाया गया है। इसे बनाने में करीब 90 लाख रुपए का खर्च आया है। इसी तरह से साईं आश्रम भक्त निवास के यहाँ भी 1.02 करोड़ रुपए खर्च कर टेंसाइल फैब्रिक शेड बनाया गया है।

साईं मंदिर में की जानेवाली फूलों की सजावट भी भक्तों की भीड़ का एक आकर्षण होती है

ठेका कर्मचारियों को 40 प्रतिशत वेतन-वृद्धि

श्री साईंबाबा संस्थान में ठेकेदारों के माध्यम से कार्य कर रहे कुशल/अकुशल, सुरक्षाकर्मी कर्मचारियों के वेतन में 40 प्रतिशत वृद्धि करने का निर्णय किया गया। इसके तहत 1 अप्रैल, 2018 से यह वेतन-वृद्धि दी जा रही है।

मंदिर को आई.एस.ओ. दर्जा

श्री साईंबाबा मंदिर की पूजा पद्धति, अन्य रीति-रिवाजों की परंपराओं का पालन, सेवाकार्य, भक्तों को दिया जानेवाला मार्गदर्शन, सुरक्षा व सुरक्षित वातावरण की वजह से श्री साईंबाबा समाधि मंदिर को आई.एस.ओ. 9001-2015 प्रमाण-पत्र प्राप्त हुआ है।

साईं ऐप (मोबाइल एप्लिकेशन) सुविधा

संस्थान ने स्वयं का मोबाइल ऐप विकसित किया है और इसके माध्यम से साईं भक्तों के लिए श्री के जीवन कार्यों और उनकी शिक्षाओं के संदर्भ में साहित्य, दर्शन पास, रूम बुकिंग, श्री के लाइव दर्शन आदि की सुविधा उपलब्ध कराई जाती है।

पंचसूत्रीय कार्यक्रम का आयोजन

पादुका दर्शन

श्री साईंबाबा पादुका दर्शन उत्सव

श्री साईंबाबा की पादुका महाराष्ट्र के सभी जिलों, भारत के प्रत्येक प्रांत में साईं रथ के माध्यम से पादुका दर्शन उत्सव किया गया। इसमें मुंबई, गोवा, कणकवली, कराड, नागपूर व विदर्भ के जिले, दिल्ली, हैदराबाद, बंगलुरु, चेन्नई, पट्टिलुम, पुड्डुचेरी, कोयंबटूर, अहमदाबाद, सूरत, इंदौर, लखनऊ, आगरा, नेल्लूर, भीलवाड़ा, रतलाम, हलोल व रायपुर आदि ठिकानों साईं पादुका दर्शन के कार्यक्रम हुए।

व्याख्यान

साईं पत्रिका सम्मेलन

समाधि शताब्दी वर्ष के उपलक्ष में आयोजित किए जानेवाले विविध कार्यक्रम, उपक्रम आदि की जानकारी दूर-दराज तक लोगों को पहुँचाने के लिए (प्रचार व प्रसार की दृष्टि से) 30 जुलाई, 2017 को देश के साईं नियतकालिकों (साप्ताहिक, पाक्षिक, मासिक,

द्वैमासिक, त्रैमासिक)/धार्मिक टेलीविजन चैनल (साईं चैनल, सीरियल, डॉक्यूमेंट्री) आदि के प्रतिनिधियों का एकदिवसीय सम्मेलन शिरडी में आयोजित किया गया।

समर्पण ध्यान योग महाशिविर

योग प्रभा भारती (सेवा संस्था) ट्रस्ट मुंबई के सौजन्य से परमपूज्य सद्गुरु श्री शिवकृपानंद स्वामीजी की उपस्थिति में दिनांक 23 से 30 अप्रैल, 2018 तक शिरडी स्थित नए प्रसादालय के समीप कृषि महामंडल के मैदान पर समर्पण ध्यान योग शिविर का आयोजन किया गया। इस शिविर का उद्घाटन केंद्रीय मंत्री श्रीपाद नाइक के हाथों किया गया। इस शिविर में 22 देशों के 400 विदेशी साधकों के साथ-साथ देश के 15 राज्यों से करीब 20 हजार साधकों ने हिस्सा लिया।

श्री साईं सच्चरित महापारायण सम्मेलन

श्री साईंबाबा संस्थान विश्वस्त व्यवस्था—शिरडी नाट्य रसिक संच व शिरडी ग्रामस्थ के संयुक्त तत्त्वावधान में श्रावण महीने में श्री साईं चरित्र महापारायण का आयोजन किया गया था। इस महापारायण सम्मलेन में करीब 15 हजार पारायणार्थी श्रद्धालुओं ने हिस्सा लिया।

अखंड हरिनाम सप्ताह

16 अगस्त, 2018 से 23 अगस्त, 2018 तक श्री साईं प्रसादालय के समीप वाले मैदान पर योगीराज गंगागिरीजी महाराज का सप्ताह बड़े उत्साह के साथ मनाया गया। इस सप्ताह के लिए श्री साईंबाबा व्यवस्थापन समिति ने 75 लाख रुपए की निधि उपलब्ध कराई थी।

विषमुक्त अन्न के लिए किसान शिविर

28 अगस्त से 2 सितंबर, 2018 तक जीरो बजट प्राकृतिक व आध्यात्मिक खेती तथा विषमुक्त अन्न के लिए किसानों का 6 दिवसीय नि:शुल्क आवासीय शिविर का आयोजन किया गया। इस शिविर का उद्घाटन नीति आयोग के उपाध्यक्ष डॉ. राजीव कुमार के हाथों किया गया। इस शिविर को राज्य के कृषि व निर्माण कार्य मंत्री चंद्रकांत दादा पाटील ने भी संबोधित किया।

वनवासी आदिवासी प्रतिनिधि सम्मेलन

संपूर्ण भारतवर्ष के आदिवासी, जनजाति व दुर्गम लोक बस्तियों में उनकी अस्मिता व अस्तित्व के लिए काम करने वाले कार्यकर्ताओं व जनजाति प्रतिनिधियों का सम्मेलन 30 सितंबर, 2018 से 2 अक्तूबर, 2018 तक साईं धर्मशाला में आयोजित किया गया। इस कार्यक्रम में राज्य के मुख्यमंत्री देवेंद्र फडणवीस भी आए और उन्होंने प्रतिनिधियों का मार्गदर्शन किया।

धार्मिक

श्री पुण्यतिथि (विजयादशमी) उत्सव

श्री पुण्यतिथि उत्सव की शुरुआत 29 सितंबर, 2017 को पंडित विजय घाटे, सुरेश वाडकर व जगदीश पाटील मुंबई के सांस्कृतिक कार्यक्रम के साथ हुआ।

श्री रामनवमी उत्सव

श्री रामनवमी उत्सव का शुभारंभ 24 मार्च, 2018 को हुआ। इस उत्सव में श्री नितिन मुकेश मुंबई, श्री श्रीधर फड़के मुंबई व सूरदास तथा दिव्यांग कलाकारों के श्रीमती श्रद्धा देसाईं के 'आनंद यात्री' कार्यक्रम के साथ हुआ।

श्री गुरु पूर्णिमा उत्सव

श्री गुरु पूर्णिमा उत्सव का शुभारंभ 26 जुलाई, 2018 को हुआ। इस अवसर पर पंडित हरि प्रसाद चौरसिया व श्री विश्वनाथ ओझा का सांस्कृतिक कार्यक्रम साईं भक्तों को मंत्रमुग्ध कर गया।

सामाजिक

विविध शिविरों का आयोजन

श्री साईंबाबा समाधि शताब्दी महोत्सव के अवसर पर श्री साईंबाबा चिकित्सालय व श्री साईंनाथ चिकित्सालय की तरफ से साल भर विविध स्वास्थ्य शिविरों का आयोजन किया गया। अब तक 1. नेत्र जाँच व चश्मे वितरण शिविर, 2. मोतियाबिंद व भेंगेपन का ऑपरेशन शिविर, 3. महारक्तदान शिविर, 4. किडनी स्टोन शिविर, 5. कृत्रिम पैर—जयपुर फूट शिविर, 6. कृत्रिम हाथ शिविर, 7. दंत जाँच शिविर, 8. नाक की नि:शुल्क प्लास्टिक सर्जरी, 9. झुलसे हुए मरीजों का ऑपरेशन, 10. हाथी पैर रोग का ऑपरेशन, 11. कान, नाक, गला की शल्य क्रिया तथा श्रवण यंत्रों का वितरण, 12. कैंसर निदान शिविर, 13. एकदिवसीय सर्वरोग निदान शिविर।

इस तरह से विविध स्वास्थ्य शिविर आयोजित किए गए। इन शिविरों का लाभ 5 हजार 457 मरीजों ने उठाया।

सांस्कृतिक कार्यक्रम

श्री साईंबाबा समाधि शताब्दी महोत्सव के निमित्त विविध सांस्कृतिक कार्यक्रमों का आयोजन किया गया। श्री साईंबाबा समाधि शताब्दी महोत्सव के निमित्त हनुमान

संत कवि दास गणु महाराज के स्मरणार्थ बनाया गया ध्यानाकर्षक तोरण द्वार

मंदिर के पास श्री साईं समाधि शताब्दी मंडप में हर दिन दोपहर 4 से शाम 6 बजे, शाम साढ़े सात से रात 10 बजे तक सांस्कृतिक कार्यक्रम, भजन, प्रवचन, व्याख्यान व कीर्तन आदि कार्यक्रम किए जाते रहे।

समारोह का समापन

19 अक्तूबर, 2018 को सुबह 11 बजे शिरडी में माननीय प्रधानमंत्री श्री नरेंद्र मोदी के हाथों श्री साईंबाबा समाधि शताब्दी समारोह का समापन, संस्थान के विविध प्रकल्पों का भूमिपूजन, श्री साईंबाबा समाधि शताब्दी वर्ष के चाँदी के सिक्के का विमोचन राज्यपाल सी. विद्यासागर राव व मुख्यमंत्री देवेंद्र फडणवीस की उपस्थिति में संपन्न हुआ।

समापन कार्यक्रम

माननीय प्रधानमंत्री श्री नरेंद्र मोदी के शुभ हाथों से भूमि-पूजन, किए गए महत्त्वपूर्ण प्रकल्प

श्री साईंबाबा मंदिर शिरडी, दर्शन कतार इमारत प्रकल्प—श्री साईंबाबा संस्थान विश्वस्त व्यवस्था शिरडी की तरफ से साईं भक्तों को श्री साईंबाबा की समाधि का सुलभ और आनंदमयी दर्शन मिले, इसके लिए पुराने प्रसादालय के स्थान पर सुसजित दर्शन कतारें बनाई जा रही हैं। इन दर्शन कतारों की मुख्य इमारत का निर्माण क्षेत्रफल 20,082 वर्गमीटर है। तल मंजिल 6581.50 वर्गमीटर, पहली मंजिल 6133.02 वर्गमीटर तथा दूसरी मंजिल 6133.02 वर्गमीटर है।

इस इमारत में तीन भव्य प्रवेश हॉल बनाए जाएँगे। यहाँ मोबाइल व चप्पल लॉकर्स, 48 बायोमेट्रिक पास काउंटर, 10 बुक स्टॉल, डोनेशन ऑफिस, चाय-कॉफी काउंटर, महिला व पुरुषों के लिए अलग-अलग स्वच्छता गृह, लिफ्ट, आर.ओ. का शुद्ध पेयजल, वायु विजन व्यवस्था, सुरक्षा की दृष्टि से अग्निशमन यंत्रणा व सुरक्षा जाँच आदि की समुचित व्यवस्था की जाएगी। इस इमारत में कुल 12 हॉल होंगे। सभी हॉल मिलाकर करीब 18,000 साईं भक्तों की व्यवस्था होगी। इस इमारत के निर्माण पर अनुमानित 112.41 करोड़ रुपए खर्च होंगे। इस प्रकल्प को विधि व न्याय विभाग ने 16 फरवरी, 2018 को प्रशासकीय मान्यता दे दी है। मुंबई की भानु कंस्ट्रक्शन नामक कंपनी को 109.50 करोड़ रुपए का इस प्रकल्प का कार्यादेश दिया गया है। यह कार्य शुरू भी हो चुका है।

शताब्दी वर्ष में 16 से 23 अगस्त, 2018 के बीच श्री साईं सच्चरित्र परायण समारोह का आयोजन किया गया, जिसमें करीब 9 हजार महिलाएँ और 3,500 पुरुष कुल मिलाकर 12,500 श्रद्धालुओं ने हिस्सा लिया

नए शिक्षा संकुल बनाना

मौजे निमगाँव कोन्हाले में सर्वे नंबर 183 में 5.40 हेक्टर क्षेत्रफल में नई सुविधाओं वाला अत्याधुनिक शैक्षणिक संकुल बनाया जा रहा है। इस शैक्षणिक संकुल में श्री साईंबाबा इंग्लिश मीडियम स्कूल, कन्या विद्या मंदिर, कनिष्ठ व वरिष्ठ महाविद्यालय के साथ-साथ स्पोर्ट्स कॉम्प्लेक्स और स्वीमिंग पुल के लिए अलग इमारत बनाई जा रही है। इसके अलावा ऑडिटोरियम, जिमखाना, प्ले ग्राउंड, पुस्तकालय, प्रयोगशाला, पार्किंग व स्वच्छता गृह आदि की सुविधा भी बनाई जाएगी। इस संकुल का क्षेत्रफल 7,17,333 वर्ग फीट है। इस पर करीब 281 करोड़ रुपए खर्च आएगा। इस प्रकल्प को विधि व न्याय विभाग की 8 अक्तूबर, 2018 को प्रशासकीय मान्यता मिल गई थी। इस काम का कार्यादेश

न्याति इंजीनियर्स एंड कंसल्टेंट, पुणे को दिया गया है। वर्तमान में यह काम प्रगति पर है।

साईं नॉलेज पार्क (साईं सृष्टि, प्लेनेटोरियम व वैक्स म्यूजियम)

शिरडी में आनेवाले साईं भक्तों के लिए नए आकर्षण केंद्र का निर्माण करना व भक्तों को मनोरंजन के साथ-साथ साईंबाबा के जीवन, उनके कार्यों, लीलाओं, उनकी सीख देखने को मिले, इसके लिए श्री साईं सच्चरित्र ग्रंथ के प्रसंगों पर आधारित चलचित्र को लाइट ऐंड साउंड (प्रकाश एवं ध्वनि) के माध्यम से दिखाने के लिए साईं सृष्टि प्रकल्प बनाया जा रहा है। इस प्रकल्प में साईं तारामंडल (साईं प्लेनेटोरियम) भी बनाया जाना है। इसमें आधुनिक तकनीकों के माध्यम से तारे देखने के लिए विविध सामग्रियों का इस्तेमाल कर बहुस्तरीय 3डी

प्रोजेक्शन प्रदर्शन के साथ उच्च तकनीक युक्त तारामंडल निर्मित किया जाएगा। ये तारांगण साईं भक्तों के लिए आकर्षण साबित होगा। इसी प्रकार वैक्स म्यूजियम में विभिन्न महापुरुषों, राष्ट्रीय पुरुषों व संतों के मोम के पुतले बनाकर लगाए जाएँगे। यह प्रकल्प शिरडी के नजदीक मौजे निमगाँव कोन्हाले में 20.25 एकर में बनाया जा रहा है।

10 मेगावॉट क्षमता का सोलर प्रकल्प

केंद्र व राज्य सरकार की गैर-पारंपरिक ऊर्जा निर्माण नीति के तहत नई और नवीकरणीय ऊर्जा स्रोतों से बिजली निर्माण प्रकल्प नीति 2015 के अंतर्गत 10 मेगावॉट का सौर ऊर्जा प्रकल्प संस्थान के माध्यम से बनाया जाएगा। इस प्रकल्प से सालाना 150 से 190 लाख यूनिट बिजली का निर्माण होगा। इस प्रकल्प से निर्माण होनेवाली बिजली यूनिट के द्वारा महाराष्ट्र राज्य विद्युत् वितरण कंपनी को दी जाएगी। open access-captive use इसके आधार पर संस्थान की यह बिजली बिल के यूनिट्स से कम हो जाएगी। इसकी वजह से संस्थान को हर माह औसतन 1 करोड़ रुपए का फायदा होगा। इस प्रकल्प का 'पे बैक पीरियड' (लागत वसूली अवधि) करीब 3.5 साल है और इसके बाद से संस्थान को यह लाभ पहुँचाने लगेगा। राज्य सरकार के विधि व न्याय विभाग ने श्री साईंबाबा संस्था के माध्यम से 10 मेगावॉट सोलर पी.वी. प्रकल्प बनाने के लिए 39 करोड़ 95 लाख 37 हजार रुपए के खर्च को 16 अगस्त, 2018 को प्रशासकीय मान्यता दे दी है। इस कार्य की निविदा प्रक्रिया शुरू हो गई है।

निर्माणाधीन प्रकल्प

श्री साईंनाथ चिकित्सालय की इमारत की तीसरी मंजिल का निर्माण कार्य

श्री साईं नाथ चिकित्सालय में दिन-प्रति-दिन मरीजों की बढ़ती संख्या की वजह से यहाँ पर उपलब्ध सेवा सुविधाएँ कम पड़ने लगी हैं। इसकी वजह से मरीजों को सुविधाएँ देने में अड़चन आने लगी है। इस बात को ध्यान में देते हुए श्री साईंनाथ चिकित्सालय की इमारत में अतिरिक्त तीसरी मंजिल बनाई जा रही है। इस कार्य पर करीब 4 करोड़ रुपए खर्च किया जाना है और इस पर काम चल रहा है।

श्री साईंबाबा भक्त निवास इमारतों के कमरों को नया रूप

श्री साईंबाबा भक्त निवास (500 कक्ष) की इमारत का निर्माण साल 1994 में हुआ था। निरंतर इस्तेमाल की वजह से कमरों का रंग, फर्श, दरवाजे, खिड़कियाँ, प्लंबिंग फिटिंग, टॉयलेट, बाथरूम आदि खराब हो गए थे। इसमें से 386 कमरों को नया रूप दिया जा रहा है। इस कार्य पर करीब 13.08 करोड़ रुपया खर्च किया जाना है तथा वर्तमान में यह कार्य तेजी से चल रहा है।

श्री साईं आश्रम भक्त निवास इमारतों का नूतनीकरण

श्री साईं आश्रम भक्त निवास इमारत में 1536 कमरे हैं। इसके अलावा बुकिंग कार्यालय व कैंटीन इमारत में रंग-रोगन, काँच बदलना, फ्लैश वाल्व, इडो टाइल्स, टॉयलेट व बाथरूम के दरवाजे बदलना व 6 इमारतों के पॉलीकार्बोनेट डोम को दुरुस्त करने का काम किया जा रहा है। इस कार्य पर करीब 4.83 करोड़ रुपए का खर्च अपेक्षित है तथा यह काम जोरों से चल रहा है।

नियोजित प्रकल्प

अतिरिक्त पेयजल की योजना

संस्थान के लिए अतिरिक्त पेयजल आपूर्ति योजना, नए जल संग्रहण तालाब व जल शुद्धीकरण केंद्र बनाने व नई जल वाहिनियाँ डालने का कार्य है। विधि व न्याय विभाग ने महाराष्ट्र सरकार के 7 फरवरी, 2018 के निर्णय के अनुसार श्री साईंबाबा संस्थान शिरडी, शिरडी नगर पंचायत और कोपरगाँव नगरपालिका संयुक्त पेयजल आपूर्ति (निलवंडे बाँध निर्माण) योजना के लिए 260.38 करोड़ रुपए का अनुमानित लागत पत्र पेश किया है। दो चरणों में इस योजना को करने के लिए प्रशासकीय मान्यता प्राप्त हो चुकी है। योजना के लिए महाराष्ट्र जीवन प्राधिकरण को तकनीकी सलाहकार के रूप में चुना गया है।

■

महाराष्ट्र राज्य

12

राष्ट्रपति की शिरडी यात्रा

साईं समाधि शताब्दी महोत्सव के उद्घाटन के लिए महामहिम राष्ट्रपति को आमंत्रित करने का निर्णय विश्वस्त मंडल ने किया और राष्ट्रपति ने तत्काल इस अनुरोध को स्वीकार भी कर लिया। यह एक ऐतिहासिक क्षण था। राष्ट्रपति की उपस्थिति की वजह से इस कार्यक्रम की शोभा आकाश छू गई।

साईं समाधि शताब्दी महोत्सव वर्ष भर चलना था, इसलिए मुझे लगता था कि इस महोत्सव का उद्घाटन कार्यक्रम भी काफी भव्य एवं आकर्षक होना चाहिए। विश्वस्त मंडल की बैठक में मैंने अपने इस प्रकार के विचार रखे। उद्घाटन के लिए आदरणीय राष्ट्रपति को बुलाने का विचार सामने आया। मुख्यमंत्री देवेंद्रजी फडणवीस से मैंने जब इस बारे में चर्चा की तो उन्होंने भी समर्थन किया। उनके कहने के मुताबिक राष्ट्रपति से मुलाकात करने के लिए मैं सपत्नीक दिल्ली पहुँचा। राष्ट्रपति भवन जाकर मैंने आदरणीय राष्ट्रपति से मुलाकात की और उन्हें निवेदन किया कि साईं समाधि शताब्दी महोत्सव का शुभारंभ आपके हाथों से हो ऐसी सभी की इच्छा है। इस निवेदन का संस्थान का पत्र भी मैंने राष्ट्रपति महोदय को दिया। प्रसाद के रूप में बाबा की शॉल और प्रतिमा भी उन्हें भेंट की। राष्ट्रपति महोदय ने आस्था के साथ हमारा स्वागत किया। आदरणीय रामनाथ कोविंद स्वयं साईंबाबा के भक्त हैं। वे पहले कई बार शिरडी आ चुके हैं। अपनी शिरडी यात्रा की बहुत सी यादें उन्होंने बताई। शिरडी शहर को स्वच्छ बनाने के लिए मंदिर को आगे आना चाहिए, ऐसा विचार उन्होंने हमारे सामने रखा। इस दौरान शिरडी के अनेक उपक्रमों की जानकारी मैंने उन्हें दी। विशेष रूप से निर्माल्य से अगरबत्ती बनाने, ग्लोबल साईं टेंपल समिट आदि के बारे में उन्हें अवगत कराया।

समाधि शताब्दी समारोह में आने के लिए राष्ट्रपति महोदय ने तुरंत अपनी स्वीकृति प्रदान कर दी। 1 अक्तूबर, 2018 को महोत्सव के शुभारंभ की तारीख थी। संयोग से उसी दिन राष्ट्रपति महोदय का जन्मदिन भी था। जन्मदिन के अवसर पर बाबा के दर्शन और सेवा का उन्हें लाभ मिलनेवाला था, इस बात की खुशी उनके चहरे से झलक रही थी। विशेष यह कि केंद्र और राज्य सरकार के प्रयासों से शिरडी के अंतरराष्ट्रीय विमानतल का उद्घाटन भी उसी दिन महामहिम राष्ट्रपति के हाथों से होना तय किया गया।

1 अक्तूबर, 2018 को राष्ट्रपति महोदय का विमान शिरडी के विमानतल पर उतरा। उसके बाद उन्होंने विमानतल का औपचारिक उद्घाटन किया और शीघ्र ही साईं मंदिर में आ गए। शताब्दी समारोह के विशेष ध्वज का ध्वजारोहण भी उनके हाथों से किया गया। उन्होंने बाबा की समाधि का दर्शन किया, चरण पूजा की और वहाँ उपस्थित लोगों के समक्ष एक संक्षिप्त भाषण भी दिया। उनकी धर्मपत्नी भी इस अवसर पर उनके साथ उपस्थित थीं। राज्यपाल के. विद्यासागर राव, मुख्यमंत्री देवेंद्र फडणवीस भी इस अवसर पर उपस्थित थे। इसी समय दुनिया भर के साईं मंदिरों में शताब्दी समारोह की शुरुआत हुई। यह बड़ा ही भव्य समारोह रहा और इसमें राष्ट्रपति स्वयं उपस्थित रहे, इस बात की मुझे बहुत खुशी रही। मेरे भाषण में मैंने शताब्दी समारोह के पंच सूत्रों के बारे में बताया और इन्ही सूत्रों के आधार पर शिरडी का विकास किया जाएगा, ऐसा आश्वासन राष्ट्रपति महोदय को दिया, इसके साथ ही यह वादा भी किया कि शिरडी शहर के स्वच्छता कार्यों में संस्थान अपनी महत्त्वपूर्ण भूमिका निश्चित ही रूप से निभाएगा। उद्घाटन का यह शानदार कार्यक्रम महामहिम राष्ट्रपति की उपस्थिति से हमेशा के लिए यादगार बना दिया।

विकास के पाँच सूत्र

इस अवसर पर बोलते समय मैंने शताब्दी वर्ष के तहत होने वाले कार्यक्रमों के पाँच सूत्र बताए। बाबा के देश और विदेश में सभी मंदिरों में वर्ष भर इन्हीं पाँच सूत्रों के अनुसार कार्यक्रम आयोजित किए जाएँ, इस बात का आह्वान मैंने सभी से किया। इस समय बोलते हुए मैंने कहा, 'मित्रो, पूजनीय बाबा की समाधि का शताब्दी का यह क्षण हमारे जीवन में आया यह हमारे लिए बहुत भाग्यशाली अवसर है। दूसरी सौभाग्य की बात यह है कि शताब्दी समारोह का शुभारंभ माननीय राष्ट्रपति महोदय के हाथों से होना। एक और बात मुझे आप लोगों को बतानी है, वह यह कि आज राष्ट्रपतिजी का जन्मदिन भी है। माननीय राष्ट्रपतिजी को हम सभी की तरफ से जन्मदिन की हार्दिक शुभेच्छा!'

शिरडी विमानतल का उद्घाटन राष्ट्रपति के विमान के आगमन से हो, इसमें मुझे भविष्य के बड़े संकेत दिखे। इस विमानतल पर अब शीघ्र रात्रिकालीन विमान सेवा उपलब्ध हो गई है।

महामहिम राष्ट्रपति रामनाथ कोविंद से राष्ट्रपति भवन में भेंट कर उन्हें शताब्दी महोत्सव के उद्घाटन का निमंत्रण दिया

राष्ट्रपति रामनाथ कोविंद के साईं मंदिर में आगमन में साईं संस्थान के सभी विश्वस्तों ने उनके साथ याद के रूप में तसवीर खिंचवाई

पूजनीय साईंबाबा की समाधि का शताब्दी समारोह देश और दुनिया में बड़े हर्ष और उल्लास के साथ संपन्न होगा। शिरडी के अतिरिक्त संपूर्ण देश और दुनिया में साईंबाबा के 8,500 मंदिर हैं। इन सभी जगह पर यह समारोह मनाया जाना है। इस शताब्दी वर्ष के लिए हमने एक पाँच सूत्रीय कार्यक्रम बनाया है। इसमें पहला सूत्र धार्मिक कार्यक्रमों का है। इसके तहत विजयादशमी, यानी दशहरा, रामनवमी, गुरु पूर्णिमा आदि के उत्सव मनाए जाएँगे।

दूसरा सूत्र है सामाजिक कार्यक्रमों का। इसके तहत अन्नदान, रक्तदान, नेत्रदान, अवयव दान (अंगदान), दिव्यांग सेवा, वृक्षारोपण, स्वच्छता आदि कार्यक्रमों का समावेश है। रक्तदान कार्यक्रम का मैं विशेष रूप से उल्लेख करना चाहूँगा। तिरुपति में जिस तरह से केशदान की परंपरा है, उसी तर्ज पर हमने शिरडी में रक्तदान का संकल्प किया और यह अभियान चलाया जा रहा है। इस अभियान को लोगों का अच्छा समर्थन भी मिल रहा है। तीसरा सूत्र सांस्कृतिक कार्यक्रमों का है। इसके तहत भजन संध्या, कीर्तन, प्रवचन, भक्ति संगीत, गीत आदि का समावेश किया गया है।

चौथा सूत्र व्याख्यानों का है। इसके तहत आचार्य श्रीश्री रविशंकरजी, योगगुरु बाबा रामदेव, श्री मुरारी बापू जैसे अध्यात्म के क्षेत्र के नामी व्यक्तियों के कार्यक्रम किए जाएँगे। पाँचवाँ और बहुत महत्त्वपूर्ण सूत्र है विविध स्थानों पर साईं पादुका दर्शन का योजनाबद्ध तरीके से कार्यक्रम करना। इसके तहत महाराष्ट्र के प्रत्येक जिले में साईंबाबा की पादुका ले जाई जाएगी। इसी तरह से कश्मीर से कन्याकुमारी कच्छ से कामरूप तक देश के अनेक स्थानों पर बाबा की पादुका जाएगी। यही नहीं दुनिया के 25 देशों में भी बाबा की पादुका जाएगी। ■

अभिप्राय

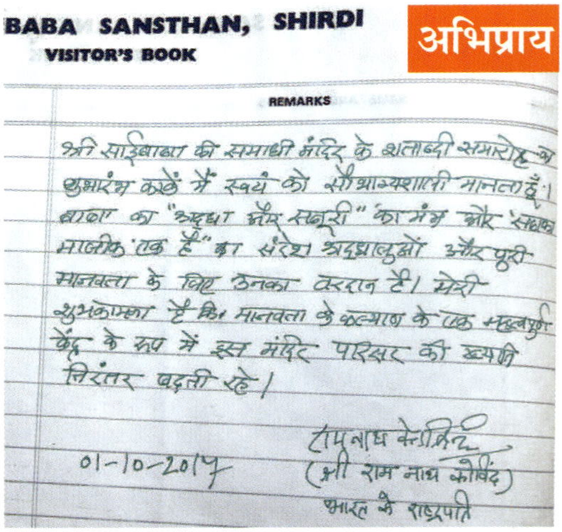

BABA SANSTHAN, SHIRDI

VISITOR'S BOOK

REMARKS

श्री साईबाबा की समाधी मंदिर के शताब्दी समारोह का शुभारंभ करते मैं स्वयं को सौभाग्यशाली मानता हूँ। बाबा का "श्रद्धा और सबूरी" का मंत्र और 'सबका मालिक एक है" का संदेश श्रद्धालुओं और पूरी मानवता के लिए उनका वरदान है। मेरी शुभकामना है कि मानवता के कल्याण के एक महत्वपूर्ण केंद्र के रूप में इस मंदिर परिसर की ख्याति निरंतर बढ़ती रहे।

01-10-2017

रामनाथ कोविन्द
(श्री राम नाथ कोविंद)
भारत के राष्ट्रपति

13 प्रधानमंत्री मोदी का साईं दर्शन

13

प्रधानमंत्री मोदी का साईं दर्शन

उद्‌घाटन इतना शानदार हुआ है तो समापन भी संस्मरणीय होना चाहिए, इसके लिए मैं प्रयास कर रहा था। इसके लिए मुख्यमंत्री माननीय देवेंद्रजी फडणवीस के माध्यम से प्रधानमंत्रीजी को निमंत्रण दिया गया और उन्होंने तत्काल उसे मान्य भी कर लिया। मोदीजी की शिरडी की यात्रा के दौरान बाबा पर उनकी श्रद्धा और उनके मन की आध्यात्मिक बैठक दिखाई भी दे रही थी।

शताब्दी समारोह का उद्घाटन राष्ट्रपति महोदय के हाथों से हुआ और साल भर यह महोत्सव उत्साह के साथ मनाया गया। इस शताब्दी वर्ष के निमित्त देश ही नहीं दुनिया भर के साईं मंदिरों में विविध कार्यक्रमों का आयोजन किया गया। साल भर में करीब 3 करोड़ श्रद्धालुओं ने साईं मंदिर में आकर बाबा के दर्शन किए। इस समारोह का समापन भी उतनी भव्यता के साथ हो तथा उसी स्तर का व्यक्ति मुख्य अतिथि के रूप में उपस्थित रहे, यह मेरी इच्छा थी। सभी विश्वस्तों से विचार-विमर्श कर हमने यह तय किया कि माननीय प्रधानमंत्री नरेंद्र मोदी को इसके लिए निमंत्रित किया जाए। माननीय मुख्यमंत्री को हमने इस बारे में बताया और उनसे अनुरोध किया कि वे सहयोग करें। उन्हें प्रधानमंत्री को बुलाने की यह कल्पना अच्छी लगी और मदद करने का वादा किया।

मुख्यमंत्री के निर्देश पर मैंने प्रधानमंत्री नरेंद्र मोदी को समापन समारोह के लिए आने से संबंधित विनती-पत्र लिखा। नवी मुंबई में विमानतल के भूमिपूजन कार्यक्रम के लिए प्रधानमंत्री मुंबई आए थे, उस समय मैंने उनसे भेंट की तथा उस समय उन्हें मेरे द्वारा लिखे गए उस पत्र के बारे में जानकारी दी। उस समय प्रधानमंत्री ने कहा कि आपका पत्र मिला था और मैंने उसे पढ़ा भी। ऐसा बताकर उन्होंने मुझे खुशी से भर दिया। पूरे देश का कामकाज देखने व सदैव व्यस्त रहनेवाले प्रधानमंत्री जैसी शख्सियत मेरे जैसे एक सामान्य व्यक्ति के पत्र को याद रखते हैं, यह जानकर मुझे बहुत आश्चर्य हुआ। समापन समारोह में आने की अपनी इच्छा उन्होंने मुझे बताई और कहा कि वे शीघ्र ही इसके बारे में सूचित करवाएँगे। इसके बाद माननीय मुख्यमंत्री ने उनसे चर्चा कर कार्यक्रम को निश्चित किया और कुछ ही दिनों बाद प्रधानमंत्री कार्यालय की तरफ से संस्थान को सूचित किया। उसके अनुसार 19 अक्तूबर, 2018 को वे शिरडी आए और उनकी उपस्थिति में शताब्दी समारोह का संस्मरणीय समापन हुआ।

समारोह के दिन प्रधानमंत्री विमान से शिरडी आए और विमानतल से उतर सीधे मंदिर पहुँचे। मैंने उनका अभिनंदन किया। उस समय मुख्यमंत्री भी वहाँ पर उपस्थित थे और उन्होंने मेरा परिचय प्रधानमंत्रीजी से कराया। मैं संस्थान का अध्यक्ष और अणुशास्त्रज्ञ हूँ, ऐसा जब उन्हें बताया गया तो उन्होंने मुझे बहुत ही कुतूहल से देखा। उन्होंने मुझसे कहा कि एक वैज्ञानिक होते हुए आपने मंदिर प्रबंधन की जवाबदारी कैसे सँभाली ? उस समय मैंने कहा, 'मैं एक स्वयंसेवक हूँ और आदेश का पालन करना मेरा स्वभाव है।' मेरी यह बात सुनकर वे बहुत प्रसन्न हो गए और हँस दिए।

शताब्दी समारोह के दौरान फहराए गए ध्वज का उन्होंने पूजन किया और उसके बाद उनके हाथों से ध्वजावतरण किया गया। इस कार्यक्रम के बाद वे मंदिर में पहुँचे। राज्यपाल के. विद्यासागर राव, मुख्यमंत्री देवेंद्र फडणवीस, मैं और संस्थान के सभी विश्वस्त व पदाधिकारी उस अवसर पर उपस्थित थे।

मोदीजी ने बाबा की मूर्ति और समाधि का दर्शन किया और आरती की। प्रधानमंत्री एक आध्यात्मिक व्यक्ति हैं और इस बात का स्मरण हर समय मुझे हो रहा था। उन्होंने अपने नियोजित कार्यक्रम में मंदिर के लिए मात्र 20 मिनट का समय निर्धारित किया था, लेकिन वे मंदिर परिसर में वे करीब 40 मिनट रहे।

मंदिर परिसर में घूमते समय मोदीजी ने वहाँ श्रद्धालुओं से भी बात की। इतना ही नहीं, सुरक्षा नियमों को तोड़ते हुए भी उन्होंने भक्तों को अपने पास बुलाया और उनके साथ फोटो भी खिंचवाई। अनेक से हाथ मिलाया और अभिवादन किया।

मैं जब भी श्री साईंबाबा के दर्शन करता हूँ तो करोड़ों श्रद्धालुओं की तरह मुझे भी जनसेवा के लिए खुद को समर्पित करने का नया उत्साह मिलता है।

PM@narendramodi

इस अवसर पर संस्थान के विविध उपक्रमों की जानकारी भी उन्हें दी गई। सौर ऊर्जा प्रोजेक्ट, अत्याधुनिक शैक्षणिक संकुल, साईं नॉलेज पार्क व अभिनव दर्शन लाइनें, इन चार प्रकल्पों का शिला पूजन प्रधानमंत्री के हाथों से किया गया। करीब 500 करोड़

शिरडी के कार्यक्रम में प्रधानमंत्री नरेंद्र मोदी को साईंबाबा की प्रतिमा भेंट स्वरूप प्रदान की गई

मंदिर परिसर में जमा श्रद्धालुओं को प्रधानमंत्री मोदी ने हाथ हिलाकर अभिवादन किया

रुपए से अधिक राशि के इन प्रोजेक्ट का तपशील प्रधानमंत्री ने बहुत ध्यान और आस्था के साथ सुना।

राज्य सरकार की तरफ से आवास योजना के तहत बनाए गए सवा लाख परिवारों को घरों की चाबी देने का कार्यक्रम भी इस अवसर पर आयोजित किया गया। प्रधानमंत्री ने इस अवसर पर लाभार्थियों से मराठी और हिंदी में बातचीत की। इस अवसर पर प्रधानमंत्रीजी के एक अलौकिक गुण का दर्शन यहाँ बैठे लोगों को देखने को मिला। लाभार्थियों से बात करते समय उन्होंने कहा, 'आपसे एक सवाल पूछूँ क्या? सही जवाब देंगे क्या?' यह कहते हुए मोदीजी ने एक बहुत ही जोखिम भरा सवाल लाभार्थियों से पूछा, 'इन घरों के संबंध में कभी किसी अधिकारी ने आप लोगों से पैसे माँगे क्या?' यह सवाल सुनकर मेरा दिल धक से रह गया था। इस कार्यक्रम का सीधा प्रसारण हो रहा था और देश भर में लोग उसे देख रहे थे। मोदीजी के सवाल पर यदि 'हाँ' में

जवाब आया होता तो देश भर में एक नई पंचायत शुरू हो जानी थी, लेकिन किसी ने भी ऐसी शिकायत नहीं की। मोदीजी के जोखिम उठाने की हिम्मत पर मुझे बहुत ही आश्चर्य हुआ। प्रशासन पर उनकी पकड़ देखकर भी मैं बहुत प्रभावित हुआ।

मोदीजी ने इस अवसर पर जो भाषण दिया, उसका मूल अध्यात्म था। अनेक ऐतिहासिक प्रसंग उन्होंने अपने भाषण में उद्धृत किए। बाबा के प्रति उनके मन में जो श्रद्धा है, वह शब्दों से व्यक्त हो रही थी।

श्रद्धावान प्रधानमंत्री की उपस्थित से संपूर्ण मंदिर परिसर में एक आध्यात्मिक वातावरण हो गया था। प्रधानमंत्रीजी ने संस्थान के विविध सामाजिक प्रकल्पों को सराहा भी।

उन्होंने कहा, 'श्री साईंबाबा का श्रद्धा और सबूरी का संदेश संपूर्ण मानवता को प्रेरणा देनेवाला है। साईंबाबा संस्थान विश्वस्त व्यवस्था, शिरडी की तरफ से समाजसेवा के लिए शिक्षा, स्वास्थ्य और अध्यात्म के क्षेत्र में जो कार्य किए जा रहे हैं, वे सराहनीय हैं।'

यह साईं दरबार है, यहाँ सब समान हैं

साईं मंदिर में घूमते समय प्रधानमंत्री के चहरे पर विनम्रता और श्रद्धा के भाव थे। संस्थान के अधिकारी, कर्मचारी और मंदिर में उपस्थित कुछ चुने हुए लोगों से वे बात कर रहे थे। मंदिर के अधिकारियों के साथ उन्होंने फोटो खिंचवाई। उस समय पीछे खड़े लोगों को उन्होंने आगे आने को कहा। 'आगे आओ' बोलते हुए उन्होंने कहा, 'यह साईं का दरबार है, यहाँ सब समान हैं।' पीछे से आगे आए अधिकारियों के चेहरे का आनंद उस समय आकाश में भी समेटा न जा सके, ऐसा दिखाई दे रहा था। ये अधिकारी बड़ी खुशी के साथ आगे आए और आगेवाली लाइन में खड़े राज्यपाल तथा मुख्यमंत्री पीछे हो गए।

इस कार्यक्रम में राज्यपाल सी. विद्यासागर राव, मुख्यमंत्री देवेंद्र फडणवीस, केंद्रीय रक्षा राज्यमंत्री डॉ. सुभाष भामरे, महाराष्ट्र विधानसभा के अध्यक्ष हरिभाऊ बागडे, ग्राम विकास मंत्री पंकजा मुंडे, जिले के पालकमंत्री प्रा. राम शिंदे, नगरविकास राज्यमंत्री रणजीत पाटील, ग्राम विकास राज्यमंत्री दादा भुसे, विरोधी दल नेता राधाकृष्ण विखे पाटील, जिला परिषद् अध्यक्ष शालिनी ताई विखे पाटील, सांसद रावसाहब दानवे, दिलीप गांधी, सदाशिव लोखंडे, विधायक शिवाजीराव कार्डिले, बालासाहब मुरकुटे, स्नेहलता कोल्हे, मोनिका राजळे, सभी ट्रस्टी व अधिकारी उपस्थित थे।

इस अवसर पर श्री मोदी के हाथों से सांकेतिक रूप से 10 लाभार्थियों को प्रधानमंत्री आवास योजना के तहत दिए जानेवाले घरों का प्रवेश कलश और चाबी प्रदान की गई। साथ ही 'प्रधानमंत्री आवास योजना' के तहत राज्य के अढ़ाई लाख लाभार्थियों के इ-गृह प्रवेश का शुभारंभ किया गया। प्रधानमंत्री ने इस अवसर पर इन लाभार्थियों के साथ वीडियो कॉन्फ्रेंसिंग के माध्यम से बात भी की। श्री मोदी ने कहा साधारण लोगों का विश्वास बढ़े, ऐसा कार्य पिछले चार सालों में केंद्र व राज्य की सरकार ने किया है। सामान्य लोगों को आधार देनेवाली आवास योजना, स्वास्थ्य के लिए प्रधानमंत्री जनआरोग्य योजना, आयुष्मान भारत, स्वच्छ भारत अभियान के माध्यम से जनता के हितों से जुड़े कार्य किए जा सके। इसके अलावा उज्ज्वला योजना, सौभाग्य योजना के माध्यम से गरीब परिवारों को गैस और बिजली देने का काम किया गया। स्वच्छ भारत अभियान में महाराष्ट्र ने अग्रणी भूमिका निभाई, इसके लिए प्रधानमंत्री ने राज्य सरकार और मुख्यमंत्री देवेंद्र फडणवीस तथा राज्य की 11 करोड़ जनता की सराहना की। प्रधानमंत्री श्री मोदी ने कहा, 'स्वयं के घर का सपना देखनेवाले लाखों परिवारों को यह विजयादशमी का उपहार है। घर के माध्यम से गरीबी को मात देने की दिशा में एक यात्रा शुरू हो गई है। देश की आजादी के 75 साल पूरे होते-होते सरकार देश के सभी नागरिकों को घर देने के लिए कटिबद्ध है।' सन् 2022 तक सभी को घर देने का संकल्प लेते हुए यह घर तुलना के हिसाब से पहले के मुकाबले बड़े आकार के और सभी सुविधाओं से युक्त दिए जा रहे हैं। इनके लिए दिए

अभिप्राय

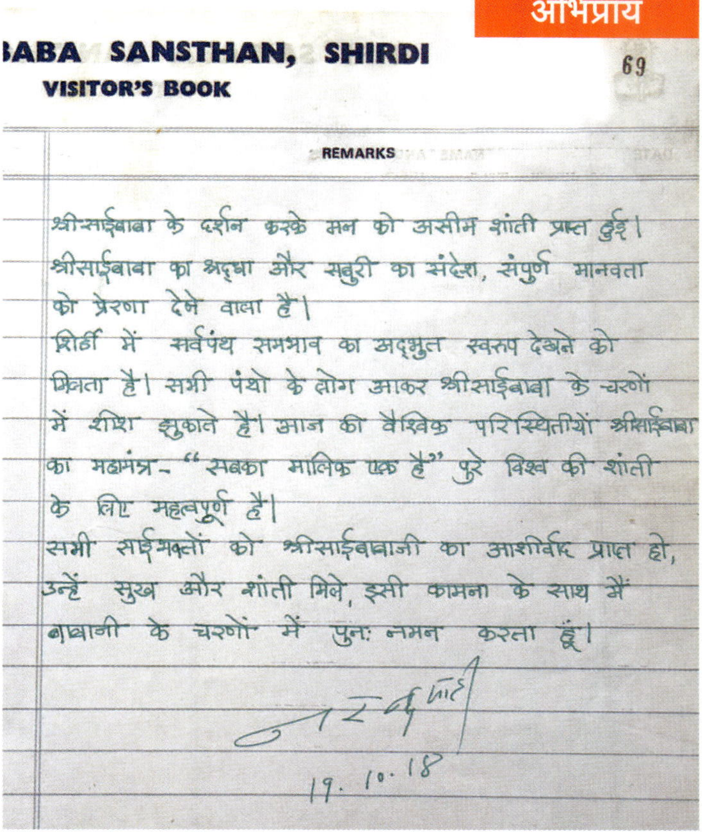

BABA SANSTHAN, SHIRDI
VISITOR'S BOOK

69

REMARKS

श्रीसाईबाबा के दर्शन करके मन को असीम शांती प्राप्त हुई।
श्रीसाईबाबा का श्रद्धा और सबुरी का संदेश, संपुर्ण मानवता
को प्रेरणा देने वाला है।
शिर्डी में सर्वपंथ समभाव का अद्‌भुत स्वरुप देखने को
मिलता है। सभी पंथो के लोग आकर श्रीसाईबाबा के चरणों
में शिश झुकाते है। आज की वैश्विक परिस्थितीयों श्रीसाईबाबा
का महामंत्र- "सबका मालिक एक है" पुरे विश्व की शांती
के लिए महत्वपूर्ण है।
सभी साईभक्तों को श्रीसाईबाबाजी का आशीर्वाद प्राप्त हो,
उन्हें सुख और शांती मिले, इसी कामना के साथ मैं
बाबाजी के चरणों में पुनः नमन करता हूं।

नरेन्द्र मोदी

19. 10. 18

प्रधानमंत्री नरेंद्र मोदी ने साईं मंदिर की दान पेटी में राशि अर्पण की और वहाँ रखी पुस्तिका में अपने विचार भी लिखे

नवी मुंबई विमानतल के भूमिपूजन समारोह के लिए प्रधानमंत्री मोदी जब मुंबई आए तो उनसे मुलाकात कर उन्हें शिरडी आने का निमंत्रण दिया

जानेवाले 70 हजार रुपए के अनुदान को बढ़ाकर एक लाख बीस हजार रुपए कर दिया गया है। यह रकम लाभार्थियों के बैंक खाते में सीधे जमा की जाती है, साथ ही उनके चयन में पारदर्शिता भी बरती जा रही है। शिरडी जैसे धार्मिक स्थल और अजंता जैसी ऐतिहासिक विरासत देश को मिली है। इतिहास और अध्यात्म का मेल कराकर पर्यटन के माध्यम से रोजगार को बढ़ावा देने की बात कही। पर्यटन सर्किट के माध्यम से पर्यटन को बढ़ावा देने के लिए शिरडी की विमान सेवा भी विस्तारित की जा सकती है, ऐसी बात भी श्री मोदी ने कही।

करोड़ों लोगों की सेवा करने तथा जनसेवा के प्रति समर्पित होने की भावना की प्रेरणा साईंबाबा के सेवा संदेशों से मिलती है। सभी समाज के लोगों को एक सूत्र में बाँधने का सामर्थ्य उनके 'सबका मालिक एक' के मंत्र में है।

श्री मोदी ने 'श्रद्धा रखो-सबुरी रखो' की यह लाइन मराठी भाषा में बोलकर सभी लोगों को साईंबाबा का आशीर्वाद मिले, ऐसा कहकर अपना भाषण समाप्त किया। यहाँ यह बात आनंद और अभिमान के साथ दर्ज करना चाहता हूँ कि उनके भाषण के लिए मुझसे कुछ महत्त्वपूर्ण बिंदु माँगे गए थे। मैंने यह वाक्य दिया था और भाषण के अंत में उन्होंने उस वाक्य का प्रयोग किया इस बात की मुझे बहुत खुशी है। कुल-मिलाकर यह कार्यक्रम बहुत यादगार हुआ। मेरे अध्यक्ष पद के कार्यकाल में देश के राष्ट्रपति और प्रधानमंत्री का शिरडी दर्शन का संयोग हुआ, इसे मैं अपना भाग्य ही समझता हूँ। इन दोनों नेताओं का मुझे स्वागत करने को मिला इस बात की मुझे बहुत खुशी है। साल भर के अथक परिश्रम की थकान को इन दोनों कार्यक्रमों ने क्षण भर में मिटा दिया। राष्ट्रपति के हाथों हुए उद्घाटन समारोह का एक अलग उत्साह था। प्रधानमंत्री की उपस्थिति ने इस महोत्सव के समापन को नयी ऊँचाई प्रदान की। संपूर्ण देश और दुनिया में साईं नाम का जयकारा गूँज रहा था।

आज यहाँ 10 मेगावॅट की एक सोलर यूनिट की भी शुरुआत की गई है। इससे संस्थान के संसाधन बढ़ेंगे और क्लीन एनर्जी में भागीदारी भी। यह एक ऐसा मॉडल है, जिससे देश भर में कई संस्थान लागू कर सकते हैं, यानी सेवा के साथ ही राष्ट्रसेवा भी की जा सकती है।

PM@narendramodi

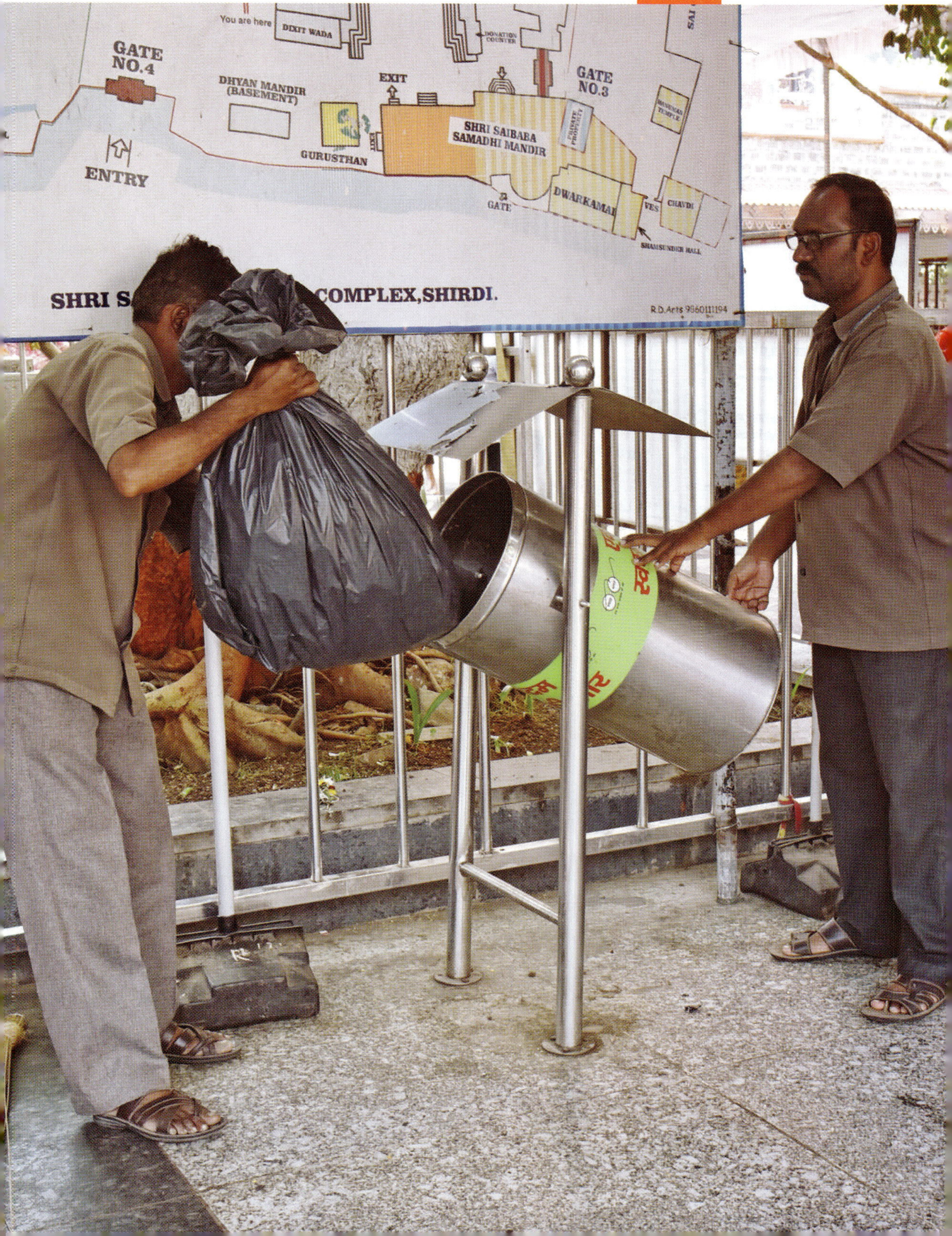
You are here
DIXIT WADA
GATE NO.4
DHYAN MANDIR (BASEMENT)
EXIT
GATE NO.3
SHRI SAIBABA SAMADHI MANDIR
GURUSTHAN
ENTRY
GATE
DWARKAMAI
CHAVDI
SHRI S
COMPLEX, SHIRDI.

14

स्वच्छ शिरडी

देवस्थान जितने प्रसिद्ध होते हैं, उतने ही अस्वच्छ भी। शिरडी को लेकर इस मत को बदलने का मैंने निश्चय किया। संस्थान और जनसहभागिता के माध्यम से शहर को स्वच्छ बनाने की मुहिम का हमने निर्धारण किया। नगर पंचायत ने भी अच्छा सहयोग दिया और देखते-देखते ही शिरडी स्वच्छ शहर बन गया।

घन-कचरे की समस्या के बारे में मैं पिछले दो-तीन सालों से अध्ययन कर रहा हूँ। कचरे की समस्या बहुत से बड़े शहरों की समस्या बन गई है। रोज बड़ी भीड़ जमा होनेवाले देवस्थान वाले गाँवों में भी इस समस्या एक अलग ही गंभीर रूप लेते हुए दिखाई देती है। इसकी वजह से देवस्थान पवित्र होते हुए भी वह शहर अनेक बार हमें गंदगी से भरे पड़े दिखाई देते हैं। मैं एक अणु शास्त्रज्ञ हूँ और भारत सरकार के अणुशक्ति विभाग में वरिष्ठ अणु शास्त्रज्ञ के रूप में मैंने 27 साल काम किया। उस समय आण्विक अभियांत्रिकी मेरा क्षेत्र था। इसी वैज्ञानिक दृष्टिकोण से मैं इस समस्या की तरफ देख रहा था।

शिरडी में साईंबाबा संस्थान के अध्यक्ष पद की जवाबदारी सँभालने के बाद मैंने इस बात पर ध्यान केंद्रित किया कि शिरडी को स्वच्छ, हरित और सुंदर कैसे बनाया जाए।

विश्वस्त मंडल की बैठक में मैंने यह विषय रखा। शताब्दी समारोह का निमंत्रण देने के लिए मैं राष्ट्रपति और प्रधानमंत्री से मिला। ये दोनों ही व्यक्ति सार्वजनिक स्वच्छता को बहुत बढ़ावा देने वाले हैं, इस बात का मुझे एहसास हुआ। शहर की स्वच्छता को लेकर संस्थान को अग्रणी भूमिका निभानी चाहिए। मुख्यमंत्रीजी ने भी इस बात का उल्लेख किया था, इसलिए संस्थान को शहर की स्वच्छता की जवाबदारी उठानी चाहिए, यह हमने तय किया।

शहर की स्वच्छता के लिए संस्थान की तरफ से नगर पंचायत को हर माह 30 लाख रुपए की मदद देने का निर्णय हमने किया। यह रकम पूरी नहीं पड़ती है, इस बात का ध्यान आने तथा मुख्यमंत्री देवेंद्र फडणवीस के सुझाव के अनुसार यह राशि बढ़ाकर 42 लाख रुपए कर दी गई।

महात्मा गांधी जयंती के दिन संस्थान के कर्मचारी, नगर पंचायत के कर्मचारी, विद्यार्थी, नागरिक सभी ने मिलकर श्रमदान कर शहर को स्वच्छ करने का निर्णय किया।

शहर की सफाई करने के बाद वह कचरा कहाँ पर डाला जाए, जब यह समस्या सामने आई तो स्वच्छता का यह कार्यक्रम नहीं हो सका, लेकिन मैं इस समस्या के समाधान को ढूँढ़ने में जुट गया।

गाँववालों ने मुझे बताया कि वे कचरा जमा करने के बाद सूखे कुएँ में डाल देते हैं और अब तक ऐसे 6 सूखे कुएँ कचरे से भर चुके हैं। इस समस्या का अब कुछ अलग ही उपाय सोचना चाहिए, इस बात का मुझे खयाल आया।

आधुनिक तकनीक के माध्यम से कचरे की इस समस्या का समाधान निकाला जाना चाहिए, यही मैं सोच रहा था। कचरा समाज व्यवस्था का भार नहीं, वह आय का एक साधन है, यह मेरा शुरू से ही मत है और इस बात को मुझे आर्थिक पैमाने पर सिद्ध करनी है। सभी तकनीक के जानकारों और वैज्ञानिकों को यह एक बड़ी चुनौती है। इस समस्या का अध्ययन करते समय मैंने इसे तीन मुद्दों में बाँटा—1. घर से कचरा जमा करना और उसका वर्गीकरण करना, 2. प्रक्रिया-केंद्र तक उसे ले जाना, 3. प्रक्रिया-केंद्र में उस पर अत्याधुनिक तकनीक से प्रक्रिया करना। पहली दो बातें राजनीतिक और सरकारी हैं, लिहाजा मैं उस पर ज्यादा कुछ बोलनेवाला नहीं हूँ। तीसरा मुद्दा, जो तकनीकी अध्ययन का है, वह हम सभी वैज्ञानिकों के लिए नजदीकी का है। हर वैज्ञानिक को इस बात को समझना चाहिए कि कोई भी तकनीक तभी उपयोगी साबित हो सकेगी, जब वह आर्थिक रूप से किफायती होगी। नहीं तो वह तकनीक एक प्रदर्शनी मात्र ही साबित होगी।

आजकल एल.ई.डी. बल्बों का प्रयोग सभी जगह बड़े पैमाने पर हो रहा है, क्योंकि वह साधारण लोगों के बजट की वस्तु है, अन्यथा ये बल्ब एक प्रदर्शनी की चीज बनकर रह जाते थे। इस संदर्भ में मैंने अनेक लोगों के साथ चर्चा की। हमारे विश्वस्त मंडल की बैठक में मैंने इस संदर्भ में अनेक बार प्रजेंटेशन देने को कहा। मैंने गोवा, सोलापुर, वाराणसी, मुंबई जैसे अनेक शहरों में व राज्यों में कचरे के प्रक्रिया प्रकल्पों को देखा।

शहर की स्वच्छता के लिए संस्थान मदद करने का सुझाव मुख्यमंत्री ने सुझाया। संस्थान की तरफ से नगर पंचायत को हर माह 42 लाख रुपए का अनुदान दिया जाता है। शिरडी में 20 टन क्षमता का प्रोजेक्ट लगाना मेरा संकल्प है।

स्वच्छता का हाल बयाँ करता शिरडी का एक रास्ता

॥श्री राम॥
सर्कल
महाराणा प्रताप
चौक
VINAY

स्वच्छ भारत अभियान सर्वेक्षण 2018 स्पर्धा में शिरडी नगर पंचायत ने देश में तीसरा व राज्य में दूसरा स्थान हासिल किया था और 15 करोड़ रुपए का पुरस्कार भी जीता। इस उपलब्धि के लिए नगराध्यक्ष सौभाग्यवती योगिता ताई शेळके का सत्कार करते हुए मेरा मन अभिमान से भर गया। स्वच्छ शिरडी की मेरी योजना साकार हुई, इसके लिए मुझे बहुत संतोष हुआ।

कचरे पर प्रक्रिया करने की अलग-अलग पद्धतियाँ है—1. लोग कचरा जमा करते हैं और उनके छोटे-छोटे ढेर बनाकर उसे जला देते हैं, 2. लोग इस कचरे से प्लास्टिक अलग कर उससे ईंधन तैयार कर सकते हैं, 3. इस कचरे का विघटन कर उससे खाद, गैस और गैस से बिजली बना सकते हैं। विज्ञान के दृष्टिकोण से यह संभव है, लेकिन उतना प्रभावी नहीं। आर्थिक पहलू के हिसाब से भी ये उपाय किफायती होने चाहिए। अलग-अलग स्थानों पर कचरा प्रक्रिया संयंत्रों को देखने के बाद मुझे यह बात ध्यान में आई कि अब बहुत सी तकनीक आ गई हैं, लेकिन उनसे सभी समस्याओं का समाधान निकल जाएगा, ऐसा नहीं था, घन-कचरे के संदर्भ मे बहुत से लोग अलग-अलग दिशाओं में काम कर रहे हैं। उनमें हर व्यक्ति की कल्पना अलग-अलग है और उद्देश्य भी अलग हैं, लेकिन हम समाज के लिए काम कर रहे हैं, यह भावना सबके मन में होनी चाहिए।

कचरे की समस्या को लेकर कुछ हल खोजा जाना चाहिए, यह समाज को भी लगता है। मुंबई में हर दिन 7 हजार टन कचरा होता है। रोज इकट्ठा होनेवाला यह कचरा कहाँ डाला जाए, यह भी एक बड़ी समस्या है। इस कचरे को डालने के लिए कितनी बड़ी जगह चाहिए तथा वहाँ कितने दिनों तक ये कचरा डाला जा सकेगा और वहाँ बननेवाले कचरे के ढेर का क्या किया जाएगा, यह भी एक बड़ा सवाल है। तकनीक की सहायता से इस कचरे की प्रक्रिया कर उसको ठिकाने नहीं लगाने पर डंपिंग यार्डों की संख्या बढ़ती ही जाएगी। इन सबके लिए कितना पैसा खर्च करना पड़ेगा, इस पर विचार करने की जरूरत है। केवल मुंबई के कचरा परिवहन को देखें तो कचरा जमा करना और उसे डंपिंग यार्ड ले जाना, इसके खर्च का मैंने विचार किया ही नहीं। मुंबई में कचरा उठाकर डंपिंग यार्ड में ले जाया जाता है। वहाँ उसका निस्तारण किया जाता है, ऐसे स्थान पर ले जाने का ठेका 1800 करोड़ रुपए का है। इसमें किस-किस की भूमिका होगी, इसका अगर आप विचार करें, लेकिन एक बात तो तय है मुंबई महानगरपलिका इस काम के लिए इतना पैसा खर्च करती है, लेकिन वाकई में किस पर खर्च कर रही है? यह खर्च

जो हो रहा है, वह केवल कचरे को जमा करने और उसके लिए निर्धारित जगह पर ले जाकर उसके निस्तारण के लिए ही नहीं होता, इसलिए तकनीकी जानकार लोगों को इस संदर्भ में आगे आकर कोई राह दिखानी चाहिए। इसमें बहुत सी अड़चने आ सकती हैं, लेकिन राह मिल सकती है। कचरा आज एक धंधा बन चुका है। इस व्यवसाय में अनेक लोग कचरा माफिया के रूप में पहचाने जाते हैं।

कचरे की समस्या का समाधान निकालना यह कोई आसान बात नहीं है, लेकिन तकनीक अब विकसित हो चुकी हैं और वे उपलब्ध भी हैं। विज्ञान के आधार पर अनेक नई-नई खोज भी हो रही हैं। केवल राजनीतिक और प्रशासनिक लोगों को इस बारे में इच्छाशक्ति दिखाने की जरूरत है। देश भर का कचरा संपत्ति में बदला जा सकता है और जिस दिन यह हो जाएगा, उस दिन भारत निश्चित ही स्वच्छ हो जाएगा। इसकी वजह से केवल पर्यावरण शुद्ध होगा, ऐसा नहीं है, इससे स्वास्थ्य पर होनेवाले करोड़ों रुपए के खर्च में भी कमी आएगी। इसके अलावा इस कचरे से खाद, गैस, बिजली जैसी चीजें मिलेंगी, वह अलग ही बात है।

कुछ दिनों पहले मैं स्वीडन का इतिहास पढ़ रहा था। यह दुनिया का एकमात्र ऐसा देश है, जो अपने पूरे कचरे का निस्तारण करता है और कचरे से बहुत सी चीजें बनाता है। पिछले साल इस देश को लगा कि कुछ अपेक्षित चीजों के निर्माण के लिए इस देश को अब कचरे की कमी होने लगी है और इस कमी को पूरा करने के लिए इस देश ने कचरा आयात करना शुरू किया है। आस-पास के देशों से वहाँ कचरा मँगाया जाने लगा। कचरा तकनीकी और वैज्ञानिक दृष्टि से भार नहीं, यह इस देश ने दिखा दिया है। मैं अपने देश के सभी तकनीकी जानकारों व वैज्ञानिकों से अपील करता हूँ कि वे कचरे की चुनौती को स्वीकारें।

शिरडी में प्रतिदिन 20 टन कचरा जमा होता है, शहर का 12 से 13 टन तथा संस्थान का 7 से 8 टन कचरा जमा होता है। शिरडी में 20 टन कचरे का निस्तारण किया जा सके, ऐसा प्रकल्प बनाने का मैंने निर्णय किया है। साईंबाबा संस्थान के माध्यम से यह प्रकल्प बनाया जाएगा। मंदिर और शहर के सभी कचरे का यहाँ निस्तारण किया जाएगा। मुझे विश्वास है कि इस योजना से शिरडी शहर वाकई में स्वच्छ होगा।

हमने इस संदर्भ में सभी तकनीकी पहलुओं पर विचार कर लिया है और शीघ्र ही यह प्रकल्प शुरू हो सकेगा। शिरडी का यह प्रकल्प छोटे शहरों के लिए एक आदर्श साबित होगा, इस बात का भी मुझे विश्वास है। इस प्रकल्प से बननेवाली गैस खाना बनाने के लिए तथा यहाँ से तैयार होनेवाली खाद खेती या बागवानी में काम आ सकेगी। इस प्रकल्प के आर्थिक पहल के बारे में भी हमने विचार किया है। इस प्रोजेक्ट पर करीब 5 करोड़ रुपए का खर्च आएगा, लेकिन खाद और बिजली बेचकर 5 साल में इस प्रोजेक्ट की कीमत वसूल हो जाएगी और उसके बाद यह फायदे में चलेगा।

इस प्रयास की वजह से स्वच्छ शहरों की स्पर्धा में शिरडी को राज्य में दूसरा और राष्ट्रीय स्तर पर तीसरा क्रमांक हासिल हुआ। केंद्र सरकार की तरफ से शिरडी को 15 करोड़ रुपए का इनाम भी मिला। सभी के सहयोग से शिरडी दुनिया के अन्य शहरों की तरह स्वच्छ और सुंदर होगा, इस बात का मुझे पूरा विश्वास है।

> “शिरडी में केवल भारत ही नहीं, दुनिया भर से श्रद्धालु आते हैं, लेकिन शहर में स्वच्छता को दुर्लक्षित किया जाता है। मैंने स्वयं इस समस्या पर प्रधानता से ध्यान देने का निर्धारण किया। संस्थान ने श्रद्धालुओं के लिए प्रसाधन गृह बनाए, कचरे के लिए नगर पंचायत की मदद से विशेष मुहिम चलाई। देखते-ही-देखते शहर का स्वरूप बदल गया। स्वच्छता को लेकर राष्ट्रीय स्तर पर आयोजित स्पर्धा में शिरडी को राष्ट्रीय स्तर पर तीसरा तथा राज्य स्तर पर दूसरा स्थान मिला। 15 करोड़ रुपए का पुरस्कार मिला और राष्ट्रीय स्तर पर शिरडी को ‘स्वच्छ शहर’ के रूप में ख्याति मिली।”

शिरडी के रास्तों की स्वच्छता अब आपका ध्यान अपनी ओर आकर्षित करेगी

नगर पंचायत का सहयोग

शिरडी में रोज ही भक्तों का सैलाब आता रहता है। शहर की जनसंख्या भले ही 40 हजार है, लेकिन यहाँ हर दिन औसतन 70 हजार श्रद्धालु-तीर्थयात्री बाहर से आते हैं और इसकी वजह से शहर में कचरे की मात्रा भी बढ़ती है। यह कचरा नगर पंचायत की तरफ से हर दिन उठाया जाता है। होटलों में बचा हुआ खाना शहर की स्वच्छता के लिए एक बड़ा सवाल बना हुआ था, लेकिन अब यह फेंका जानेवाला खाना संस्थान के बॉयोगैस प्रकल्प को दिया जाता है। कचरे का निस्तारण करने वाले 10 टन की क्षमतावाले संस्थान ने यह प्रकल्प कार्यान्वित किया है। शीघ्र ही नगर पंचायत भी इतनी ही क्षमता का प्रोजेक्ट बनानेवाली है। मंदिर मार्ग पर नगर पंचायत की तरफ से 4 सार्वजनिक शौचालय बनाए हैं। नेतृत्व ने निश्चय किया तो अधिकारियों द्वारा कार्यों को अमलीजामा कितनी जल्दी पहनाया जा सकता है, यह इस बात का उत्तम उदाहरण है। प्रधानमंत्री नरेंद्र मोदी के 'स्वच्छ भारत अभियान' को समर्थन देते हुए शिरडी नगर पंचायत ने भी अग्रणी भूमिका निभाते हुए शहर में 565 वैयक्तिक शौचालय बनाए। संस्थान की तरफ से पालिका को स्वच्छता के लिए हर माह 42 लाख 51 हजार रुपए की निधि दी जाती है। इसके अलावा करोड़ों रुपए सड़क, बिजली, पानी जैसी सुविधाओं पर भी खर्च किए जाते हैं। विविध उपक्रमों में लोगों की सहभागिता, शिरडी की नगर पंचायत की विशेषता है। शहर को स्वच्छ रखने में नगर पंचायत को नागरिकों को खूब सहयोग मिल रहा है। वृक्षारोपण जैसी मुहिम में भी स्कूली विद्यार्थी बड़े पैमाने पर शामिल होते हैं। नगर पंचायत ने हरित शिरडी के लिए वृक्षारोपण की मुहिम शुरू की थी, जिसके तहत शिरडी परिसर में 10 हजार वृक्ष लगाए गए और खास बात यह है कि उनमें से बहुत से वृक्षों का संरक्षण करने में शिरडी पंचायत को सफलता मिली। 37 करोड़ रुपए खर्च कर शहर के लिए पेयजल आपूर्ति योजना शुरू की गई है। गंगापूर-दारणा बाँध से नहर बनाकर शहर में पानी लाया गया और नल के माध्यम से उसे घर-घर तक पहुँचाया गया है। इसकी वजह से शिरडी शहर अब टैंकर मुक्त हो गया है।

■

श्रद्धा
Shri Saibaba Sansthan Trust, Shirdi
"Shri Saibaba Samadhi Centenary Year" (2017-18)

15

मान्यवरों की शिरडी भेंट

शताब्दी वर्ष के दौरान अनेक मान्यवरों ने शिरडी में भेंट देकर बाबा की समाधि के दर्शन किए। इन मान्यवरों के बड़े पैमाने पर शिरडी आने से यह पूरा वर्ष प्रकाशमय हो उठा। राष्ट्रपति और प्रधानमंत्री तो शताब्दी समारोह के उद्‌घाटन और समापन समारोह में आए ही। उनके अतिरिक्त साल भर में उपराष्ट्रपति वेंकैया नायडू, केंद्रीय मंत्री नितिन गडकरी, पीयूष गोयल, सुरेश प्रभु, महाराष्ट्र के राज्यपाल सी. विद्यासागर राव, मुख्यमंत्री देवेंद्र फडणवीस, सर संघचालक मोहन भागवत, शिवसेना प्रमुख उद्धव ठाकरे, वित्त मंत्री सुधीर मुनगंटीवार जैसे अनेक दिग्गज नेता शिरडी आए। नामी सिने अभिनेता और कलाकारों ने भी बाबा के दरबार में हाजिरी लगाई। इन लोगों की साईं भक्ति इस भेंट के दौरान स्पष्ट दिखाई दे रही थी। अपने बड़े पद और ओहदे का मान छोड़कर ये सभी लोग अत्यंत नम्रता के साथ साईं चरणों में लीन नजर आए और उन का स्वागत करते हुए मुझे एक अलग प्रकार के आनंद की अनुभूति हुई।

उपराष्ट्रपति वैंकय्या नायडू

राज्यपाल सी. विद्यासागर राव

मुख्यमंत्री देवेंद्र फडणवीस

केंद्रीय मंत्री नितिन गडकरी

शिवसेना पक्ष प्रमुख तथा मुख्यमंत्री उद्धव ठाकरे, पत्नी सौभाग्यवती रश्मि व पुत्र आदित्य ठाकरे

शिरडी-मुंबई सुपर फास्ट एक्सप्रेस-वे का उद्घाटन तत्कालीन रेलवे मंत्री सुरेश प्रभु के हाथों किया गया

केंद्रीय रेलवे और व्यापार मंत्री पीयूष गोयल

मा. सरसंघचालक डॉ. मोहनजी भागवत

अभिप्राय

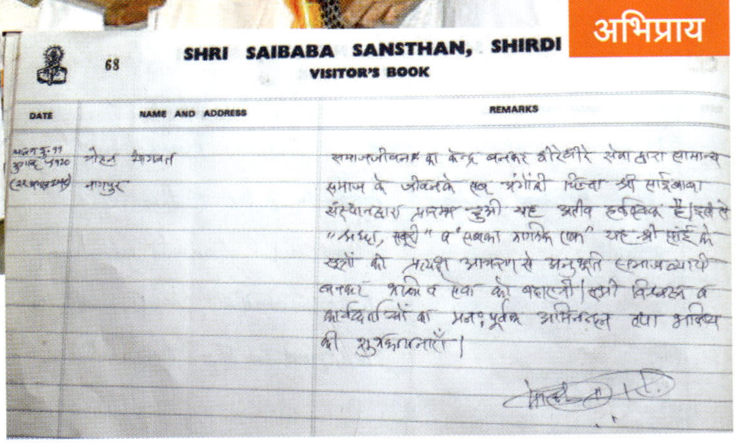

SHRI SAIBABA SANSTHAN, SHIRDI

VISITOR'S BOOK

68

DATE	NAME AND ADDRESS	REMARKS
[illegible]	मोहन भागवत नागपुर	समाजजीवन का केन्द्र बनकर धीरे धीरे सेवा द्वारा सामान्य समाज के जीवन के सब अंगों की चिन्ता श्री साईबाबा संस्थान द्वारा प्रारम्भ हुई यह अतीव हर्षदायक है। इसी से "श्रद्धा, सबुरी" व "सबका मालिक एक" यह श्री साई के सूत्रों को प्रत्यक्ष आचरण से अनुभूति समाजव्यापी बनकर भक्ति व सेवा को बढ़ाएगी। सभी विश्वस्त व कार्यकर्ताओं का मनःपूर्वक अभिनन्दन तथा भविष्य की शुभकामनाएँ।

केंद्रीय पर्यावरण और दूरसंचार मंत्री प्रकाश जावड़ेकर

मध्य प्रदेश के मुख्यमंत्री शिवराज सिंह चौहान अपनी पत्नी और बच्चों के साथ

तत्कालीन राजस्व और सार्वजनिक निर्माण मंत्री तथा भाजपा प्रदेश अध्यक्ष चंद्रकांत दादा पाटील

तत्कालीन वित्त मंत्री सुधीर मुनगंटीवार

योगगुरु श्री रामदेव बाबा की भेंट प्रेरणादायी थी और उनका मार्गदर्शन अनमोल था

16 साईं पालकी उत्सव

16

साईं पालकी उत्सव

पालकी के साथ पैदल शिरडी जाकर साईंबाबा का दर्शन करना बहुत से लोगों की इच्छा या प्रण होता है। पालकी के साथ लाखों भक्त शिरडी आते हैं और शिरडी का माहौल साईंमय बना रहता है। कई किलोमीटर की लंबी पैदल यात्रा करने के बाद भी इन भक्तों के चेहरे पर थकान नहीं दिखती, इसके विपरीत भक्ति की अनोखी चमक दिखाई देती है।

अपने गाँव से पालकी लेकर पैदल शिरडी जाना, यह भक्ति का एक अनोखा आविष्कार है। हर साल देश भर के 30-35 स्थानों से पालकी शिरडी आती है। हजारों लोग इन पालकियों के साथ शिरडी आते हैं। मुंबई से साढ़े चार लाख लोग पालकियों के साथ शिरडी पहुँचते हैं। मुंबई से शिरडी जाने में करीब आठ से दस दिन लगते हैं। इन पालकियों के साथ पैदल चलनेवाले लोगों के लिए सुरक्षित मार्ग हो, इसका प्रयास हमारे द्वारा पहले से ही चल रहा था। संस्थान ने भी इस संबंध में सकारात्मक प्रयत्न किए हैं। सरकार इस मामले में अग्रणी भूमिका निभाए, इस अपील के साथ मैंने स्वयं ने सार्वजनिक निर्माण मंत्री श्री चंद्रकांत दादा पाटील से भेंट की। उन्हें पालकी के लिए एक सुरक्षित मार्ग की आवश्यकता कितनी महत्त्वपूर्ण है, यह बात समझाई। दादा स्वयं साईं भक्त हैं। उन्होंने इस संदर्भ में संबंधित अधिकारियों को निर्देश दिए। इस आधार पर मुंबई-शिरडी मार्ग पर सड़क के किनारे 15 फीट चौड़ाई के मॉडल पालकी मार्ग तैयार करने के प्रकल्प को मंजूरी मिली। यह मार्ग सड़क से एक फीट अधिक ऊँचाई का एलिवेटेड रोड की तरह का होगा। शिरडी संस्थान ने भी इस संदर्भ में अपनी साझेदारी उठाने का निर्णय किया है। इस मार्ग पर संस्थान के द्वारा हर 15 किलोमीटर की दूरी पर विश्राम केंद्र बनाने का निर्णय किया है। इस केंद्र में श्रद्धालुओं के विश्राम, पेयजल, अल्पाहार व स्व%छता गृह की सुविधा होगी। भक्तों की मदद और जन सहभागिता से यह प्रकल्प बनाया जाएगा। मुंबई-शिरडी मार्ग पर पालकी मार्ग बन जाने के बाद शिरडी की तरफ आनेवाले अन्य मार्गों पर भी इस योजना को शुरू किया जाएगा।

शिरडी का प्रबंधन भक्त-केंद्रित रहे, यह संस्थान की नीति रही है। इन पालकियों के साथ आनेवाले अधिकांश भक्त यह कहते हैं कि प्रारंभ के 4-5 दिन तो वे चलते हैं, लेकिन बाद के 3-4 दिन बाबा हमें चलाते हैं। इनकी यह यात्रा सुखमय हो, यह एकमात्र उद्देश्य इस पालकी मार्ग के पीछे है।

शिरडी का पैदल पालकी उत्सव एक अद्भुत अनुभव होता है। उस समय सारा वातावरण भक्तिमय हुआ रहता है। पूरा क्षेत्र साईं नाम के जयकारों से गुँजायमान होता है। सैकड़ों मील से पैदल आए इन श्रद्धालुओं के चेहरे पर साईं दर्शन की आस स्पष्ट दिखाई देती है। उनके चेहरे पर यात्रा के शारीरिक कष्ट या थकान का दर्द थोड़ा भी नजर नहीं आता।

पिछले कुछ सालों में पैदल चलकर शिरडी आनेवाले श्रद्धालुओं की संख्या में काफी वृद्धि हुई है। इन लोगों को पदयात्री कहा जाता है। ये पदयात्री अनेक स्थानों से आते हैं। कंधों पर पालकी लिये, एक विशेष प्रकार की गणवेश धारण किए, गले में बिल्ला पहने, साईंबाबा के नाम का उच्चारण करते हुए ये पदयात्री दिखते हैं तो मन में यही विचार आता है कि बाबा कितने अलग-अलग स्थानों से कितने अलग-अलग प्रकार के लोगों को बुलाते हैं। पदयात्रा करने से क्या मिलता है, सबका एक ही जवाब होता है—आनंद और संतोष।

पालकी और शिरडी का रिश्ता अटूट है। हर गुरुवार को रात सवा नौ बजे समाधि मंदिर से द्वारकामाई-चबूतरे तक और वापस समाधि मंदिर तक की पालकी की शोभायात्रा निकाली जाती है। साईंबाबा जब जीव रूप में थे, वे एक दिन में इस चबूतरे पर सोया करते थे। जिस रात बाबा इस चबूतरे पर सोनेवाले होते थे, उस रात शोभायात्रा के साथ भक्त बाबा को वहाँ लेकर जाते थे। साईंबाबा के महानिर्वाण तक यह प्रथा अबाधित रूप से जारी थी। उसके बाद बाबा की इस चबूतरे तक की फेरी को याद के रूप में हर गुरुवार को बाबा की प्रतिमा और उनके सटका को पालकी में रखकर शोभायात्रा निकालने की प्रथा जारी है। यह पालकी प्रवेश शोभायात्रा ऐसे शुरू हुई, आज यही पालकी लाखों भक्तों को शिरडी लाने का एक माध्यम हो गई है। साईं भक्तों के लिए श्रद्धा स्थान बन गई है।

हम चलते नहीं हैं बाबा हमें चलाते हैं। मन में साईं दर्शन की इतनी इच्छा रहती है कि कष्टों का पता ही नहीं चलता। पालकी के साथ पैदल यात्रा करनेवाले साईं भक्तों का यही कहना या अनुभव होता है।

देव दर्शन को पैदल जाने की प्रथा हमारे देश में बहुत पहले से ही चली आ रही है। पहले के जमाने में आज की तरह वाहन नहीं हुआ करते थे। इस वजह से लोग

मुंबई से शिरडी जानेवाली पालकी को विदाई देने के लिए हर साल श्रद्धालुओं की भारी भीड़ जमा होती है

सार्वजनिक निर्माण मंत्री चंद्रकांत दादा पाटील से मुंबई में मुलाकात कर मुंबई से शिरडी पालकी मार्ग के संदर्भ में उनसे विस्तार से चर्चा की। इस मार्ग को सरकार ने मंजूरी दे दी है

पैदल तीर्थयात्रा करते थे। समय बदला, वाहनों की उपलब्धता बढ़ी और पैदल तीर्थयात्रा एक कौतूहल का विषय बन गई, लेकिन आज भी पंढरपुर की यात्रा अनेक वारकरी पैदल चलकर ही करते हैं। इस आशय से ईश्वर की तन और मन दोनों से सेवा होती है। चलते समय परिश्रम के माध्यम से तन और पैदल चलते हुए नाम स्मरण हुए मन के अंदर देव को स्थापित कर हम मन को ईश्वर को सौंप देते हैं। ईश्वर के लिए पैदल चलना और शरीर को उसमें झौंक देना, यह एक प्रकार का सरल हठयोग है।

मुंबई के 'साईंसेवक' की पहली पालकी

वाहनों के युग में भी शिरडी में पदयात्री आने की पहली शुरुआत, जो याद के रूप में जानकारी में है, वह है 1978 की। मुंबई से उस समय 7-8 भक्त पैदल चलकर शिरडी पहुँचे थे। साईंसेवक पालकी मंडल के संस्थापकों में एक विलास परलकर उस समय शिरडी आए थे। उन्हें जब पैदल आनेवाले इन भक्तों के बारे में पता चला तथा उनकी वह अटूट भक्ति देखी तो आत्मविभोर हो गए। 2-3 साल बीत गए और एक दिन शिरडी संस्थान के उस समय के एक अधिकारी अवधूतराव शिंदे ने इन सभी को लेंडी बाग में बुलाया और पालकी की संकल्पना बताई। यह तय हुआ कि अगली राम नवमी को शिरडी में पदयात्रा करते हुए पालकी लेकर ही आना है। वर्ष 1981 में राम नवमी के दिन दादर के साईंसेवक मंडल की पहली पालकी शिरडी पहुँची। इस पालकी यात्रा में 47 पदयात्री आए थे। पहली पालकी मंडल को विलास परलकर ने ही दानस्वरूप में प्रदान की थी। पालकी का हर साल संस्थान के मुंबई स्थित साईं निकेतन कार्यालय से प्रस्थान होता है और शिरडी में मंदिर परिसर में पहुँचकर उसका समापन होता है। यह परंपरा आज भी अबाधित है। पालकी का यह 39वाँ वर्ष है। इस साल पालकी में शामिल होनेवाले भक्तों की संख्या करीब साढ़े पाँच से छह हजार के आसपास थी। साल 2005 में जब इस पालकी का 'रजत जयंती उत्सव' था, उस समय इसमें श्रद्धालुओं की संख्या करीब 10 से 11 हजार की थी और लोगों से शुल्क के रूप में मात्र सवा रुपया लिया गया था।

मुंबई-शिरडी पालकी पदयात्रा के आयोजन के अलावा वर्ष भर इस मंडल के माध्यम से अनेक सामाजिक कार्य किए जाते हैं। मोखाडा जैसे आदिवासी इलाके में के.ई.एम. चिकित्सालय के माध्यम से स्वास्थ्य

साईंबाबा संस्थान का सहयोग

इतनी बड़ी संख्या में आनेवाले पदयात्रियों के लिए संस्थान ने भी अपना कर्तव्य समझते हुए अनेक सुविधाएँ उपलब्ध कराई हैं। रामनवमी उत्सव गरमी के मौसम में आता है। ऐसे मौसम में पैदल यात्रियों को पीने के पानी की बहुत ज्यादा जरूरत पड़ती है। संस्थान की तरफ से पिछले अनेक वर्षों से यह सुविधा उपलब्ध कराई जा रही है। पेयजल की यह व्यवस्था पडघा (ठाणे) से शिरडी तक की जाती है। पालकी मंडलों को पानी की आपूर्ति करने के लिए टैंकर का उपयोग किया जाता है। उल्लेखनीय बात यह है कि पिछले अनेक वर्षों से कोपरगाँव बेट निवासी साईं भक्त श्री वाल्मिकराव कातकडे पेयजल प्रबंध के लिए बिना कोई शुल्क लिये टैंकर और ड्राइवर की सुविधा उपलब्ध करा रहे हैं। पदयात्रियों के ठहरने की सुविधा होनी चाहिए, इसके लिए सिन्नर तालुका के पांगरी, मुसलगाँव एम.आई.डी.सी. और मौजे पांदुरली में संस्थान ने स्थायी रूप से पालकी विश्राम-स्थल बनाए हैं। यहाँ पर पदयात्रियों के रहने के लिए सभी अत्यावश्यक सुविधाएँ संस्थान द्वारा की गई हैं। इसके अलावा संस्थान की तरफ से जगह-जगह पर मंडप लगाकर भी सुविधा दी जाती है।

पालकी के साथ चलकर थक जानेवाले भक्तों के पाँव दबाना अन्य भक्तों को धन्य लगता है

शिविर का आयोजन भी यह मंडल करता है। कुछ स्कूली विद्यार्थियों को दत्तक लेकर उनका पूरा खर्च यह मंडल उठाता है।

सेवा कार्य

पदयात्रा के अलावा अनेक सेवा कार्य भी इस मंडल के द्वारा किए जाते हैं। महालक्ष्मी स्थित नेत्रहीन बालकों के विद्यालय में गुरुपूर्णिमा के दिन भंडारा, शिवडी स्थित टी.बी. चिकित्सालय में 850 मरीजों के लिए ग्लूकॉन-डी पावडर और ग्लूकोज के बिस्किट वितरण, टाटा मेमोरियल चिकित्सालय में फलों का वितरण, 5 डायलिसिस मरीजों को साल भर हर महीने एक हजार रुपए की मदद, रक्तदान शिविरों के आयोजन से 172 यूनिट रक्त का संग्रहण, विद्यार्थियों को पुस्तक वितरण जैसे कार्य भी यथाशक्ति श्री श्रद्धा सबूरी सेवा मंडल के माध्यम से किए जाते हैं। शिरडी साईंबाबा के दर्शन के लिए आज अनेक भक्त पैदल आते हैं। पिछले कुछ सालों में पदयात्रियों और शिरडी का रिश्ता कुछ और ही मजबूत होता जा रहा है।

पैदल पालकी उत्सव में नेत्रहीन बालिकाएँ भी श्रद्धा के साथ सहभागी होती हैं

व्यापक व्यवस्था

किसी बड़ी सर्कस कंपनी की तरह पालकी मंडल का मंडप और यंत्रणा बड़ी व्यापक होती है। रामनवमी को आनेवाली पालकी की तैयारी जनवरी से ही शुरू हो जाती है। सबसे पहले उस मार्ग का निरीक्षण किया जाता है, जिससे पदयात्री आनेवाले होते हैं। जो रुकने या विश्राम के नियोजित स्थान निर्धारित किए गए हैं, वहाँ जाकर संबंधित लोगों से मिलना और उनसे चर्चा करने से आगे की शुरुआत होती है। साईंबाबा संस्थान और संबंधित क्षेत्र के पुलिस स्टेशन को पत्र दिया जाता है। किराना सामान और जरूरत की चीजों का संकलन शुरू किया जाता है। कार्यक्रम की पत्रिका और सूचना देनेवाला पत्रक छापा जाता है। पालकी के पदयात्रियों की सीधी व्यवस्था के लिए अनेक वाहनों का समावेश होता है। पदयात्रियों के बैग रखने के लिए गाड़ी, किराना सामान का ट्रक, पानी का टैंकर ऐसे अनेक वाहन का काफिला पालकी के साथ होता है। जहाँ ठहराने की व्यवस्था होती है, वहाँ तंबू लगाया जाता है। उसकी व्यवस्था करनी पड़ती है। पालकी के साथ एक चिकित्सक-दल भी रहता है। किसी सैन्य दल की तरह पालकी यात्रा की व्यापकता होती है।

साईंबाबा संस्थान का सहयोग

इतनी बड़ी संख्या में पदयात्री शिरडी के लिए आते हैं, ऐसे में संस्थान, अपना कर्तव्य समझते हुए उनके लिए सुविधाएँ उपलब्ध कराता है। सन् 2019 के रामनवमी उत्सव के लिए कुल 17 पदयात्री मंडलों के 51,934 श्रद्धालुओं ने श्री क्षेत्र शिरडी में साईं दर्शन के लिए अपनी उपस्थिति दर्ज कराई थी। इसमें से कोई पालकी लेकर आया था तो कोई बाबा की तसवीर लेकर। ये पदयात्राएँ मुंबई, नारायण गाँव, संगमनेर, सटाणा, सिल्लोड, निफाड, पाथरे, राहुरी, शहापुर (सातारा), पिंपलखुरे, जलगाँव, पाचोरा, औरंगाबाद, इंदौर, नागपुर, धुले, मनमाड, मढ़ी (खुर्द) और कोपरगाँव से आई थीं। महाराष्ट्र के विभिन्न हिस्सों से श्रद्धालु शिरडी में आ रहे हैं। यह रिपोर्ट सिर्फ पालकी उत्सव की पदयात्रा का ही है। रामनवमी की गुरु पूर्णिमा, दशहरा और दत्त जयंती के अवसर पर भी शिरडी में बड़ी संख्या में श्रद्धालु पालकी लेकर पदयात्रा करते हुए आते हैं।

17 शिवसृष्टि

17

शिवसृष्टि

छत्रपति शिवाजी महाराज पर अगाध निष्ठा और इतिहास पर असीम प्रेम से बना एक अनमोल 'शस्त्र संग्रहालय' शिरडी में प्रसादालय परिसर में बनाया हुआ है। शस्त्रों की जानकारी रखनेवाले एक उत्साही मराठी युवक ने यह संग्रहालय बनाया है।

साईंबाबा के भक्त सिर्फ भारत में ही नहीं अपितु दुनिया भर में फैले हैं। इसके लिए शिरडी को दुनिया के नक्शे पर लाने के लिए संस्थान के माध्यम से विविध उपक्रम चलाए जाने को लेकर मैं हमेशा ही पहल करता रहता हूँ। संस्थान के सभी विश्वस्तों और पदाधिकारियों ने हमेशा ही मुझे इसके लिए सहयोग भी किया है। विविध उपक्रमों के माध्यम से संस्थान लोकाभिमुख हो, यही मेरा हमेशा प्रयास रहा है। इसकी वजह से संस्था की विविधता तो बढ़ेगी ही, साथ-साथ अनेक होनहार युवाओं को अपनी प्रतिभा दिखाने का अवसर भी मिलेगा। ऐसे होनहार युवाओं को मैंने संस्थान की तरफ से ज्यादा-से-ज्यादा मदद करने के प्रयत्न किए। इन्हीं प्रयासों की वजह से अनोखे शस्त्र संग्रहालय का निर्माण भी हो गया। 'अभिजीत शिंदे' नामक युवक के शस्त्र प्रेम की वजह से यह शस्त्र प्रदर्शनी दीर्घा बनी है। संस्थान ने उसे प्रसादालय के समीप जगह देकर उसका सहयोग किया। कल्पनाशील युवाओं को अवसर और उसके माध्यम से रोजगार मिले तथा इतिहास की जनजागृति भी हो, इस प्रयास के पीछे मेरा यही मकसद था। अभिजीत शिंदे नामक इस युवा के शस्त्र-संग्रह की कहानी अनेक लोगों को प्रेरणा देनेवाली है। अथक मेहनत और कष्टों से उसने साईं प्रसादालय परिसर में 'शिवसृष्टि' का निर्माण किया है।

उसके माता-पिता नगर जिले के श्रीरामपुर तालुका में रयत शिक्षण संस्था के एक विद्यालय में शिक्षक हैं, लेकिन अभिजीत को चाकू-छुरी जमा करने में आनंद आता था, लेकिन जो पसंद हो, उसका रूपांतरण पहले छंद में और बाद में शस्त्रों की जानकारी रखनेवाले एक संग्रहालय के रूप में हो गया। आज उसके प्रयासों से दुर्लभ ऐतिहासिक शस्त्रों का एक दर्शनीय संग्रहालय तैयार हो गया। यह कहानी है अभिजीत शिंदे नामक शस्त्रों के लिए दीवाने युवा की। माता-पिता शिक्षक होने की वजह से घर का वातावरण अत्यंत सुसंस्कृत और शिक्षा को बढ़ावा देनेवाला था, लेकिन बचपन से ही अभिजीत को चाकू-छुरी के प्रति कमाल का आकर्षण था। इतना आकर्षण कि पिता की अनेक बार मार खाने के बाद भी उसने छोटे-छोटे चाकुओं का संग्रह करना छोड़ा नहीं। हर चाकू-छुरी में विविधता को ढूँढ़ने का जो कौतूहल उसके मन में था, वैसे ही चाकू को घिसकर पोंछकर उसे चमकाने की ललक भी उसके मन में कायम थी। पिता तंबाकू की पुड़िया लाने के लिए पैसे देते थे, उस समय बचे हुए पैसे में से 10 पैसे की चॉकलेट खरीदने की एक छूट मिला करती थी, लेकिन अभिजीत उस 10 पैसे से चॉकलेट लेने की बजाय उन्हें बचाकर रखता था और जब अच्छे-खासे पैसे जमा हो जाते थे तो उनसे वह कोई चाकू खरीद लेता था। एक बार तो उसने पुस्तक के पन्नों के अंदर जगह बनाकर उसमें चाकू छुपाकर रख दिया था। यह बात जब पता चली तो उसे इसके लिए मार भी खानी पड़ी, लेकिन उसका शस्त्रों को लेकर प्रेम कभी कम नहीं हुआ। उनके घर में एक पुरानी ढाल व तलवार थी। दशहरे के दिन वह पूजा के लिए निकाली जाती थी। अभिजीत को उसके प्रति बहुत आकर्षण था।

अभिजीत के मन में छत्रपति शिवाजी महाराज को लेकर जो प्रचंड प्रेम है, वह इस किस्से में स्पष्ट झलकता है। छत्रपति शिवाजी महाराज को वह भगवान् की तरह पूजता है तथा उनके गढ़-किले उसके मुख्य आकर्षण का केंद्र इन किलों को देखने के लिए एक प्रतिस्पर्धा सी कर दी। अनेक गढ़ों की चढ़ाई की। वहाँ से महाराज के विषय में उसका प्यार तथा शस्त्रों को लेकर अनुराग दिन-प्रति-दिन बढ़ता ही गया।

इसके बाद शस्त्रों की खोज का सिलसिला शुरू हो गया। किसी गाँव में किसी व्यक्ति के घर पर शस्त्र होने की सूचना मिलने पर अभिजीत बिना समय गवाएँ उनके घर जाता, उन शस्त्रों को देखता, उनकी जानकारी हासिल करता और संभव हुआ तो उन्हें पाने की कोशिश भी करता यह एक दैनिक कार्य सा हो गया। कहीं-कहीं पर पुरानी तलवार से गन्ने की फसल काटने या ढाल का इस्तेमाल गोबर या मिट्टी भरकर फेंकने में देख उसका मन कचोट जाता था। वह उन लोगों को उन शस्त्रों का महत्त्व

शिरडी देवस्थान दुनिया के नक्शे पर चमके, इसके लिए मैंने अलग-अलग प्रकल्प शुरू करने के प्रयत्न किए। इससे कल्पनाशील युवकों की गुणवत्ता को सराहना के साथ-साथ रोजगार भी निर्माण हुए। शिवसृष्टि इसका एक उदाहरण है।

शिवसृष्टि प्रकल्प का दालन

अभिजीत शिंदे को शस्त्रों को लेकर कैसी बेचैनी है, यह उसके हर शब्द से पता चलती है। इस विषय पर उसका अध्ययन बहुत गहन है, इसका पता उससे चर्चा के दौरान मिलता है। बात करते समय उन्होंने शुरू में ही बहुत सहज तरीके से फ्रांस के पूर्व राष्ट्रपति द गॉल का एक उदाहरण दिया। द गॉल बचपन में व्युबन में एक संग्रहालय देखने गए थे। वहाँ एक टूटी हुई तलवार रखी हुई थी। यह क्यों रखी गई है, यह सवाल उन्होंने वहाँ के प्रबंधकों से किया। प्रबंधकों ने जवाब दिया कि यह तलवार विजय की प्रेरणा देती है, इसलिए है। आगे चलकर द गॉल सेना में भरती हो गए। उस समय अनेक लड़ाइयाँ हारने के बाद उन्हें आखिर में विजय मिली। उस समय बोलते हुए उन्होंने विजय का श्रेय उस टूटी हुई तलवार को दिया। तलवार टूटी हुई हो, फिर भी वह लड़ने की प्रेरणा देती है, ऐसा उन्होंने कहा। 'द वॉर मेमोरीज' नामक पुस्तक में द गॉल का यह प्रसंग बताते समय अभिजीत शिंदे आज भी भावुक हो जाते हैं।

समझाता था और हो सका तो कीमत देकर शस्त्र का खरीदने का क्रम ही शुरू कर दिया। अनेक घर, भंगार की दुकानें, मोडी की दुकान, पुराने गोदाम के कोने-कोने ढूँढ़ लिये और शस्त्रों की संख्या बढ़ने लगी। आज अभिजीत शिंदे के इस संग्रहालय में 300 से ज्यादा शस्त्र हैं। उसमें कुतुबशाही कटार, सोनसल, दंड पट्टा, जमदाड, मराठा कटार, मराठा तलवार, पट्टा पान तलवार, मुगल कटार, मुल्लेरी तलवार, मराठा वक्र धोप, मराठा सीधी धोप, खंजीर, विविध प्रकार के भाले जैसे अनेक शस्त्र हैं।

इन संग्रह के साथ-साथ उसने इन शस्त्रों के बारे में जानकारी हासिल करने के लिए भी बहुत मेहनत की। इससे उसका अध्ययन बढ़ता गया। 'सोनसळ' का मतलब क्या और 'वक्र धोप' किसे कहते हैं, वह बहुत सहज तरीके से बताता है। मराठा कटार और मुगल कटार के बीच फर्क तो जैसे उसे मुँह जबानी ही रहता है। अश्व कुंभ, गज कुंभ, पद कुंभ भालों के ये प्रकार भी उसको जबानी याद हैं। ये सब बताते हुए उसने एक महत्त्वपूर्ण जानकारी दी तलवारों के संबंध में। पूर्व काल में जिस तलवार से 100 लोगों के सिर काट दिए जाते थे, उस तलवार के पराक्रम या सम्मान की निशानी के रूप में उसकी मूठ के पास एक छेद जैसा बना दिया जाता था। इस प्रकार के तीन-तीन छेद, यानी 300 लोगों के सिर कलम करनेवाली तलवार भी अभिजीत के संग्रहालय में है।

संग्रह बढ़ता गया, साथ ही साथ शस्त्रों पर ध्यान भी। शस्त्र आप ऐसे ही इकट्ठे नहीं कर सकते। उनके संग्रह के लिए कुछ कानूनी प्रावधान भी पूर्ण करने होते हैं। शस्त्र घातक होते हैं, इसलिए किसी भी गलत हाथ में गए तो खतरनाक हो सकता है। उसके दुरुपयोग होने की संभावना ज्यादा होती है। इन सभी बातों को ध्यान में रख अभिजीत शिंदे ने शास्त्रों को लेकर सभी कानूनी प्रक्रिया पूर्ण की है। पुरातत्त्व विभाग से सभी प्रकार के उसने अनुज्ञा-पत्र (लाइसेंस) भी प्राप्त किए हैं।

लेकिन इतना ही करने से होनेवाला नहीं था। इस शस्त्र संग्रह को एक संस्थात्मक कवच मिलना आवश्यक था। इस दिशा में जब वह प्रयास कर रहा था, उस समय नगर के जिलाधिकारी कवडे ने उसे साईं संस्थान से संपर्क करने की सलाह दी। शिरडी संस्थान ने इस बारे में अनुकूलता दिखाई। ग्राम सभा का भी समर्थन मिल गया। सरकारी और प्रशासकीय सहयोग भी मिला और काररवाई पूर्ण होने पर साईं संस्थान की जगह पर अभिजीत शिंदे का ऐतिहासिक शास्त्रों के संग्रहालय का स्वप्न पूरा हो गया। संस्थान के प्रसादालय में उसने एक अच्छी जगह पर कला दालान बनाया, जहाँ पर ये शस्त्र बहुत ही आकर्षक तरीके से रखे हुए हैं। इस कला दालान के प्रबंधन के लिए शिव छत्रपति पर प्रेम और निष्ठा रखनेवाले अनेक युवाओं के हाथ उसकी मदद के लिए आगे आए हैं। ये सभी युवा स्कूल, कॉलेज में पढ़ाई करते हुए अभिजीत की मदद करते हैं और कला दालान में आनेवाले दर्शकों को शस्त्रों के संबंध में जानकारी देते हैं। शिक्षा का स्वप्न देखने वाले इन बच्चों को इस काम से थोड़ा बहुत आर्थिक सहयोग भी मिल जाता है। शिरडी में साईं दर्शन के लिए आनेवाले अनेक श्रद्धालु भक्ति भाव से इस संग्रह को देखने जाते हैं। रोज करीब 1000 से 1500 भाविक इस कला दालान को देखते हैं।

■

18 विषमुक्त खेती

18

विषमुक्त खेती के लिए किसानों का शिविर

भारत विरोधी शक्तियों की कुटिल नीति की वजह से आई रासायनिक खादों की वजह से देश की नई प्राकृतिक खेती नष्ट हो चुकी है। यहाँ छोटे बच्चों को दिया जानेवाला जर्सी गाय का दूध भी विषवाला है, इस बात की पुष्टि भी विज्ञान ने कर दी है। ऐसी परिस्थितियों में देश को फिर से सुजलां सुफलाम् करना है तो प्राकृतिक खेती के बिना कोई दूसरा पर्याय नहीं है।

भारत में खेती दिन-प्रति-दिन बरबाद होती जा रही है। प्राकृतिक खेती ही इस हालात को बदल सकती है, इस विचार को युवाओं तक पहुँचाने के लिए शिरडी में विशेष कार्यक्रम किया गया।

कृषिऋषि पद्मश्री सुभाष पाळेकर गुरुजी अपने कार्यक्रमों में इस विषय की समीक्षा करते रहते हैं। एक पैसा भी नहीं लेते हुए उन्होंने समाज की जागृति के लिए यह अखंड व्रत शुरू किया है। शिरडी परिसर के किसानों को भी उनके मार्गदर्शन का योग मिले, इसके लिए छह दिन का शिविर आयोजित किया गया।

नीति आयोग के उपाध्यक्ष राजीव कुमार भी इस कार्यक्रम में उपस्थित थे। देश की तसवीर बदलने की शक्ति इस खेती में है, इसलिए भारतीय खेती पुन: गाय और प्रकृति पर केंद्रित होनी चाहिए, ऐसा उन्होंने कहा।

पाळेकर गुरुजी ने अपने भाषण में जीरो बजट खेती की संकल्पना को समझाया। विषमुक्त अन्न का उत्पादन यही हमारा ध्येय है। इससे पूरा भारत रोग मुक्त होगा। उन्होंने कहा कि इसके लिए ही हम इस प्राकृतिक खेती का प्रचार कर रहे हैं और इससे किसानों का भला होगा।

इस अवसर पर बोलते हुए मैंने पाळेकर गुरुजी को 'देशभक्त' कहकर संबोधित किया। पाळेकर गुरुजी आधुनिक दौर के संत हैं। समस्याओं से घिरे हुए किसानों के जीवन को बदलने के लिए वे प्रयासरत हैं। मैंने इस अवसर पर कहा कि इस तरह के सम्मलेन बार-बार आयोजित कर किसानों को समझाया जाएगा व उनके इन कार्यों के लिए शिरडी संस्थान सर्वोपरि मदद करेगा। राजस्व मंत्री चंद्रकांत दादा पाटील भी दूसरे दिन इस शिविर में उपस्थित थे।

सामान्य जीवन जीते हुए भी हम सहज तरीके से पर्यावरण की रक्षा कर सकते हैं। प्रकृति का संवर्धन करने की सीख देनेवाली हमारी संस्कृति से ही ये सब बातें आगे आई हैं, लेकिन आज हम हमारी संस्कृति भूलते जा रहे हैं और उलटी दिशा में चल रहे हैं। कृषि की दिशा में भी हमारी ऐसी ही उलटी अधोगति की ओर ले जानेवाली यात्रा शुरू है।

शिरडी संस्थान की तरफ से 28 अगस्त से 2 सितंबर के दौरान किसानों के लिए यह अध्ययन शिविर आयोजित किया गया था। कृषि ऋषि सुभाष पाळेकर इस शिविर का मार्गदर्शन करेंगे, इस बात की घोषणा हुई और शिरडी पंचकोसी परिसर में उत्साह की एक लहार दौड़ गई। ग्रामीण भागों में पाळेकर गुरुजी के मार्गदर्शन को एक अमूल्य अवसर के रूप में माना जाता है। मैं मूलत: वैज्ञानिक होने की वजह से इस प्रकार के संशोधन पर आधारित अभ्यास शिविरों को लेकर मेरी भूमिका हमेशा स्वागत करनेवाली ही रहती है। मैंने शिरडी संस्थान का भरपूर समर्थन इस शिविर को दिया। शिविर के संयोजक वाल्मीक नारायणराव कातकडे और उनके सहयोगी माधवराव देशमुख, मंदार आढाव, आढाव ताई, अनूप कातकडे, एडवोकेट रोहमारे ने अथक प्रयास कर इस शिविर का गाँव-गाँव प्रचार किया। फोन और व्हाट्सअप के माध्यम से किसानों से संपर्क साधा गया, लेकिन पाळेकर गुरुजी आएँगे, ऐसा एक छोटा सा विज्ञापन प्रकाशित हुआ और किसानों की लाइनें लग गईं। करीब तीन हजार किसान इस शिविर में आएँगे, ऐसा अनुमान था, लेकिन वह अनुमान ध्वस्त हो गया और छह हजार से भी अधिक किसानों की भीड़ इस शिविर के लिए उमड़ पड़ी। भीड़ इतनी बढ़ी कि मंडप को बढ़ाना पड़ा। शिरडी संस्थान ने शिविर में लोगों के बैठने और उनके खाने तथा रहने की व्यवस्था उत्तम पद्धति कर रखी थी। इस शिविर में शामिल होनेवालों से एक भी पैसा नहीं लिया जाएगा, यह बात तय की गई थी और इसका पालन भी पूरी कसौटी के साथ किया गया।

वर्तमान में ब्राजील में 60 लाख देसी गाय हैं, लेकिन भारत में देसी गायों की संख्या मात्र 3 लाख है। इनमें से भी अधिकांश गायें गाँवों में हैं।

'जीरो बजट खेती' की कल्पना पूरी तरह से भारतीय है। वर्तमान में जो खेती है, वह परावलंबी बन गई है। बहुत महँगे बीज और उतनी ही महँगी खाद का प्रयोग करने के बाद भी उत्पादन में उतनी वृद्धि नहीं हो रही है। जो उत्पादन होता है, उसमें भी कोई दम नहीं होता है,

कृषि ऋषि पद्मश्री सुभाष पालेकर का सत्कार करते समय ऋण-मुक्ति की भावना मेरे मन में थी

'विषमुक्त खेती' विषयक शिविर में शिरडी पंचकोशी परिसर के सैकड़ों युवा किसान उत्स्फूर्त रूप से शामिल हुए

लिहाजा फिर से ज्यादा खाद, ज्यादा पानी देने का दुष्चक्र शुरू हो जाता है और खेती का आधार हमेशा के लिए बिगड़ जाता है। उगनेवाला अनाज भी न सिर्फ निकृष्ट दर्जे का होता है, अपितु विषैला होता है। इसके विपरीत रासायनिक खाद और दवाइयों का इस्तेमाल नहीं करना, यह जीरो बजट खेती का पहला नियम है। देसी गाय का गौमूत्र और घर के ही बीजों का इस्तेमाल करना चाहिए। कर्ज नहीं निकालना चाहिए। गौधन का इस्तेमाल करके ही खेती करनी चाहिए। प्राकृतिक तरीके से की जानेवाली यह खेती उत्पादन, पर्यावरण, स्वास्थ्य इन सभी दृष्टिकोणों से अतिशय उपयुक्त सिद्ध हुई है। खर्च बहुत कम होने की वजह से उत्पादन की दृष्टि से भी यह पद्धति किफायती साबित होती है।

वर्तमान में भारत के अनेक राज्यों में किसानों में आत्महत्या के मामले बढ़ रहे हैं, लेकिन यह खेती प्राकृतिक साधनों से की जाती है। खेती के लिए कर्ज नहीं लेना, इस पद्धति का मूल विचार है, लिहाजा कर्ज से निर्माण होनेवाली समस्याएँ और दु:ख अपने आप दूर रहता है।

इस खेती में मुख्य बल गौधन पर ही दिया गया है। किसान ने एक गाय पाली तो वह 30 एकड़ जमीन पर सही तरीके से खेती कर सकता है, ऐसा पाळेकर गुरुजी का सिद्धांत है।

पाळेकर गुरुजी का सिद्धांत बहुत स्पष्ट और सीधा है। उनके अनुसार छोटे बच्चों को पैदा होते ही जिस तरह से माँ के प्रति प्रेम और माया होती है, वैसे ही मानव का भी प्रकृति से नाता या लगाव होता है, इसलिए हम जितना प्रकृति के करीब जाएँगे, जितना प्रकृति से संतुलन रखेंगे, उतना ही विकास होगा, लेकिन जैसे-जैसे हम प्रकृति से दूर जाते हैं, वैसे-वैसे हमारा सर्वनाश अटल है।

गुरुजी ने बहुत ही सीधे शब्दों में बताया कि प्रकृति जो देती है, वह संपदा होती है और मानव जो निर्माण करता है, वह संपत्ति। संपदा कभी नष्ट नहीं होती, लेकिन संपत्ति कितनी भी हो, फिर भी वह विनाशी होती है। इन प्राकृतिक संसाधनों का संयमी तरीके से इस्तेमाल करके हम खेती करेंगे तो फसल भी अच्छी तथा अधिक और सकारात्मक मिलेगी। इसके बाद खेती की समस्याएँ ही खत्म हो जाएँगी। किसान और ग्राहक दोनों ही समाधानी होंगे, देश तो सुजलां सुफलाम् होगा ही, यह धरती भी हरी-भरी हो जाएगी।

भारत की प्राकृतिक खेती को बरबाद करने के लिए ही पश्चिमी देशों ने हरित क्रांति का शगूफा उछाला। हरित क्रांति की भूलभुलैया में रासायनिक खादों का बड़े पैमाने पर इस्तेमाल होना शुरू हो गया और वह आज फैशन जैसा बन गया है। इनसे बड़ी बीमारियाँ फैल रही हैं। कैंसर, मधुमेह, अल्सर, त्वचा रोग, ये सभी बीमारियाँ रासायनिक खादों की ही देन हैं। इन खादों से पैदा होनेवाला अनाज विषयुक्त होता है, यह बात अब वैज्ञानिक तौर पर भी सिद्ध हो गई है। प्राकृतिक खेती की वजह से यह संकट अपने आप खत्म हो जाता है।

आध्यात्मिक खेती जीरो बजट का मतलब खेती का उत्पादन खर्च शून्य होगा। खेती के सभी संसाधन किसान अपने घर पर स्वयं तैयार करेगा, रासायनिक खादों का वह इस्तेमाल नहीं करेगा। गुरुजी ने खेती को लेकर अपनी ये व्याख्या 6 दिन तक चलनेवाले शिविर में बहुत ही स्पष्ट और सरल शब्दों में किसानों के समक्ष रखी। उन्होंने उनके प्रश्नों का उत्तर भी दिया।

युवा किसानों को उनके विचार समझ में आए होंगे, इसलिए नई पीढ़ी में उनके इन विचारों का तेजी से प्रसार हो रहा है। धीरे-धीरे किसान पारंपरिक खेती की तरफ बढ़ रहे हैं।

न्यूजीलैंड में 1993 में एक बात ध्यान में आई थी कि वहाँ के छोटे बच्चों में मधुमेह, यानी डायबिटीज की बीमारी जकड़ रही है। बाद में इस बात का अध्ययन किया गया तो पता चला कि उन बच्चों को आहार में दिया जानेवाला दूध ही उसका कारण है। इन बच्चों को दिया जानेवाला दूध, जिन्हें हम संक्रमित गायें बोलते हैं, ऐसी जर्सी गायों का था। वहाँ की सरकार ने इस बात का विस्तृत अध्ययन करवाया और उन्हें पता चला कि जर्सी गायों के दूध की वजह से यह बीमारी बढ़ रही है, यानी दूध के माध्यम से आपके जीवन के साथ खिलवाड़ किया जा रहा है, लेकिन अब यह परिस्थिति बदल रही है। बच्चों के लिए सबसे अच्छा दूध भारत की देसी गायों का ही है, यह बात भी उनके अध्ययनों में सामने आई।

■

श्री साईब
समाधी शताब्दी
SHRI SAIBABA SANSTHAN
सबुरी

19

अंतरराष्ट्रीय साईं मंदिर विश्वस्त परिषद्

केवल भारत ही नहीं, दुनिया के अनेक देशों में साईंबाबा के मंदिर हैं। ये मंदिर अधिक समाजाभिमुख हों और इनके कार्यक्रमों में एकसूत्रता आए, इसके लिए सभी मंदिरों के विश्वस्तों की एक अंतरराष्ट्रीय परिषद् हमने शिरडी में आयोजित की थी और इसको अच्छा समर्थन तथा सहयोग मिला।

साईंबाबा भक्त परिवार दुनिया का सबसे बड़ा भक्त परिवार है। दुनिया भर में उनके अनेक देशों में जितने अधिक मंदिर हैं, ऐसे किसी और आधुनिक संत के नहीं हैं। एक मायने में साईं भक्ति का यह आंदोलन अंतरराष्ट्रीय आंदोलन है। दुनिया के बहुत से देशों में साईंबाबा के मंदिर हैं और उनकी संख्या 450 से अधिक है। अमरीका में 80 मंदिर हैं। इंग्लैंड, जर्मनी, फ्रांस, जापान, स्विट्जरलैंड जैसे 47 देशों में साईं मंदिर हैं। इन सभी साईं मंदिरों में अनेक बातें समान हैं। इसकी वजह से मुझे लगता था कि इन सभी मंदिरों का एक संगठन हो और सभी मंदिरों के कार्यक्रम में एक समन्वय हो।

देश-विदेश में बाबा के असंख्य मंदिर हैं, इन सभी मंदिरों में एकसूत्रता हो और सभी मंदिर अधिक-से-अधिक लोकाभिमुख व भक्ताभिमुख बनें, ऐसे प्रयास मैं कर रहा था। इसके लिए हमने देश-विदेश के सभी साईं मंदिरों के विश्वस्तों की एक परिषद् शिरडी में 11 दिसंबर, 2016 को आयोजित की। इस परिषद् को बहुत उत्साहवर्धक प्रतिसाद मिला। 28 दिसंबर, 2017 को दूसरी अंतरराष्ट्रीय विश्वस्त परिषद् साईं मंदिर परिसर में संपन्न हुई। इस परिषद् में माननीय उपराष्ट्रपति वेंकैया नायडू उपस्थित रहे। परिषद् में नगर जिले के पालक मंत्री प्राध्यापक राम शिंदे, उस समय के राज्य विधानसभा में विरोधी दल के नेता राधाकृष्ण विखे पाटील, सांसद दिलीप गांधी, श्री सदाशिव लोखंडे, श्री साईंबाबा संस्थान के विश्वस्त मंडल में मेरे सभी सहयोगी, सभी पदाधिकारी-अधिकारी और नागरिक उपस्थित थे। इस परिषद् में बोलते समय मैंने परिषद् आयोजित करने के पीछे अपनी भूमिका के बारे में बताया।

इस प्रकार के सम्मेलन का बहुधा यह पहला ही प्रयोग था। साईं मंदिरों के आपस में संबंध, मंदिरों के कामकाज को अधिक समाजाभिमुख करना, इस दृष्टिकोण से कुछ समान कार्यक्रमों और उपक्रमों की योजनाओं के संबंध में इस दौरान विचार विनिमय किया गया। रक्तदान, शिक्षा सेवा, रुग्ण सेवा, अन्न दान जैसे कुछ अनिवार्य कार्य इन मंदिरों के लिए तय किए गए। पूजा और आरती के संबंध में कुछ न्यूनतम समानता लाना निर्धारित किया गया। दुनिया के सभी साईं मंदिर शिरडी के साईं मंदिर से जोड़े जाएँ, यह भी इसका उद्देश्य था।

इस अवसर पर बोलते समय मैंने परिषद् आयोजित करने के पीछे मेरी भूमिका के बारे में बताया। मैंने कहा, 'मित्रो, दुनिया में साईंबाबा के कितने मंदिर हैं, इसका आज हमको थोड़ा अनुमान है। आश्चर्य की बात तो यह है कि देश भर में बाबा के आठ हजार से अधिक मंदिर हैं, इस बात का हमें पता चल रहा है।'

मुझे ऐसा लगता है कि साईंबाबा का यह आंदोलन दुनिया का सबसे बड़ा आंदोलन है। इतना बड़ा आंदोलन और किसी का नहीं है। इतने बड़े इस आंदोलन का नियंत्रक कौन है, ऐसा मैंने जब विचार किया तो मुझे ज्ञात हुआ कि इस आंदोलन का कोई एक विशेष प्रचारक नहीं है। ऐसा कोई नहीं है, जो एक स्थान से निकलकर देश-विदेश में घूमते हुए साईंबाबा के मंदिरों की स्थापना की। मैं बाद में इस निष्कर्ष पर पहुँचा कि इस पूरे आंदोलन का कोई नियंत्रक है तो वह स्वयं साईंबाबा ही हैं। बाबा ने समय-समय पर जो दृष्टांत दिए, अनुभूति दी, उससे भक्तों को प्रेरणा मिली और उन्होंने मंदिर बनाए। अपने आप मंदिरों का प्रचार और प्रसार होने लगा। दुनिया भर में फैला, यह आंदोलन संगठित होना चाहिए और उनमें एक प्रबंधन होना चाहिए, ऐसा हमें लगता है।

दुनिया के सभी साईं मंदिरों में आरती एक जैसी हो और रक्तदान, शिक्षा सेवा, रुग्ण सेवा, अन्नदान जैसे कुछ सेवा कार्य एक जैसे हों, इस बात का निर्णय अंतरराष्ट्रीय परिषद् में किया गया।

मित्रो, मुझे यह बताते हुए बहुत आनंद हो रहा है कि शिरडी स्थित साईंबाबा के मंदिर को हाल ही में आई.एस.ओ. प्रमाण-पत्र हासिल हुआ। इस मंदिर में जो पूजा, आरती होती है या जो प्रसाद दिया जाता है, इस

उपराष्ट्रपति वेंकैया नायडू की उपस्थिति में हुई अंतरराष्ट्रीय साईं मंदिर विश्वस्त परिषद् के मंच के सामने की आकर्षक सजावट

STHAN TRUST, SHIRDI
ai Temple Summit
Venkaiah Naidu
Hon. Shri. Radhakrishna Vikhe Patil
Leader of Opposition
Maharashtra Legislative Assembly
Hon. Shri. Harish Agarwal
0 am At Sainagar Ground, Shirdi
STHAN TRUST, SHIRDI
Hon. Shri. Chandrashekhar Kadam

उपराष्ट्रपति वेंकैया नायडू का शिरडी स्थित साईं मंदिर में स्वागत

परिषद् के लिए आए विश्वस्तों का स्वागत

दुनिया भर के साईं मंदिरों के विश्वस्तों ने इस परिषद् को पूर्ण समर्थन दिया

संबंध में सभी जानकारी आपको मंदिर की वेबसाइट पर आसानी से मिल सकती है। इन सूचना के आधार पर हमें सभी मंदिरों में एक समान पूजा-विधि रखने में मदद मिल सकती है।

बाबा ने हमें श्रद्धा और सबूरी का जो मंत्र दिया था, वह अतिशय महत्त्व का मंत्र है। आज देश और दुनिया भर में आपको जो अलग-अलग समस्याएँ दिखाई दे रही हैं, उनका कारण श्रद्धा का अभाव है। दूसरी बात सबूरी या संयम आज दुनिया में कहीं दिखता ही नहीं है। कोई भी चीज मनुष्य को आज, अभी, तुरंत चाहिए। इसके लिए इनसान में इंतजार नाम की चीज नहीं है। हर चीज मिलने के लिए कुछ समय लगता, उतनी देर तो आपको रुकना ही चाहिए। इसके लिए श्रद्धा और सबूरी का मंत्र बाबा ने हमें दिया। इसके साथ-साथ बाबा ने हमें सेवा का मंत्र भी दिया। अपने जीवनकाल में बाबा ने स्वयं रुग्णों, दुखियों, पीड़ितों की सेवा की। भूखों को खाना, अन्न दिया, वृक्षारोपण किया, गाय की सेवा की, बच्चों का लालन-पालन किया। सेवा के ऐसे अनेक काम बाबा ने किए, इसलिए अपने को बाबा के लिए कुछ करना है तो सेवा का काम ही करना होगा।

हमें सबको सेवा का काम करना है। इसकी वजह से पिछले साल हुई अंतरराष्ट्रीय साईं मंदिर परिषद् में हमने निर्णय किया था कि देश और दुनिया के सभी साईं मंदिरों का स्वरूप सेवा का होना चाहिए। उनमें से कुछ सेवाएँ अनिवार्य होनी चाहिए। जिसकी वजह से प्रत्येक मंदिर में अन्नदान, रक्तदान, नेत्र व अवयव दान, स्वास्थ्य, शिक्षा, स्व%छता के संबंध में कार्यक्रम होने चाहिए।

मैं आपको बताना चाहता हूँ कि जिस तरह से तिरुपति में केशदान किए जाते हैं, शिरडी में रक्तदान करने की परंपरा हमने बहुत ही प्रामाणिकता के साथ शुरू की है। शुरुआत में यहाँ सप्ताह में एक बार रक्तदान दिया जाता था। हमने यह रक्तदान हर दिन शुरू किया। प्रारंभ में रोज करीब 20 से 25 भक्त रक्तदान करते थे, लेकिन आज 100 से अधिक भक्त प्रतिदिन रक्तदान करते हैं। यह आँकड़ा 500 तक ले जाने का हमारा प्रयास रहेगा। इतने बड़े पैमाने पर हो रहे रक्तदान की वजह से हमने राज्य के 25 रक्त बैंकों को इस काम से जोड़ा है। 30 दिसंबर,

2017 को हमने शिरडी में एक महारक्तदान शिविर का भी आयोजन किया था। देश-विदेश के सभी साईं मंदिरों को इस दिन रक्तदान करने का आह्वान भी मैंने किया था। साईं आंदोलन के माध्यम से लाखों बोतल रक्त जमा करने का एक विक्रम हम कर सकते हैं।

साईं सेवक, साईं भक्त और साईं मंदिर के इस आंदोलन से उन-उन गाँवों में कोई भी भूखा रह नहीं सकता या कोई भी शिक्षा और स्वास्थ्य की सेवा से वंचित रह नहीं सकता, इस बात का मुझे पूरा विश्वास है। इस मार्ग पर चलकर और इस कार्यक्रम के माध्यम से साईं भक्तों का यह आंदोलन दुनिया भर में फैलेगा और वेटिकन की तरह से साईं भक्तों का यह आंदोलन दुनिया के सभी देशों में पहुँचेगा। दुनिया के सभी साईं मंदिर इस आंदोलन में सहभागी होंगे और साईं मंदिर के इस संगठन के सदस्य बनेंगे, ऐसा मुझे विश्वास है।

अंतरराष्ट्रीय स्तर पर स्थित साईं भक्तों के इस आंदोलन को एक सूत्र में बाँधने के लिए मेरी तरफ से प्रामाणिक रूप से प्रयास किए गए और उसका अच्छा परिणाम भी देखने को मिल रहा है।

■

श्री साईबाबा संस्थान विश्वस्तव्यवस्था,

20

साईं पत्रिका सम्मलेन

साईं भक्ति से ओत-प्रोत या साईं संदेश को प्रसारित करनेवाली अनेक नियतकालिक पत्रिकाएँ देश में प्रकाशित होती हैं। इन सभी को एकसूत्र में पिरोने के लिए हमने शिरडी में साईं पत्रिकाओं के संपादकों-मालिकों का एक सम्मलेन आयोजित किया था। साईं के विचारों की एक मजबूत शृंखला देश भर में निर्माण करना इसके पीछे उद्देश्य था।

सम्मलेन में शामिल होनेवाले बहुत से प्रतिनिधि अपने प्रकाशन के साथ उपस्थित हुए थे

जिनकी साईंबाबा पर श्रद्धा है, ऐसे अनेक पत्रकार, संपादक और नियतकालिकों के मालिक मीडिया में हैं। केवल साईं भक्ति से ओत-प्रोत या साईं संदेश को प्रसारित करनेवाली अनेक नियतकालिक पत्रिकाएँ देश में प्रकाशित होती हैं। ऐसे सभी साईं पत्रिकाओं के संपादकों-मालिकों को एकमंच पर लाया जाए, ऐसी मेरी संकल्पना थी। इसके तहत हमने 30 जुलाई, 2017 को शिरडी में 'साईं पत्रिका सम्मेलन' आयोजित किया। देश के 14 राज्यों के 69 नियतकालिकों, 9 चैनल्स और साईंबाबा पर सीरियल या डॉक्यूमेंट्री बनानेवाले 10

आधुनिक युग में प्रसार माध्यमों का विस्तार हुआ है, केवल छपनेवाले मासिक या नियतकालिक नहीं, डिजिटल मीडिया भी संपर्क का बड़ा माध्यम बन गया है। ये सभी लोग प्रतिनिधि सम्मेलन में उपस्थित थे।

कला निर्देशक नितिन देसाई का सत्कार, उनके कार्यों का प्रमाण-पत्र था

संस्थाओं के 250 से भी अधिक प्रतिनिधि इस सम्मेलन में शामिल हुए थे। संस्थान के उपाध्यक्ष चंद्रशेखर कदम, अन्य विश्वस्त व पदाधिकारी भी इस अवसर पर उपस्थित थे।

इस अवसर पर बोलते हुए मैंने मेरी साईं के विचारों के प्रचार-प्रसार को लेकर क्या भूमिका है, वह सबके सामने रखी। मैंने कहा, एक अर्थ में आज संपूर्ण साईं भारत मेरे सामने है। यह सभी प्रतिनिधि बुद्धिजीवी हैं, क्योंकि वे मन और बुद्धि से काम करते हैं। इस काम के लिए जैसे बाबा ने ही आपका चयन किया है। बाबा का आशीर्वाद हमारे साथ है, इसलिए हम लिख सकते हैं या प्रचार-प्रसार कर सकते हैं। श्रद्धा और सबूरी पर विश्वास रखिए और प्रत्येक कार्य आत्मविश्वास से करिए। गरीबों की सेवा ही प्रत्यक्ष रूप में साईंबाबा की सेवा है। आपके माध्यम से रक्तदान, अवयव दान, रुग्ण सेवा, शिक्षा आदि की जानकारी साईं भक्तों तक पहुँचनी चाहिए।

सम्मेलन के दौरान अनेक लोगों ने मुझे बताया कि आज तक हम शिरडी आते रहे हैं, लेकिन पहली बार ऐसा लग रहा है कि बाबा ने हमें बुलाया है और हमारी पत्रिका का सम्मान किया है। मैंने कहा कि आप जो पत्रिका प्रकाशित करते हैं, उसकी पहली प्रति बाबा के चरणों में रखने के लिए भेजते रहिए। वह प्रति बाबा के चरणों में रखने के बाद 'कला दालान' में रखी जाएगी।

संस्थान के साईं सेवक, रक्तदान आदि उपक्रमों की जानकारी आप लोग अपनी पत्रिकाओं के माध्यम से प्रकाशित करते रहें, इस बात का मैंने सभी से आग्रह किया।

साईं चरित्र देश-विदेश में करीब 100 भाषाओं में प्रकाशित करने की संस्थान की योजना है, इस बात की उन्हें जानकारी देकर इस कार्य के लिए उससे सहयोग के लिए विनती भी की।

साईं विचारों की पालकी आगे ले जानेवाले समूह के हम सदस्य बन गए हैं, अब हम नियमित रूप से एक-दूसरे के संपर्क में रहेंगे और शिरडी को केंद्र बनाकर साईं विचारों व सेवा की एक शृंखला देश भर में निर्माण करेंगे, इस बात का आह्वान भी मैंने किया। देश भर के साईं परिवार को एक मंच पर लाने का यह प्रयास भी काफी अच्छा साबित हुआ। ■

21 कुछ ऐसा, जो ध्यान आकर्षित कर ले

साईं होलोग्राफिक शो

शिरडी में हर रोज लाखों की संख्या में साईं भक्त बाबा के दर्शन के लिए आते हैं। साईंबाबा पर अपार श्रद्धा रखनेवाले इन श्रद्धालुओं या भक्तों को साईं चरित्र के कुछ प्रसंगों का अनुभव देने का प्रयास, यानी साईं महिमा होलोग्राफिक शो। मंदिर से कुछ दूरी पर बाहर जहाँ टिकट की खिड़की है या अंदर जहाँ एक बड़ा अभ्यागत कक्ष (रिसेप्शन हॉल) है, वहाँ पर श्रद्धालुओं को इस शो के बारे में जानकारी दी जाएगी। अंदर 3 हॉल हैं, जहाँ पर सिनेमा-गृह जैसी बैठने की व्यवस्था है।

वहाँ श्रद्धालुओं को इन खास हॉल में होलोग्राफिक तकनीक के माध्यम से 'साईं महिमा' नामक 20 मिनट का शो दिखाया जाएगा। होलोग्राफिक तकनीक बहुत आधुनिक है और भारत में इस स्वरूप में किसी भी मंदिर संस्थान द्वारा प्रयोग में लाए जाने का यह पहला प्रयास ही है। इस तकनीक से मानव आकृति प्रत्यक्ष रूप से सामने प्रकट की जाती है और वे आपस में चल-फिर रही हैं या बात कर रही हैं, ऐसा अनुभव होता है।

साईं महिमा कार्यक्रम के अंतर्गत साईंबाबा के जीवन के कुछ प्रसंग दृश्य के रूप में हमारे सामने सजीव करने के प्रयास किए जाएँगे। इस कार्यक्रम में साईं भक्तों को हुए अनुभवों को भी दिखाया जाएगा। इस कार्यक्रम की खासियत यह है कि साईंबाबा और उनके चमत्कार हमें हमारी आँखों के सामने होते हुए महसूस होंगे।

शिरडी संस्थान को अत्याधुनिक करने की दृष्टि से मेरी कल्पना का यह महत्त्वाकांक्षी प्रकल्प था। इस नियोजित प्रकल्प का काम तेजी से चल रहा है।

■

■ कुछ ऐसा, जो ध्यान आकर्षित कर ले

श्रद्धालुओं के लिए ध्यान-मंदिर

शिरडी में श्रद्धालुओं के लिए एक ध्यान-मंदिर हो, ऐसा मुझे हर समय लगता था और इस ध्यान-मंदिर के निर्माण का शुभारंभ मेरे ही हाथों हुआ, इस बात की मुझे बहुत खुशी है।

आज तक श्री साईंबाबा संस्थान विश्वस्त व्यवस्था शिरडी की तरफ से बहुत से उपक्रम शुरू किए गए हैं। इन उपक्रमों में ध्यान-मंदिर एक अनोखा उपक्रम है। साईं की शिरडी नगरी हमेशा भक्तों से भरी हुई रहती है। इस भीड़-भाड़ में भक्तों को कुछ समय बैठकर शांति से ध्यान लगाने के लिए कोई जगह नहीं थी। साईं भक्त काफी समय से ध्यान मंदिर बनाए जाने की माँग भी कर रहे थे, इसलिए समाधि मंदिर से लगकर ही परिसर में ध्यान मंदिर बनाने का निर्णय विश्वस्तों ने किया। इस ध्यान मंदिर में एक समय में 125 श्रद्धालु बैठ सकते हैं। यह ध्यान मंदिर साउंड प्रूफ (ध्वनिरोधी) और वातानुकूलित रहेगा। यहाँ के शांत वातावरण में भक्त बैठकर साधना कर सकेंगे। इसकी वजह से शिरडी से जाते हुए श्रद्धालु भक्ति भाव और शांति लेकर जाएँगे।

इस ध्यान मंदिर को बनाने में लगभग 40 लाख रुपए का खर्च आएगा। ध्यान मंदिर का क्षेत्रफल 2,700 वर्ग फीट का है। इसका काम बहुत तेजी से चल रहा है। ■

■ कुछ ऐसा, जो ध्यान आकर्षित कर ले

साईं पादुका दर्शन

साईं पादुका दर्शन

साईंबाबा की मूल चरण पादुकाओं के दर्शन का लाभ गाँव-गाँव में लोगों को मिले, इसके लिए हमने एक विशेष मुहिम चलाई है। शताब्दी वर्ष के निमित्त बाबा की चरम पादुका विभिन्न शहरों में ले जाकर श्रद्धालुओं को उनके दर्शन कराने का हमने निर्णय किया। इस निर्णय के अनुसार महाराष्ट्र के सभी जिलों के अलावा देश के अनेक महत्त्वपूर्ण शहरों में इन पादुकाओं को ले जाया गया। चेन्नई, पुडुचेरी, कोयंबटूर, अहमदाबाद, इंदौर, बंगलुरु, गोवा, दिल्ली, रतलाम, संपूर्ण विदर्भ, कोकण, मुंबई ऐसे स्थानों पर पादुका दर्शन कार्यक्रम आयोजित किए गए। श्रद्धालुओं ने स्फूर्त हो शोभायात्राएँ निकाली तथा पादुकाओं का स्वागत कर दर्शन किया। सभी शहरों में दर्शन के लिए श्रद्धालुओं की लंबी-लंबी लाइनें लगीं। इस अवसर पर सांस्कृतिक कार्यक्रम भी हुए और संपूर्ण देश में साईंमय माहौल बन गया। इस कार्य के लिए एक साईंरथ भी तैयार किया गया था।

गोवा के दिवंगत मुख्यमंत्री मनोहर पर्रिकर का सत्कार

मुंबई : साईं पादुकाओं के दर्शन लेते हुए भाजपा के तत्कालीन राष्ट्रीय अध्यक्ष तथा गृहमंत्री श्री अमित शाह, भाजपा गटनेता श्री आशीष शेलार

मंगलौर, उडपी : भारी उत्साह के साथ साईं पादुका की शोभायात्रा निकाली गई

Make yourself at hom
You can put your favorite apps

पुडुचेरी : पारंपरिक पद्धति से साईं पादुकाओं का स्वागत

अहमदाबाद : साईं पादुकाओं के दर्शन के लिए भक्तों की लाइन लग गई

■ कुछ ऐसा, जो ध्यान आकर्षित कर ले

नीम के वृक्ष का टिश्यू कल्चर

नीम के वृक्ष की टिश्यू कल्चर पद्धति से तैयार किए गए पौधे

साईं मंदिर के नीम वृक्ष को गुरु स्थान

नीम के पौधे देने का उपक्रम

साईं संस्थान के अध्यक्ष पद की जवाबदारी स्वीकारने के बाद से ही मेरे मन में हमेशा कुछ अलग हटकर कार्य करने के खयाल आते रहते हैं। मेरी वैज्ञानिक की पार्श्वभूमि भी उसका एक कारण है। इन्हें विचारों में से मंदिर में नीम वृक्षों का एक उपक्रम मेरे मन में आया।

शिरडी के साईं मंदिर में एक नीम का पेड़ है। इस नीम के पेड़ की विशेषता यह है कि इसके पत्ते कड़वे नहीं हैं। साईं के गुरु स्थान पर यह वृक्ष है, लिहाजा इसका महत्त्व और अधिक है। आधुनिक विज्ञान का इस्तेमाल कर टिश्यू कल्चर के माध्यम से इस वृक्ष के पौधे तैयार करने का प्रयास किया गया और वह सफल भी रहा। मेरा विचार है कि दुनिया के हर साईं मंदिर में इस नीम के वृक्ष से तैयार किया गया पौधा दिया जाए, प्रत्येक साईं मंदिर में यह पौधा लगाया जाए और इस तरह से हर साईं मंदिर में बाबा का यह वृक्ष होने का सपना साकार हो जाएगा।

अखंड हरिनाम सप्ताह

साईं शताब्दी समारोह के निमित्त गगनगिरी महाराज की उपस्थिति में अखंड हरिनाम सप्ताह शिरडी में आयोजित किया गया था। करीब 40 हजार श्रद्धालुओं ने इस सप्ताह में हिस्सा लिया। अनुशासनात्मक नियोजन इस समारोह की विशेषता थी।

अखंड हरिनाम सप्ताह में उमड़ा भक्तों का महासमुद्र

कुछ ऐसा, जो ध्यान आकर्षित कर ले

श्री साईं सच्चरित्र पारायण

श्री साईं सच्चरित्र पारायण समारोह का उद्घाटन करते समय मेरा मन भक्तिमय हो गया था

पिछले अनेक वर्षों से शिरडी में रामनवमी, गुरु पूर्णिमा और पुण्यतिथि, यानी दशहरा, ये तीन उत्सव बड़े पैमाने पर मनाए जाते हैं। इनमें पिछले कुछ सालों से एक और उत्सव जुड़ गया है, वह है साईं सच्चरित्र पारायण उत्सव; सामान्यत: पारायण अकेले व्यक्ति को करना होता है, लेकिन यह पारायण सामुदायिक तरीके से किया जाता है। इसमें महिला और पुरुष पारायणार्थी हजारों की संख्या में एकत्र होते हैं। शुरू से ही पारायण उत्सव में सहभागी होनेवाले वाचकों की संख्या बढ़ती ही जा रही है। इस पारायण उत्सव में शिरडी के अलावा अन्य स्थानों से भी साईं भक्त आते हैं। इस निमित्त पारायण के सात दिवस कीर्तन-प्रवचन, सांस्कृतिक कार्यक्रम का आयोजन होता है। एक बड़ा मंडप और व्यासपीठ बनाई जाती है और धार्मिक ग्रंथ पढ़ने के लिए प्रसन्न वातावरण का निर्माण होता है। श्री साईंबाबा संस्थान शिरडी, शिरडी के ग्रामस्थ और नाट्य रसिक मंच के सहयोग से इस कार्यक्रम का आयोजन किया जाता है। महाप्रसाद, यानी भंडारे का कार्यक्रम के साथ इस पारायण उत्सव का समापन होता है। यह पारायण मतलब शिरडी के लोगों के लिए एक आनंदोत्स्व जैसा है। ■

■ कुछ ऐसा, जो ध्यान आकर्षित कर ले

समर्पण ध्यान योग महाशिविर

समर्पण ध्यान योग शिविर, हम विश्वस्तों के लिए बहुत मार्गदर्शक साबित हुआ

समर्पण ध्यान योग महाशिविर

साईंबाबा संस्थान और योग प्रभा भारती (सेवा संस्था) ट्रस्ट मुंबई के सौजन्य से श्री साईंबाबा समाधि महोत्सव के निमित्त 23 अप्रैल से 30 अप्रैल के बीच शिरडी में श्री शिवकृपानंद स्वामीजी के समर्पण ध्यान योग महाशिविर का उद्घाटन केंद्रीय मंत्री श्रीपाद नाईक के हाथों किया गया। इस शिविर के लिए 22 देशों से 400 विदेशी साधक तथा 15 राज्यों से करीब 35 हजार योग साधक आए थे।

इस अवसर पर श्री नाईक ने कहा कि श्री शिवकृपानंदजी स्वामी सामान्य लोगों के लिए समर्पण ध्यानरूपी गंगा लाए हैं, जिसकी वजह से मोक्ष प्राप्ति का मार्ग इस ध्यान के माध्यम से मिलता है। धर्म-जाति से हटकर जीवन का उत्कर्ष इस माध्यम से हो रहा है।

इस अवसर पर अपने विचार में मैंने यह बताया कि इस शिविर को आयोजित करने की प्रेरणा मुझे कैसे मिली। श्री शिवकृपानंदजी स्वामी के सूरत के शिविर से मुझे शिरडी में उनका ध्यान योग शिविर आयोजित करने की प्रेरणा मिली। देश के सामान्य व्यक्ति के लिए शांति, समाधान आवश्यक है और इस शिविर के माध्यम से आप सभी लोगों को वह मिलेगी।

शिविर के पहले दिन मार्गदर्शन करते हुए श्री शिवकृपानंदजी स्वामी ने कहा, 'साईं का मतलब साक्षात् 'ईश्वर', जो कल भी था और आज भी है और आनेवाले कल में भी रहेगा। इस ध्यान योग में कोई भी उपदेश नहीं दिया जाता, केवल पवित्र संस्कार संक्रमित किए जाते हैं। ध्यान मतलब अपने किए जानेवाले कार्यों को नहीं छोड़ते हुए अपने जीवन को परमात्मा से जोड़ना है।' यह कहकर उन्होंने कहा, 'मैं एक पवित्र आत्मा हूँ, मैं एक शुद्ध आत्मा हूँ,' यह मंत्र देकर साधकों से ध्यान कराया।

समर्पण ध्यान योग महाशिविर का समापन 21 अप्रैल को हुआ। प्रारंभ में शिविर में भाग लेनेवाले साधकों ने अपने अनुभव बताए, स्वामीजी की सह-धर्मचारिणी गुरु माँ ने अपने अनुभव बताए।

उपाध्यक्ष चंद्रशेखर कदम ने इस अवसर पर श्री शिवकृपानंद स्वामीजी को सम्मान-पत्र अर्पण किया। इस शिविर के दौरान समर्पण मेडिकल रिसर्च कैंप में श्री साईंबाबा चिकित्सालय की सहायता से ध्यान की वजह से मानव शरीर पर पड़नेवाले प्रभाव पर रिसर्च की गई। इसके लिए कुछ जाँचें की गईं। इस शिविर का लाभ इंटरनेट के माध्यम से 53 देशों के साधकों ने लिया।

समर्पण ध्यान योग शिविर सफलतापूर्वक कराने में 'योग प्रभा भारती' (सेवा संस्था) ट्रस्ट मुंबई के उमेश पै, गिरीश बोरकर, श्रीमती शर्मिला पाटील, प्रताप शाह, सुरेश पटेल व वैभव पारीक ने बहुत परिश्रम किया। ■

आत्महत्या करनेवाले किसान परिवारों को मदद

राज्य ही नहीं तो पूरे देश में किसानों की आत्महत्या एक गंभीर समस्या बन गई है। आत्महत्या ग्रस्त किसानों के परिवार निराशा के गर्त में जीवनयापन कर रहे हैं। इस समस्या के लिए इन परिवारों को एक सहयोग देनेवाला अनोखा उपक्रम शिरडी संस्थान ने शुरू किया है। मैं मूलत: विदर्भ का रहनेवाला हूँ, लिहाजा किसानों की दयनीय स्थिति की मुझे अच्छी-खासी जानकारी है। उन्हें थोड़ी-बहुत आर्थिक मदद देकर परावलंबी बनाना मुझे मंजूर नहीं था। सब कुछ खो देनेवाले इन गरीब किसानों के परिवारों को अपने पैरों पर खड़ा करना

आत्महत्या करनेवाले किसानों की संख्या विदर्भ संभाग में ज्यादा है। उसमें भी यवतमाल जिले में सबसे अधिक है इन परिवारों को उनके पैरों पर खड़ा करने के लिए कोई व्यवसाय शुरू कराना चाहिए, ऐसा निर्णय मैंने किया सरकारी जाँच से आगे आए परिवारों को शिरडी संस्थान की तरफ से व्यवसाय के लिए आवश्यक सामग्री उपलब्ध कराई गई

चाहिए, ऐसा मुझे मन-ही-मन में विचार आता था। इन्हीं विचारों की श्रृंखला से इस योजना का उदय हुआ। सबसे ज्यादा किसानों ने जिस जिले में आत्महत्या की, उस यवतमाळ जिले के 388 परिवारों का हमने सर्वेक्षण किया। उनमें से अति गरीब 100 परिवारों का चयन किया। ये परिवार कोई व्यवसाय करें और रोजगार हासिल करें, इस उद्देश्य ने इन परिवारों के हिसाब से हमने इनके लिए व्यवसाय का चयन किया। इसमें बकरी पालन, गौ पालन, किराना दुकान, पान की दुकान, अनाज पीसने की चक्की, जेरॉक्स मशीन, सिलाई मशीन, बैलगाड़ी आदि उपलब्ध कराकर इन परिवारों को व्यवसाय से जोड़ने का काम किया। संस्थान ने इस काम के लिए 1 करोड़ रुपए की निधि दी। इस निधि से यवतमाळ के दीनदयाल उपाध्याय बहूद्देशीय प्रसारक मंडल के माध्यम में आवश्यक वस्तुएँ किसान परिवारों को वितरित की गईं। किसान परिवारों को स्वावलंबी बनाने तथा उनमें आत्मविश्वास जगाने के इस उपक्रम ने अनेक को सहारा दिया। दु:ख की वजह से उनके मुरझाए चेहरों पर फिर से एक आशा की खुशी देखने को मिली। मेरी दृष्टि में यह सबसे अधिक संतोष देनेवाला विषय था।

केरल बाढ़ पीड़ितों को 5 करोड़ की मदद

केरल के बाढ़ पीड़ितों की मदद के लिए शिरडी संस्थान द्वारा घोषित मदद राशि के पाँच करोड़ रुपए का चेक सभी विश्वस्तों के साथ मैंने मुख्यमंत्री को सौंपा। उस समय हम सबको कृतकृत्य होने का अनुभव हुआ

चक्रवात और बाढ़ की वजह से केरल में 2018 में बड़े पैमाने पर जन-धन हानि हुई थी। इस प्राकृतिक आपदा में पूरा देश केरल के साथ खड़ा था। आपदा पीड़ितों को मदद करने के लिए श्री साईंबाबा संस्थान ने भी अपना योगदान किया।

बाढ़ पीड़ितों की मदद के लिए हमने पाँच करोड़ रुपए देने का निर्णय किया। इसके लिए राज्य के विधि व न्याय विभाग की इजाजत हासिल की और मुख्यमंत्री देवेंद्र फडणवीस को इस निधि का धनादेश सौंप दिया। केरल में मूसलधार बारिश की वजह से भयंकर बाढ़ के हालात निर्माण हुए। इसकी वजह से केरल का जनजीवन बुरी तरह प्रभावित हुआ। बहुत ही विकट स्थिति पैदा हुई और लाखों नागरिक बेघर हो गए। अनेक गाँव तबाह हो गए। इस प्राकृतिक आपदा भीषण थी और इसके संबंध में मदद को अपना राष्ट्रीय कर्तव्य मानते हुए मानवीय संवेदनाओं का साथ देने के लिए केरल के इन पीड़ितों के लिए पाँच करोड़ रुपए की निधि देने का निर्णय भक्तों और शिरडी के लोगों की तरफ से संस्थान की प्रबंध समिति ने किया, तत्पश्चात् मदद सरकार के पास पहुँचाई।

■

■ ऐसा, जो ध्यान आकर्षित कर ले

पूरे हो चुके व कार्य प्रगति पथ पर प्रकल्प

पूर्ण हुए प्रकल्प

क्र.	प्रकल्प	कुल खर्च
1.	बायो मीट्रिक टाइम दर्शन (आउट सोर्स किया गया है)	मुफ्त
2.	मेगा किचन नि:शुल्क प्रसाद—भोजन व्यवस्था	101 करोड़ 97 लाख
3.	दर्शन दीर्घा मुफ्त चाय, कॉफी, दूध, बिस्किट व पीने के शुद्ध जल की व्यवस्था	2 करोड़ 43 लाख
4.	श्रद्धालुओं के लिए साईं सेवक योजना	4 लाख 42 हजार
5.	अंतरराष्ट्रीय साईं मंदिर परिषद्	27 लाख 18 हजार
6.	दानदाताओं को चाँदी की पादुका भेंट	2 करोड़ 83 लाख
7.	साईं की दर्शन दीर्घा को वातानुकूलित करना	36 लाख
8.	ग्रंथ साहित्य पर 20 प्रतिशत रियायत	1 करोड़ 14 लाख
9.	शिरडी में आकाशवाणी की एफएम 103.7 कार्यान्वित	2600 रुपए
10.	राज्य सरकार द्वारा शिरडी में निर्माण किए गए साईंबाबा अंतरराष्ट्रीय विमानतल के लिए संस्थान द्वारा सहयोग	50 करोड़
11.	श्री साईंबाबा समाधि शताब्दी ध्वज-स्तंभ निर्माण	5 लाख 65 हजार
12.	शिरडी संस्थान website Mobile App विकसित किया	17 लाख
13.	श्री समाधि मंदिर परिसर में नया फर्श	3 करोड़ 41 लाख
14.	मंदिर परिसर के पूर्व में खाली पड़ी 16 गुंठा जमीन पर टेंसाइल फैब्रिक का शेड बनाया गया	89 लाख 79 हजार
15.	संस्थान परिसर में साईं भक्तों के मार्गदर्शन के लिए Acp सीट के साइन बोर्ड बनवाए गए	17 लाख 11 हजार
16.	चिकित्सालय का आधुनिकीकरण (128 नई मशीनें खरीदी गईं)	35 करोड़
17.	चिकित्सालय में दी जानेवाली औषधियों की खरीद	66 करोड़
18.	आत्महत्या पीड़ित किसान परिवारों को मदद	1 करोड़
19.	साईं प्रसादालय की रँगाई-पुताई, फर्श बदलना, साईं आश्रम-1 की रंगाई-पुताई व मरम्मत, साईं भक्त निवास (500 रूम), साईं आश्रम नूतनीकरण	20 करोड़ 12 लाख
20.	साईं टेक-1 व 2 प्रकल्प	23 करोड़ 12 लाख
21.	कला-वाणिज्य-विज्ञान महाविद्यालय शुरू करना	67 लाख 92 हजार
22.	साईंनाथ चिकित्सालय मुफ्त स्वास्थ्य सेवा प्रकल्प	12 करोड़ 23 लाख
23.	शिरडी शहर स्वच्छता अभियान	5 करोड़ 4 लाख
24.	साईं आश्रम भक्त निवास में टेंसाइल फैब्रिक शेड निर्माण	1 करोड़ 3 लाख

कार्य प्रगति पर , वाले प्रकल्प		
25.	दर्शन दीर्घा कॉम्प्लेक्स	109 करोड़ 50 लाख
26.	साईं नॉलेज पार्क (साईं सृष्टि, वैक्स म्यूजियम, साईं प्लेनेटोरियम)	141 करोड़
27.	10 मेगावॉट सौर ऊर्जा प्रकल्प	40 करोड़
28.	नए शैक्षणिक संकुल निर्माण	218 करोड़
29.	बूँदी लड्डू प्रोसेसिंग यूनिट	20 करोड़ 73 लाख
30.	साईंनाथ चिकित्सालय में तीसरी मंजिल का निर्माण	3 करोड़ 99 लाख
31.	श्री साईं महिमा होलोग्राफिक अनुभव	B.O. Basis
32.	20 मीट्रिक टन घनकचरा व्यवस्थापन प्रकल्प	4 करोड़ 35 लाख
33.	साईं ध्यान केंद्र	40 लाख
34.	साईं IAS अकेडमी	45 करोड़ 4 लाख
	कुल :	**911 करोड़ 16 लाख**

यह करने से रह गया

अपने मन में बहुत कुछ करने को होता है, लेकिन साईं की मरजी के बगैर कुछ संभव नहीं है। जो हो गया, वह सब साईं की इच्छा थी और जो रह गया वह हमारी गलती।

शिरडी में मेडिकल और नर्सिंग कॉलेज होना बहुत जरूरी है। संस्थान के विद्यमान चिकित्सालयों को जोड़कर वह किया भी जा सकता है। इसकी वजह से चिकित्सालयों को डॉक्टर्स और नर्स स्टाफ भी बड़ी संख्या में उपलब्ध हो जाएगा। इस बारे में बहुत से पत्र-व्यवहार हमने किए हैं, लेकिन समय के अभाव में यह हो नहीं पाया, इस बात का दु:ख मन में है।

महाराष्ट्र भर में साईं विचार व साईं सेवा का प्रचार-प्रसार करने के लिए 500 रुग्णवाहिकाओं का प्रकल्प पूर्ण होने से रह गया। सरकार की इसे मान्यता भी मिल चुकी है और लगनेवाली राशि का इंतजाम भी हो गया था। भक्त व स्वयंसेवी संस्थाएँ भी थीं, लेकिन कुछ लोगों ने इस मामले को अदालत में चुनौती दे दी, जिसकी वजह से यह अटक गया, इस बात का भी दु:ख है।

50 एकड़ जमीन में बड़ा मेडिकल कैंपस, जिसमें सभी चिकित्सालय, कॉलेज, निवास व्यवस्था बनाने की कल्पना थी, लेकिन समय के अभाव में वह भी रह गया। 150 शय्याओं (बेड्स) का कैंसर चिकित्सालय टाटा ट्रस्ट की मदद से शिरडी में बनाना था। सभी निर्णय हो चुके थे, लेकिन समय के अभाव में यह कार्य भी रह गया।

ये सभी कार्य आनेवाले समय में साईं इच्छा से पूर्णता को प्राप्त करेंगे, यही साईं के चरणों में मेरी प्रार्थना है।

■■■

समापन का राम-राम

'मैंने यह किया, मैंने वह किया', ऐसी सब बातें हम करते रहते हैं, लेकिन इसमें कुछ भी सच्चाई नहीं है। करवाने वाला तो वही है। वही हमसे सब काम करवाकर लेता है। हम तो बस निमित्त मात्र हैं, मेरा तो बस यही भाव है।

साईं की सेवा करने को मिली, यह मेरी जिंदगी का सबसे बड़ा ईश्वरी आशीर्वाद है, ऐसी मेरी प्रामाणिक भावना है। इस दौर में मेरी जिंदगी पूरी तरह से बदल गई। मैं शिरडी कभी जाता नहीं था, लेकिन इस दौर में शिरडी के सिवाय मैं कहीं जाता नहीं था। साईंबाबा का इससे पहले कभी विचार नहीं करता था, लेकिन इस समय में साईंबाबा को छोड़कर दूसरा कोई विचार ही नहीं किया। कदम खुद-ब-खुद शिरडी की ओर चलने लगते थे।

समय कैसे निकल गया, समझ में ही नहीं आया। कुछ अच्छा गढ़ा गया, कुछ बिगड़ा भी। जो अच्छा हुआ, वह बाबा की वजह से हुआ और जो बिगड़ा, उसमें मेरी ही जिम्मेदारी है।

साईं सेवा जैसा दूसरा कोई आनंद नहीं है। यह केवल मेरी ही भावना नहीं अपितु सभी साईं भक्तों की भी ऐसी ही भावना है। साईं भक्ति असीम है, इस बात का अनुभव मुझे इस दौर में हुआ। लौकिक और पारलौकिक अनुभवों से साक्षात्कार कर चुके लोग शिरडी में मिलते हैं। आपके केवल बोलने की देरी मात्र है, सामने वाला भक्त अचंभित कर देनेवाली अपनी कहानी हमारे सामने बताने लगता है और पता चलता है कि साईं भक्ति की यह लगन ही अनुभूति की वजह से अधिक है।

मेरा स्वभाव संवेदनशील है। बोलने और लिखने से कभी किसी को दु:ख नहीं पहुँचे, इस बात का मैं पग-पग पर ध्यान रखता हूँ, लेकिन मैं भी तो एक इनसान ही हूँ। इस कालावधि में जाने-अनजाने में किसी को भी मैंने कष्ट पहुँचाया है तो वह मुझे अपना बड़प्पन दिखाते हुए क्षमा करे, मैं यही प्रार्थना करता हूँ।

एक बार फिर से

ॐ साईं राम

श्री साईंबाबा संस्थान विश्वस्त व्यवस्था, शिरडी
सम्मानित विश्वस्त मंडल व अधिकारी (मई 2019)

अध्यक्ष : डॉ. सुरेश हावरे

एडवोकेट श्री मोहन जयकर
विश्वस्त

डॉ. श्री राजेंद्र सिंह
विश्वस्त

श्री भाऊ साहब वाकचौरे
विश्वस्त

श्री बिपिन दादा कोल्हे
विश्वस्त

अर्चनाताई कोते
अध्यक्षा, नगर पंचायत शिर्डी तथा विश्वस्त

सम्मानीय विश्वस्त मंडल व अधिकारी
शताब्दी वर्ष

डॉ. श्री सुरेश हावरे
अध्यक्ष

श्री चंद्रशेखर कदम
उपाध्यक्ष

श्रीमती रूबल अग्रवाल (भाप्रसे)
मुख्य कार्यकारी अधिकारी

डॉ. सौ. मनीषा कायंदे
विश्वस्त

एडवोकेट श्री मोहन जयकर
विश्वस्त

श्री प्रताप भौसले
विश्वस्त

डॉ. श्री राजेंद्र सिंह
विश्वस्त

श्री भाऊ साहब वाकचौरे
विश्वस्त

श्री बिपिन दादा कोल्हे
विश्वस्त

श्री सचिन तांबे
विश्वस्त

श्री रविंद्र मिर्लेकर
विश्वस्त

श्री अमोल कीर्तिकर
विश्वस्त

सौभाग्यशाली योगिता ताई शेळके
विश्वस्त

श्री मनोज घोडेपाटिल
उप जिलाधिकारी

श्री धनंजय निकम
उप जिलाधिकारी

श्री संदीप आहेर
उप कार्यकारी अधिकारी

श्री बालासाहब घोरपड़े
प्रभारी उप कार्यकारी अधिकारी

लेखक परिचय

डॉ. सुरेश हावरे एक प्रतिष्ठित उद्योगपति और प्रेरणादायी बिजनेस लीडर के रूप में जाने जाते हैं। उन्होंने नागपुर विश्वविद्यालय से कैमिकल इंजीनियरिंग में बी.एस.सी.टेक. की डिग्री हासिल की है। भाभा एटॉमिक रिसर्च सेंटर से उन्होंने न्यूक्लीयर इंजीनियरिंग में पदव्युत्तर की डिग्री हासिल की। बाद में उन्होंने इतिहास में पदव्युत्तर की पढ़ाई भी की। मुंबई विश्वविद्यालय ने 'अफोर्डेबल नैनो हाउसिंग' विषय पर उन्हें पी.एच-डी. (डॉक्टरेट) की डिग्री देकर सम्मानित किया।

नागपुर विश्वविद्यालय के वे प्रतिभाशाली विद्यार्थी थे। उन्होंने इंजीनियरिंग की पढ़ाई में स्वर्ण पदक जीता है। डिपार्टमेंट ऑफ एटॉमिक एनर्जी में उन्होंने 27 साल तक अणु शास्त्रज्ञ (अणु वैज्ञानिक) के रूप में अपनी सेवाएँ दीं।

अंतरराष्ट्रीय स्तर की जर्नल्स में न्यूक्लीयर इंजीनियरिंग से संबंधित उनके 37 शोध लेख प्रकाशित हुए हैं। व्हिएन्ना में अणु विज्ञान की विश्व की सबसे बड़ी संस्था में उन्होंने भारतीय वैज्ञानिकों के दल का नेतृत्व किया है। इसके अलावा वे पिछले 25 सालों से भवन निर्माण व्यवसाय कर रहे हैं। वर्तमान में वे सुप्रसिद्ध 'हावरे ग्रुप ऑफ कंपनीज' का नेतृत्व करते हैं। विविध सामाजिक उपक्रमों को चलाने में उनका योगदान है। उन्हें अनेक राष्ट्रीय और अंतरराष्ट्रीय व्यावसायिक पुरस्कार प्राप्त हुए हैं। उन्होंने जे.एन.पी.टी. के ट्रस्टी के पद पर भी काम किया। वर्तमान में वे श्री साईंबाबा सेवा संस्थान विश्वस्त व्यवस्था शिरडी के अध्यक्ष हैं। इस पद को महाराष्ट्र राज्य के राज्यमंत्री का दर्जा हासिल है।

ऑफिस नं. 2305, 23वीं मंजिल हावरे इंफोटेक पार्क
सेक्टर 30 ए, वाशी
नवी मुंबई-400703 (महाराष्ट्र)
इ-मेल : md@haware.in